云上的日子

传说的一片云哟/飘进我家乡哟/云在山上哦/家在云上哦

美丽的一朵云哟/飘进我心房咯/心在云上哦/家在心上……

林荣凑◎著

中国文联出版社
http://www.clapnet.cn

图书在版编目（CIP）数据

云上的日子 / 林荣凑著 . -- 北京：中国文联出版
社，2016.7

ISBN 978 - 7 - 5190 - 1782 - 8

Ⅰ.①云… Ⅱ.①林… Ⅲ.①散文集—中国—当代

Ⅳ.①I267

中国版本图书馆 CIP 数据核字（2016）第 166508 号

云上的日子

作　　者：林荣凑			
出 版 人：朱　庆			
终 审 人：奚耀华		复 审 人：蒋爱民	
责任编辑：胡　笋		责任校对：师自运	
封面设计：中联华文		责任印制：陈　晨	

出版发行：中国文联出版社

地　　址：北京市朝阳区农展馆南里 10 号，100125

电　　话：010 - 85923039（咨询）85923000（编务）85923020（邮购）

传　　真：010 - 85923000（总编室），010 - 85923020（发行部）

网　　址：http：//www. clapnet. cn　　http：//www. claplus. cn

E - mail：clap@ clapnet. cn　　hus@ clapnet. cn

印　　刷：北京天正元印务有限公司

装　　订：北京天正元印务有限公司

法律顾问：北京天驰君泰律师事务所徐波律师

本书如有破损、缺页、装订错误，请与本社联系调换

开　　本：710×1000　　　1/16

字　　数：252 千字　　　印　　张：14.5

版　　次：2016 年 7 月第 1 版　　印　　次：2016 年 7 月第 1 次印刷

书　　号：ISBN 978 - 7 - 5190 - 1782 - 8

定　　价：45.00 元

序　一

　　杭州市余杭区,位于杭嘉湖平原南端,是中华文明曙光"良渚文化"的发祥地。区域面积1228.23平方公里,下辖6个镇、14个街道,户籍人口95.09万。2015年全区实现生产总值1235.66亿元,地方财政收入187.6亿元。余杭历来重视教育工作,始终把教育事业放在优先发展的地位。特别是近年来,在发展基础教育、加强队伍建设、深化教育改革、提升教育质量等方面取得了一定的成绩。

　　在提升本地区教育发展水平的同时,余杭也高度重视教育对口支援、教育帮扶脱困工作,先后与四川红原县、新疆阿克苏市等建立结对援助关系。特别是2014年与贵州省黔东南苗族侗族自治州台江县建立教育对口帮扶关系后,余杭针对两地实际情况,开展精准教育帮扶:落实"示范班"支教,先后选派三批共11名优秀教师担任台江民族中学两个"余杭班"教学任务,不断提升台江整体教育质量;开展校际深度交流合作,两地共有32所学校、8所幼儿园建立互助结对关系,不断提升台江学校的办学水平和师资力量;促进当地职业教育发展,设立专项资金,援助台江职业高中修建集教学、营销、示范为一体的综合性民族文化实训车间,不断提高台江职高学生的就业能力;落实幼儿园建设专项资金,支持台江县尽快建成县第三幼儿园,整体提升台江学前教育水平。今后几年,余杭还将按照教育扶贫脱困规划,继续加大帮扶力度,为台江孩子更好地就学就业作出应有的贡献。

　　本书作者林荣凑老师,就是首批派赴台江优秀教师的领队。他与魏则然、李亮、温雅三位老师,在为期一年半的支教工作中,认真做好教学工作,参与教研组建设、学校管理,开设面向教师、学生的各类讲座,积极探索和丰富支教工作的内容和方式,提高支教工作成效。他们还充分利用课余时间,深入村寨家访学生,发起成立了"苗岭民间助学会",组织了"点对点"的定期资助、物资捐赠和智力送教助学等。他们的行动,充分展现出了余杭教师热爱台江、扎根苗寨、教书育人、无私奉献的良好风尚。

　　我曾两次赶赴台江学习慰问，深切感受到了他们支教工作的繁重、辛苦。他们四人从不抱怨，以奉献台江为乐，以教育援助为傲。这种积极、乐观、热情、无私，在记录台江支教故事的《云上的日子》中有很好的呈现，读者可以从字里行间体会到。

　　如今，第一批支教台江的教师已顺利归来，他们出色的工作得到台江县各级领导和学校教师、学生和家长的好评。相信在台江支教的一批又一批余杭教师，也一定能圆满完成任务，不辜负余杭、台江两地人民的重托，为台江教育发展、教育精准扶贫的有效实施作出更大的贡献！

　　《云上的日子》将要出版，作者让我作序。借此机会，向林老师表示祝贺，谨向所有支教教师表示感谢。

浙江省余杭区教育局局长　沈洪相

2016 年 5 月 8 日

序 二

桌案上摆放着一卷飘着墨香的书稿，著者林荣凑，书名《云上的日子》。该书将由中国文联出版社出版发行。在付梓之际，蒙作者高看，嘱我为其书作序。于理科出生、罕有作序历练的我，实属尴尬之窘事。然我深谙作者其人其品，终慨然应允，惟愿真情实意能修补笔拙之憾。

得以与作者相识、相知、相惜的机缘，是浙江余杭区教育局结对接力帮扶台江教育。作者作为首批援教台江教师组组长，受余杭区教育局选派，率余杭瓶窑中学魏则然、余杭第二高级中学李亮、余杭塘栖中学温雅三位老师远赴台江支教，架起了余杭、台江两地教育帮扶交流之桥。2014 年 8 月 24 日，我与分管业务的副局长杨再成及台江民中领导班子往省府贵阳龙洞堡机场接作者一行，见面相互介绍，得知我与他年庚相同，于是便少了些繁文缛节，交谈甚欢，话题自然是教育。在回台江车上的几个小时里，我们已然是深交多年的挚友，都有相见恨晚之感。

作者给我的第一印象是精干敏捷、思维活络，镜片里透射出的满是真诚、坚毅、智慧和执着。随着时日推移，交往深入，并亲临作者课堂观课学习，聆听几场他有关教研教改讲座以及目睹他为人行事的风格（由于事务缠身，只听了阿凑兄和李亮老师的课，对则然老师和温雅老师深表歉意，并为缺损见贤思齐的机会抱憾），我的判断得到一一验证。

作者的课让观课者有着"高山仰止"的敬佩，又有着"心向往之"的愿望；其讲座扎实而不虚飘，丰满而不干瘪，观点前沿，注重理论和实践支撑，极易操作，十分实用，每每让学习参与者如坐春风。余杭支教教师团队，作为教育扶贫的使者，给台江教育界带来了和谐的工作关系，前瞻的教改眼光，勤奋敬业的工作精神和态度，大爱情怀的师者灵魂，搅动了台江教育教学这池春水，台江师生受益，台江教育发展有望。余杭教师正用他们优秀的品质感染着台江教育人，在苗族教育发展的康庄大道上作示范引领。

　　作者常说一句话："在台江，心里常感不安。"究其缘由，他内心的不安就是：苗族地区学生基础差，起步晚，令他忧心忡忡，于是有了他指导学生编撰的习作集《心随笔动》(第九辑)；苗族地区学生贫困面大，需要资助才能完成学业的贫困生多，于是有了他发起成立的"苗岭民间助学会"；于是，就有了张秀云教授励志报告会上孩子们的泪水和擦干眼泪后眼眸的清澈。这份不安，不正是一个真正教育者的责任和良知吗？真心感谢作者及余杭支教老师们为台江教育的辛苦付出！感谢余杭区教育局对帮扶台江教育的特别用心！

　　在台江期间，作者身兼多职(两个班的语文课，兼任台江民中校长助理、校本研修导师)。在繁忙的教学工作和学校管理工作中挤出时间，笔耕不辍，乃有洋洋洒洒三十余万字的记事，最后选择编成《云上的日子》。成书内容，涉及语文教学、教育科研、苗族历史文化调研、苗族学生心理分析、提质扶智对策等。文笔朴实，激情充沛。有理论的准确阐释，有个例的精到剖析，一字一句，都是作者亲历亲为后的写实写真。

　　最后，我想沿用华东师范大学课程研究所崔永漷教授为作者《余杭古诗文精华120篇注析》这本专著上作的序言，来结束这篇小序：阿凑为人坦诚，为业专注专业，善于在繁复的教学事务中，抽身笔耕而不辍，其精其诚可嘉！是为序。

　　愿友谊和关注、支持长存！

贵州省台江县教育和科技局局长　龙峰

2016 年 5 月 3 日

目　录
CONTENTS

他们穿校服吗？见到他们的那一刻,彼此会有怎样的神情?

"鸡"在苗族人的生活中,是走亲访友必不可少的。

你们的祖先是谁? 他们以响亮的声音齐声回应:蚩—尤—!

今天,我们四人去了台江县最南边的乡镇——南宫乡。

重建台江民族中学的教学规范,发展好教师的专业,任重而道远啊。

受邀讲"课堂观察",是因为我带来了余高的"听课本"。

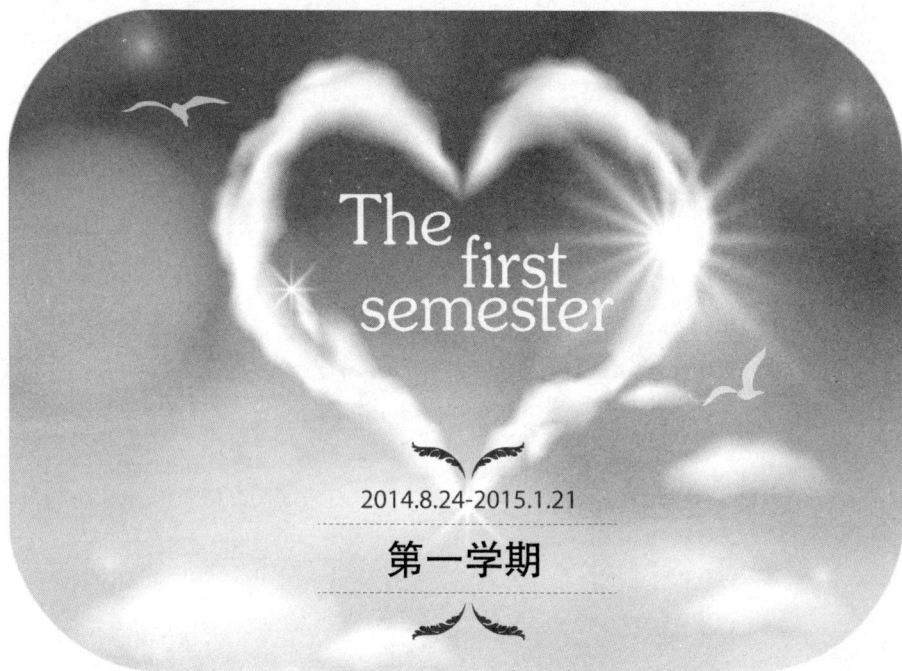

The first semester

2014.8.24-2015.1.21

第一学期

看他们的留言,自称"949",挺好。

五个孩子的读书都挺好的,奖状贴满了主屋的墙壁。

又是一个周日,我们又去家访了。

这是台江民中第一次全校性课堂观察观摩课。

忙碌的问卷处理,结果还是满意的。

本学期最后一节课,是在高一(8)班上的。

01　飞赴贵州

此刻,在杭州萧山国际机场。航班延误,由13:10起飞,推迟到14:35。凡事利弊俱存,延误让我有时间记录这半天的行事。

自21日下午得知申请支教获准,一直到今天早上9点,都在忙碌的准备。支教地——贵州省台江县,还是一个抽象的地名而已。尽管2007年暑假去过凯里市、雷山县(千户苗寨),对黔东南的地理、文化已有粗略的印象,但是对同处黔东南的台江,毕竟仅仅是"百度"那一点而已,还远勾勒不出台江——这个我和另三位老师将支教一年半所在的面貌。

然而,9:30,余杭区教育局五楼接待室,周建忠副局长的介绍让我们似乎触摸到台江的空气,有了作为一个台江教师的那种感觉。

我们四人,请允许我介绍另三位老师,瓶窑中学魏则然老师(男,数学)、塘栖中学温雅老师(男,外语)、余杭第二高级中学李亮老师(女,物理),将都安排在台江唯一的普通高中——台江民族中学,作为第一批援助者,共同执教高一两个重点班,每班人数不超过50人,学生已在军训。

此前,去哪个中学,是否在县城,四人是否会分开,都曾经是问号。更别说是教哪个年级,有多少学生了。

为台江培养最优秀的高中毕业生,为台江县的教学作示范,周局代表教育局提出了详细的要求,自然还有勉励,还有关爱。参加会议的,除我们四人,还有温雅老师的岳父和爱人,其他就是组织人事科的方俊科长、办公室罗永明主任,还有陪同我们前往台江的周局、人事科科员俞波。30多分钟的会议,让我走进一个新的天地,我似乎俨然是台江民族中学的一员,而余杭教育局则成为我们的"娘家"了!

广播已多次播报航班延误的消息,言语中充满歉意。而此刻的我,则有着对台江美好的期待,对那里近百位的学子充满好奇:他们穿校服吗?见到他们的那一刻,彼此会有怎样的神情?(记此萧山机场,2014年8月24日星期日13:05)

02　久违的鸡鸣

一声声鸡鸣,唤醒睡梦!

顿了顿,方悟身在异地:哦,贵州台江,我将生活、工作一年半的地方。摸索着,床头的手机告诉我,4:20。

昨夜的酒意未消,继续睡吧。然而,无法再次入眠。干脆起床,吃了点飞机上带下的剩余餐点。洗漱之后,开电脑,开始在台江的支教记事。

这时,才发现自己住的是"和天大酒店",位处台江县秀眉大道28号。昨晚,该是民族中学的李副校长送我到房间的,递给我两瓶水,让我早点休息。其他的事,都在酒醉中模糊。

幸亏,有手机,发给同事兼朋友的任翼、吴江林两位的短信写道:

> 我们到州府凯里了,晚饭后去台江。我们四人都在台江民族中学,唯一的普高,同教这里两个重点班。一路顺利,请放心!

短信发出时间是昨晚的19:57分,刚进凯里"亮欢寨"(一家富有民族特色的饭店,据说曾接待过国家领导人),因着江林"到目的地后告诉我"的要求而发的。有关任教的信息,除在萧山机场与爱人说起,还是第一回给朋友说。

慢慢地,记起昨天午后的行程。两个多小时的飞行,ZH9166航班降落于贵阳龙洞堡国际机场,等待出舱的那刻,打开手机,给爱人发了"到贵阳机场了"的短信,那是17:06。

出口处,迎候我们的人让我有些惊讶,咋那么多人。想象中,司机、校长和一位局领导就够了。在凯里晚饭的餐桌上,才知道其中有教育局的龙峰局长、杨副局长,民族中学的刘校长、李副校长、教科室粟副主任。

是两辆车来接的,一是普通轿车,一是商务车。我们六人坐的是商务车,坐在副驾位上的是龙峰局长,一路别转半个身子,热情为我们介绍台江的教育,言语中透着深深的教育情怀,让我敬佩。

凯里饭后,上车、进酒店等的情形不太记得了。过了知天命之年,实在禁不住龙局长等四位,每位三杯(酒盅)的"苗乡家酒",余杭来的几位,一个个不胜酒力,我自然也不例外。

鸡鸣声声,此起彼伏,兼着几声狗吠,这该是农村。然而,这确乎在台江的县城。天未明,窗外路灯迷蒙。(记此台江县和天大酒店 5810 房,8 月 25 日 6:05)

03　苗家鸡稀饭

到达第二天,中饭是在离台江县城不远的一家水寨吃的。

同席作陪的,有教育局的刘书记、王副局长。这两人,与昨天去贵阳龙洞堡机场接我们的龙局长,都是六三年出生的。连同行的魏老师,我们五个六三兔,排起生日来,居然是我最长。

上午 9 点,两车送我们一行六人去红阳万亩草场看风力发电。盘山公路,车在林海中穿行,就如我大学毕业后工作的浙江泰顺县。上上下下,用了两个多小时。遗憾的是,山顶浓浓云雾,只看见一架风车的大圆柱,我的尼康 D50 却无法捕捉其影像,没有拍成。你可以想见雾气之浓了。

下得山来,便是中饭。在一个亭子里,拼起两张高不过 50 厘米的小方桌,10来人围着坐在小板凳上。一桌子的农家菜,每人一小碗的辣子。辣子我还真不敢碰,其他的菜微辣,还能对付,但毕竟嘴里辣呵呵的,就舀了勺稀饭。顺口说了句:"太辣,喝点稀饭。"

听我这么一说,魏老师接口:"是,这稀饭很好喝。"

坐魏老师边上的刘龙书记接过话头:"是啊,是啊,这稀饭叫鸡稀饭,苗家招待最尊贵客人必备的。"刘书记,这位曾任民族中学教务主任、县委办公室主任、民政局长的教育局书记,以其儒雅悠远的口吻,给我们讲述了鸡稀饭的制作过程:鸡是散养的,宰杀后,将鸡和大米焖煮成稀饭,然后将鸡从稀饭中捞出,制成冷盘的"白切鸡",这样,招待客人的桌上就有两个作品:白切鸡、鸡稀饭。

"其实,营养全在鸡稀饭里了。"书记说。

"老魏啊,这稀饭好吃,咋不早说呢,"我假作嗔怪,"下回吃到好吃的,给大伙说一声。"魏老师笑了,一桌子的人都笑了。

刘书记还说,苗族人很尊重教育,对当官的人未必用鸡稀饭招待,但他们会招呼老师到他们家,然后杀鸡煮鸡稀饭招待老师。其实,"鸡"在苗族人的生活中,是走亲访友必不可少的。探望病人,你可以不送钱,但你要送一只鸡、一壶酒。探望者一到,主人就将客人带来的鸡杀了,做鸡稀饭,打开客人带的酒,让客人享用。

"相当于客人自带东西,到病人家吃咯。"刘书记一说完,大家又笑了。刘书记毕竟语文教师出身,看似平静的叙述,却将这一民俗介绍得有滋有味,深深吸引来自远方的我们,远胜于导游的言说。

"苗家吃鸡也有讲究,鸡头是必须给一桌中的长者用的。"王副局长插话说,"鸡内脏如鸡肝等也必须留给席上的长者,神位底下的那个。"所谓"神位底下",乃席之尊位也。

当我们对苗家习俗啧啧称赏时,刘书记说:"当然,由于外出打工的人多,受汉民族文化影响,现在没有这样严格的要求,都比较随便咯。"之前落座时,我站一边,等着教育局领导先落座,竟不意刘书记"随便坐,随便坐",看他就近坐下,我们也便自然落座。

王副局长在当校长期间曾去浙江宁波北仑区挂职锻炼,有关的经历在饭前闲聊中与我们谈得很多。台江与北仑,曾经有过十多年结对援助的历史,北仑以后,就是与余杭结对了。

席间,两位教育局领导,与我们说起与北仑的结对援助,还是那么的兴奋,我心底有个声音:"不负重托!"是的,但愿余杭与台江的结对,也能留给台江人以美好的印象!

到台江还不到一天,已为苗家的浓酽山水、淳朴的风情吸引。同来支教的、出生于东北吉林市的李亮老师说:"那山太舒服了,都有登山的冲动。"而我则说:"这山间流淌的,都是矿泉水。"(记此和天大酒店,8月25日14:30)

04 台江民中的座谈会

下午3:10分,坐车进入台江民族中学。3:50左右,接待室,我们六人,与龙峰局长、校领导、学校中层和四科教研组长见面。先是刘校长学校情况的介绍,后是周建忠副局长期待支教成功的发言,然后是龙峰局长对台江教育的介绍和对我们的祝福。

最后,让我发言,我讲了三层意思:感谢、学习、无愧。感谢余杭、台江教育局给我们的机会;虽为支教,但我们要向民族中学的老师、学生学习;无愧于余杭教育和所在单位,无愧于台江教育和民族中学,无愧于亲族、师友的祝福。言后,魏则然老师、温雅老师做了补充,甚好!

自昨天晚饭到今天的座谈会,龙局、刘校都称呼我"林校长",颇不适应。四人,由我担任组长,且台江教育局将下文,任命我为台江民族中学的校长助理。校长助理这一职位,90 年代我在临平一中曾干的活儿,近 20 年再遇,诚惶诚恐。做了 16 年中层正职,能为民族中学行政尽些力,也愿意,只是不太喜欢这一称呼,怕是因此不能融入语文组。幸而,名利乃身外之物,要在有所贡献。

座谈会后,在语文组长杨老师陪同下,与语文组的 20 多位老师见面。感觉他们年轻,有活力,男女比例协调,淳朴。

晚餐,州教育局局长和台江县委书记、县长、副县长与我们见面。餐后,教育局三位正副局长,陪我们走回和天大酒店。酒店前面的街道,就是 320 国道,从上海人民广场,经余杭临平、贵州台江,到云南的瑞丽。临平是我长期生活工作的地方;瑞丽 2007 年到过,在滂沱的大雨中,一家三口在终点碑石前合影。而今支教台江,又与 320 相遇,真是有缘。

早上在电梯里,听酒店一客人说,这是台江第一家备有电梯的酒店,不知道是否确切。酒店七层。不能早点入住民族中学为我们租住的房子,尽快适合正常的台江生活,有些遗憾,为的就是这里的设施太好了,怕"乐不思蜀"。(记此和天大酒店,8 月 25 日 21:20)

05　名城镇远

如果不是这次支教,压根儿不会走进镇远。伴随我走中国的《中国旅游地图册》,似乎没有镇远的介绍,2007 年暑假云贵之行,自然就忽略了它。

学生正在军训,开课尚早。到达第三天,8 月 26 日,教科室粟高胜副主任开车,走高速去镇远。9 点出发,10:40 就到了。

穿过镇远最繁华的街道(名城大道),车行石板铺砌的街道,有些颠簸,坐在窗边的我,还是禁不住用我的 D50,记录了"镇远屏石"牌坊和县纪委、县政府、镇远展览馆、炎帝宫等的大门。

我们的游览,开始于城东的祝圣桥,收尾于祝圣桥百米之近的炎帝宫,绕了古城一大圈。古城的景点太多,色彩太浓,历史太深,尽管我们用了五个小时,也仅仅是走马观花而已。这里,只能择其一二写点观感。

即使久居江南,所见古石桥不少,当你一头撞见祝圣桥,也会充满兴奋的。我就是这样的。下车那会,透过绿树丛隙,还以为是一个普通的亭子。走过去,方知是一座石桥,三层飞檐翘角的古亭在石桥的正中。

走上桥,两边看,清粼粼的潕阳河水平稳流淌,两岸密簇簇的建筑,疑以为身处湖南凤凰古城。细一看,这些建筑比凤凰的色彩绚丽,比凤凰的高大,潕阳河面又比凤凰沱江开阔。桥一头搭在高耸的石屏山脚,一头搭在中和山脚。这样的形势之下,在"雄壮"这一点上,就远逾凤凰。那一刻,我给远在青岛旅行的爱人发了短信:"我们在镇远古城,比凤凰还美。"

还有这桥名——祝圣桥,也颇让人感觉好奇,我也是查网络才知道的。桥始建于明初洪武年间,雍正元年才最后修成,前后长达五六百年,它原名"溪桥",后因给康熙大帝祝寿,改为"祝圣桥"。桥由青石建造,七孔联拱,桥面平展。近看,远眺,它都是古城最华美的风景。

走过祝圣桥,便是中和山的青龙洞。贵州多溶洞,30 元的门票,我让粟主任别进了。然而,当一个多小时游览后,我才体会到,粟主任的执意进入,有着作为地主的热情,更有这景点的物超所值。

青龙洞,不在于溶洞之美,而在于建筑。它是崖壁上的阿房宫,微缩的阿房宫。杜牧《阿房宫赋》中"五步一楼,十步一阁;廊腰缦回,檐牙高啄;各抱地势,钩心斗角"都可用来描述它。青龙洞,全称当为"青龙洞古建筑群",由青龙洞、紫阳书院、中圣禅院、万寿宫等组成,36 座单体建筑,集儒、道、佛、会馆、桥梁及驿道建筑文化于一身。这些古建筑依山因地,与悬崖、古木、藤萝、溶洞天然合成,融为一体,真是巧夺天工。怪不得有建筑学者说,麦积山洞窟群举世闻名,青龙洞在依山而建直上山顶这一点上可与之比高;山西悬空寺蜚声中外,青龙洞在建筑艺术的精湛上较之更胜一筹。

青龙洞的建筑,也是古城的最佳观景台。两山夹一水,潕阳河呈 S 形流过古城,形似太极古图,故称镇远为"太极古城"。潕阳河水,注入沅江,在洞庭湖汇入长江。看河水东流,让我禁不住起了乡意。

出得青龙洞,折回祝圣桥,我们由东往西,踏上了古城主干道——名城大道。一律的青石板铺砌,可行车,双向通行。街道两边,是店铺、古迹、政府办公楼所井然而立。借着两边屋宇间的空隙,北可见石屏山色,南可见潕阳河面。

走出西端的"镇远屏石"牌坊,在那儿左拐跨过新大桥,沿潕阳河南岸的亲水步行道东行,是镇远最美的休闲、娱乐、餐饮场所。石屏山之上,有偌大的"名城镇远"金色大字,只有到了南岸才能一览全部。沪昆铁路在城南高架上通过,也许,列车上的旅客会看得更清楚。

林则徐两过镇远。第一次在嘉庆二十四年(1819年),赴任云南省乡试主考官,游香炉岩、青龙洞,写诗《镇远道中》,其中有"两山夹溪溪水恶,一径秋烟凿山脚;行人在山影在溪,此身未坠胆已落"。时隔三十年,道光二十九年(1849年),从云贵总督任上告病还乡,路过镇远,留下五言诗《相见坡》。或曰:"屏山为城,水为池,金汤之固,其无逾于斯乎?"镇远,作为"滇黔锁钥,黔东门户",诚不虚也。(记此和天大酒店,8月27日10:00)

06　西江千户苗寨

第二次踏进位于雷山县的西江,我在寻找往日的痕迹。

第一回,是2007年的7月13日。电脑中"云贵行走"的第一张照片,就是西江千户苗寨的芦笙场,是17:04。前一天,搭乘"上海—昆明"的火车,第二天凯里下车,在极简易汽车站里坐中巴到西江,住"有家客栈"。

父子俩不待休整,就挎起D50走出客栈,不出二十步,就是芦笙场。那时的芦笙场,平整的水泥地,至少二百平方米,正中两三丈一木柱,自上而下是芦笙、牛角、铜鼓的造型,灰褐色,粗朴,如同整个西江,绝对原生态。

七年转眼过。到达台江第四天,8月27日,我得以又一次亲近西江。从台江县城走高速,凯里东下,N个慢弯急弯,一小时稍多的时间,就到了古色古香的游客入口处。进得入口,坐上景区交通车,沿曲折的白水河向东四五分钟,便是新建的寨门。除了寨子西段那个斜坡,我恍恍惚惚,找不到七年前西江的一点影子。难道,旅游的开发,就该这么办?

这一回,我可是来看老朋友的呀。那儿满山满坡的寨楼,横卧寨下白水河之上的一座座风雨桥,你们是否还坚挺稳固?矗立于溪口的村树——大枫树(苗族神树),还有那颇具王维笔下"白水明田外,碧峰出山后"景致的村东百顷良田,你们是否还在?自然,我还要看看寨子对岸的西江民族小学。那儿,我的儿子(时读初一)曾与孩子们一起打过篮球,儿子将球掷出的瞬间,定格于照片中。

幸亏,那个斜坡还在。再往前行,就该是那个芦笙场。芦笙场的旅游标志牌竖起来了,而芦笙场已不再,正中高耸的木柱荡然无存。我只能凭那标志牌,还有那几棵高大的枫树确认,这是我西江初识的老朋友。

哦,"有家客栈"也在。只是,它的面目全非。原本三层四开间的青砖建筑,是当时西江颇为西洋的房子,是整一个千户苗寨的一个特例,惹人眼球。当时,西江的客栈才三两家,而今,它"随俗"了,与周围的苗寨略无二致。

西江的变化是大的。走在寨子低处的街道上,左右看,上下看,满眼的商店,满眼的客栈。原本寨子正西对岸大陡坡上,只有稀疏的几处吊脚楼,而今已不见空缺,只有层层叠叠、因势错落的寨楼,直到山坡的顶端——那个可以将千户苗寨尽收眼底的"观景台"。

村东溪口的大枫树还在,它依然葱茏。大枫树下的风雨桥还在,只是列为五级危桥。那桥下的白水还在,依然清澈,有一五六岁男孩,光臀嬉水,荡起一圈圈的涟漪。白水环绕的百顷良田还在,一片亮绿,稻子在孕穗。从观景台俯瞰,西江民族小学还在坡底,白亮亮的篮球场还在,影影绰绰的,有孩子嬉闹的身影。

离开前,在我的推荐下,我们几位走进"也东寨"。临街的寨楼都化了妆,但"也东寨"的寨门还在。山坡高处是否原生态? 高兴的是,越往上走,其原生态的程度越高。这是值得庆幸的。

带我们这一行游览的,是台江民族中学教音乐的李学成老师。西江是他开始教学的起点,1991 年在西江民族小学实习。一路行来,他指点着,说着当年的建筑。我不知道他的心里是否也有些失落。

那份失落,我是有的。只是,我不断地安慰着自己:开发还是适度的。是的,西江千户苗寨,七年前是一位古朴的、日常的苗家少女,而今则犹如一位身着盛装的苗家少妇。七年前,她是生活的;七年后,她是节日的。因为游客的大量涌入,这里每天都是节日。(记此和天大酒店,8 月 29 日 10:35)

07　台江初印象与苗族历史

该早些集中笔墨写写我们的支教地——贵州台江县了。

在《初到贵州台江》的 PPT 里,用了 5 张照片,分别是县城全景、320 国道的里程碑、县城街景、县政府大门、穿城而过的翁你河(汇入清水江,清水江是湖南沅江的主源）。下面是所配的解说词：

> 进入台江县城，已是晚上。这是第三天，从镇远返回时，在台江的高速口拍的县城全景。贵州很多的县城，建在谷地，依山濒水。
>
> "上海—云南瑞丽"的320国道，经过余杭临平，也经过台江。这是它在台江县城1856公里的里程碑。
>
> 台江县城的路灯柱子，顶端翘起的是牛角造型，圆形的是苗鼓造型。
>
> 台江县政府的大门。台江号称"天下苗族第一县"，因其十五多万人口中98%为苗族。台江，苗话叫"方旅"，意为"金银般美丽的地方"。
>
> 流经县城的翁你河，台江的母亲河。横跨两岸的风雨桥，与浙江泰顺的廊桥，其建筑风格有同有异。

鄙意以为，它基本勾勒了台江县城的面貌。连续几天，同行的三位，经常会利用早上、晚上去县城走走，对县城了解比我多。

几天的台江生活，从县教育局领导、民族中学的同事之口，听到诸多有关苗族风物、历史的片段，还来不及书之于笔墨。这里，当载录苗族历史的文字。之所以有此想法，是因为昨天读了余秋雨先生的《以美丽回答一切》的黔东南考察手记，其中有对起源的反复辩证。

恕我浅陋，我还是第一次对汉民族之外的民族历史感兴趣。下面的文字，来自网络，未必是信史，余先生也未必赞同，我以为其文简洁，可以作为读者了解苗族之参考：

> 苗族起源于黄帝时期的"九黎"和尧舜时期的"三苗"，是中国最古老的民族之一。"九黎"是五千多年前居住在黄河中下游的一个部落，后与黄帝部落发生战争，失败后退入长江中下游，形成"三苗"部落。大约在四千年前，以尧、舜、禹为首的北方华夏部落与"三苗"持续发生战争，"三苗"被击败后开始分崩瓦解。
>
> 汉代至唐宋时期，苗族的分布有了较大的变化。一方面是汉水中下游以东至淮河流域的多数苗族已被逐步汉化而日渐消失；另一方面是移入贵州的苗族群体进一步增多，使贵州逐步成为全国苗族聚居的中心。其中少部分开始由贵州进入云南。
>
> 从元、明到清初，封建王朝开始大力经营西南，贵州苗族的许多事实逐渐披露于世，于是贵州作为全国苗族聚集中心的地位变得更加突出。人们根据苗族居住的地理环境、服饰颜色与式样的不同，分别将其称为高坡苗、平地

苗、长裙苗、短裙苗、红苗、黑苗、花苗、青苗、白苗等,故有"百苗"之说。

战神蚩尤是苗族的人文始祖。相传蚩尤懂得一百二十种礼规,能应变天下大事;掌握一百二十种药材,能治百病起死回生;精通十二道神符,能呼风唤雨明阴晓阳。《史记·五帝本纪》正文载:"蚩尤,兽身人语,铜头铁额,食沙,造五兵,刀戟大弩,威振天下。"

查我电脑中的《史记·五帝本纪》,并不见"兽身人语"等语,而是"蚩尤最为暴,莫能伐……蚩尤作乱,不用帝命。于是黄帝乃征师诸侯,与蚩尤战于涿鹿之野,遂禽杀蚩尤"等。想来,上段引文的作者是"蚩尤的后代"。不管如何,要不是支教,我还真不知道苗族乃蚩尤之后代。(记此和天大酒店,8月29日15:00)

08　反清英雄张秀眉

我们住的酒店前面,就是320国道,在台江县城的一段,称为"秀眉大道"。何以"秀眉"命名,初并不介意。其实,在贵阳赴台江的车上,教育局龙峰局长就曾说过,台江最著名的历史人物是张秀眉。行车颠簸,彼此也不太熟悉,我们都只是礼节性的应诺,并没有追问。

27日早餐,是刘校长约我们在县政府附近"台江羊瘪粉总店"用的。用完餐,我们四人徒步回酒店,经过县政府斜对面的广场,一尊矗立的花岗岩雕像,进入了我的D50镜头,拉近一看,基座上有"张秀眉"三字。

这一刻,我才明白,这就是龙局所说的"张秀眉","秀眉大道"是为纪念这位反清英雄而命名的。突然记起,我编写的《余杭古诗文精华120篇注析》一书中,有余杭籍名人孙士毅率兵平定苗民之乱的文字。莫非,张秀眉起义是被孙士毅领兵剿灭的?

得间"百度",张秀眉的资料就出来了:

张秀眉(1823-1872),原名宝兄,"张秀眉"名字是后代起的名字。家族李姓,因为没有文化知识,在台江张家寨打工为生,所以张家寨赐予姓张。清咸丰同治年间苗族起义领袖。贵州台拱厅(今台江)仰冈寨人。苗族。初以当雇工为生。咸丰(1851-1861)初,苗族地区灾荒,无力缴纳军粮款,被迫联合众人于咸丰五年(1855)歃血盟誓起义……

其中没有提及"孙士毅",打开我的《余杭古诗文精华120篇注析》电子稿,见孙士毅的简介:

> 孙士毅(1720－1796),字智治,号补山,仁和县临平(今余杭临平镇)人。自幼勤奋,博通经史。清乾隆二十六年进士。曾随大学士傅恒督师征伐,主持羽书章奏,傅恒称其"上马能击贼,下马作露布"。

看来,孙士毅早张秀眉一个世纪,台江与余杭,"无冤无仇",心意释然。然而,孙士毅是确乎平定过苗人的。我那书中有节选自《清史稿》列传一百十七的文字:"六十年春,湖南苗为乱,入四川秀山境,士毅督兵驻守击贼。""苗为乱",即苗民起义,清中叶后,贵州、湖南等地苗族人民为反抗封建统治而发动一系列反清起义。

当年编辑出版《余杭古诗文精华120篇注析》时并不十分在意的文字,因着这次到了台江,有了更深的了解。近日接触诸多苗族兄弟,又看了点苗族起源和迁徙的文字,我不由得对他们起了兄弟之情。(记此和天大酒店,8月29日15:35)

09 说说我的不适应

来台江之前,知道我支教的朋友,还有上一学年我担任班主任的高一(15)班部分学生,都担心我的生活适应和身体健康。

那时,我是信心满满的。所以如此,一则是十多年来暑假行走中国的经历,一则是自己对生活的低要求,一则是暑假体检,尽管不知道全部结果,除血压有些低外,自我感觉还是可以的。

来台江后,电话、QQ里问候我生活适应和身体状况的不少。我多半答以"不错"。一是让问候者放心,二是自己还是有那份自信的。毕竟,刚开始有些不适应也是正常的。然而,昨晚,我感觉到这个"有些不适应"超乎我的想象。我的"不适应",主要表现于三个方面。

首先是方位感的错乱。到过除天津、河北、重庆、海南和港澳台之外的所有省级行政区,极少有分不清东西南北的。24日到台江,因为是晚上进入,且在凯里喝酒太多,第二天醒来又是阴天,于是,方位就开始乱了。

今天已是到达台江第八天了。如果要我直觉辨别东西南北,还是那么费劲。

如同背诵课文，需要强记才可以确认：沪昆高速、320国道在台江县城台拱镇之东，由东北到西南侧身而过；台江的翁你河，则由东向西穿城而过；民族中学在县城之西，主要街道苗疆东大道、西大道，是沿河而走的。这对向来自信方位感比较强的我，是个不小的打击。但愿，随着生活久了，能改变这种方位上的偏执。

第二个是睡眠。其实，来台江之前的睡眠也并不好，间着几天，就要吃半颗安定片才能入睡的。那是因为暑假考驾照，为场考的紧张训练给惹的，其中也有是否支教、支教后如何安排生活的惴惴感。因为我的支教申请是7月18日递交的，而获准是8月21日下午三点。一个多月的不确定，时不时半夜醒来想起，总难以再入睡。

在台江已住了七晚，一一数来，似乎没睡一个安稳觉的。相对来说，出席招待酒会、喝酒多的几个夜晚，入睡是快的，但半夜——有时是凌晨2点，有时是4点——醒来后，我只能是或起床电脑码字，或是迷糊到天亮。

酒店的背面，是一排民居，木质苗寨、砖石风格间杂。那过了午夜就开始啼鸣的公鸡，实在太不考虑远方来客了。就是中午，它们的报时也是那么的负责，以至几个在酒店过的午休，没有一个休成的。

行前配了安定片，却不料没有放进行李。前天，去台江人民医院配了药——6颗安定备用。昨晚，22:40睡下，半小时没睡着，就吃了半颗，迷糊不久，又突然醒来，如此折腾到零点30分，又吃了余下的半颗。后来，不知何时睡着了，似乎做了什么梦，直到凌晨6点醒来，已是幸事。

第三个是喝酒。凯里那次，龙峰局长等在亮欢寨为我们接风洗尘，他们中四位主要领导，每人敬我们三酒盅，这已经让我们不胜酒力，而服务员既唱歌又演奏且敬酒，让我们一个个全趴下。行前，我曾考虑，我得将自己的酒量隐藏一点，这一下，全给露馅了。这以后，这个招待，那个见面，知道你有这个酒量，非让你喝不可，天天扶得墙壁归。

明天就要开学，也不知道学校具体怎么安排，是先始业教育，还是直接上课。昨天研读了全国新课标卷、备了《享受语文学习》的语文起始课。数学的魏老师，早就写了几个教案了。（记此和天大酒店，8月31日10:10）

10　语文教学构想

台江民中学生有怎样的底子？我的教学起点在哪？我该怎样规划在这里一年半的教学？我能适应这里的学生吗？

这些问题，是我，也是另三位老师所担忧的。然而，教学工作又不能等了解情况后再来规划的，只能凭着我们自己的判断，结合学科的特点，先有个初步规划，然后边熟悉边调整了。

下面是我的教学规划，已做了《享受语文学习》ppt 的，转处理存于下：

一、怎样的学习最有效

介绍美国缅因州国家训练实验室的"学习金字塔"，让学生明白，单纯的听讲效果并不好，要更多采用如讨论、实践、教授给他人等主动学习方式，以提高学习效率。

二、我们的课本与要求

将人教版 5 个必修模块的布局、内容介绍给学生，用列表清晰地呈示内容，也教给学生读一套书的方法。人教版每一必修模块，由"阅读鉴赏""表达交流""梳理探究""名著导读"等四个板块构成。提出的学习要求如下：

1. 课前预习，读读画画；

2. 课堂活动，积极参与；

3. 美点欣赏，每课两百字；（课后，作业一，让读写结合起来）

4. 必背课文，绝不落下。（早读，作业二，默写本）

这里的"课本学习"主要指"阅读鉴赏"，课前、课堂、课后接触课本，要做书间笔记，模块学完检查一次。另三板块内容，根据需要处理，如"表达探究"的中的作文，即与"课堂写作"对接，灵活确定写作训练的内容；"梳理探究"可与研究性学习结合，选择适当的方式举行；"名著导读"融入"课外阅读"，指导学生自读。

三、课外阅读书目与要求

没有广泛的阅读，语文单考课本的学习是很难有实质性提高的。介绍 2007 年我开发的"高中生阅读书目 100 部"，然后提出课外阅读的要求：

1. 选择健康有益、适合自己的课外读物；

2. 每天至少阅读 15 分钟;

3. 自己喜欢的句段抄下来,并做评点;

4. 将好的作品(书与文)介绍给同学。

四、课前演讲的要求

在余高,原本我是安排课前演讲的,后来发现从初中升入余高的学生,口头表达底子普遍不错,近几年就不再安排。估计这里的学生底子不会太好(这从高三教师在"第一次推进会"上发言间接判断的),通过训练让他们"出口成章",练口才练胆量练氛围,就显得重要。

为此,每节课安排 1 人,做 3~5 分钟的课前演讲,结合课外阅读、高考写作要求,高一"名文名著介绍",高二"自定主题演讲",高三"即兴主题演讲"。这一序列参考了我主编的《高中语文学习活动的设计与实施》一书中杭州高级中学周伟老师的设计。

五、课堂写作的要求

台江民中发给我们的《教学手册》里,对语文作文的要求是"大作文 10 次(全批全改),小作文 8 次"。听该校语文教研组长杨宗杭老师的介绍,这个数字其实很难达到,他的做法是安排一节课(45 分钟)写完一篇作文,课堂布置作文题,当堂审题、写作,个别来不及写完的学生,允许课后写完上交。

先不管次数,我想高一学生,让他们 45 分钟写完作文要求恐怕有些高。我也犹豫是否推行我前几年研究、实践的评分规则做法,但还是笼统提出如下要求:

1. 注重平时的阅读和生活积累,做阅读和生活的有心人;

2. 审题大胆而谨慎,构思精致而开放,命题新颖有深意;

3. 表达真情实感,不说假话、空话、套话,避免为文造情;

4. 文面整洁少涂改,字迹工整,美观大气。

六、课外写作的要求

课外写作,就我自己的实践来说,就是随笔写作(自由作文),坚持了二十多年的做法,《高中语文学习活动的设计与实施》有专节介绍。来台江,我还带了三本我所教的余高学生"优秀随笔集"——《心随笔动》。

《享受语文学习》ppt 里,呈现第 1~8 辑《心随笔动》的封面照,以激发学生的兴趣。期待在台江教学期间,我自掏腰包,为台江学生出第 9 辑《心随笔动》,不知能否实现,这是后话。ppt 里,提出的要求为:

1. 每周一篇,600 字以上;

2. 真情实感,表达人类最美好的东西;

3. 乐于分享,每篇有 2 人以上的评点。

当然,还有格式上的要求。应尽快安排学生去图书馆借阅图书,尽早让学生开始课外阅读。为此,我当先了解图书馆,与管理员取得联系。(记此和天大酒店,8 月 31 日 10:45)

11　初识学生

明天就要正式上课,我们决定提前去班级看看。17:10,四人顺着秀眉大道、苗疆东大道、西大道,南转进入清华路,过桥西行,就是台江民中。这是第三次走进台江民中,第一次与学生零距离接触。

在桥头饮食店用完餐,晚霞在天,极为绚丽。不到 19 点,我们就进校园,到了教学楼。走廊里不少扎堆聊天的,教室里也乱哄哄的。不过,我们四人要执教的高一 1、8 班却很安静。有看教科书的,看课外书的,有做笔记,乃至写日记的,毕竟是重点班的学生,颇有些余高学生的影子。

咔嚓咔嚓地拍了些照片,学生也没有受影响,管自己看书。不知道他们是否想到我们就是来自杭州的老师。19:30 一过,督课的老师陆续赶到教室,原本喧闹的校园慢慢地安静下来。

除了去要任教的班,我还走了全校的大部分教室,有三个强烈的感受:一是班级人数多,大约都有 50 多人,显得拥挤;二是教学楼侧"山"字形布局的,"山"左边一竖挨着山坡,显得不那么通透,走进教室全是浓浓的汗臭味;三是教室日光灯早亮了,但不到晚自修的点,多数班级学生很随意的走动、喧哗,也许真如前几天与领导、教师见面所闻,学生不太自觉吧。

天色黑下来后,一钩上弦月,孤零零地挂在学校后山的山顶。回酒店前,我又一次走进任教的班级,发现学生个子都普通长得矮小,个别学生理的发型有些怪,更有学生带了银饰在手腕、脖子的。这些孩子,就是我将相处一年半的学生,我将付出我的爱!(记此和天大酒店,8 月 31 日 22:00)

12　正式亮相

9月1日,早晨6:00,我们四人如约出了酒店。天色微明,路灯还亮着。这儿与余杭有近一小时的时差。街上行人稀少,店门大多关着,我们走得有些急,毕竟要从县城的东头走到西头。在汽车站附近,吃了早餐,是大包子和豆浆,感觉还不错,比酒店里的要松软多了。

幸亏,在县政府附近就打上车,6:27分,我们走进校园,校园的路灯也亮着,天色却已大明,又一次用相机拍了靠山的综合楼。这是民族中学最气派的建筑,教师办公室、实验室都在这建筑里,据说还住着200多位女生。

四人径直去了教室。高一(1)班的灯已亮,学生也基本到齐了。(8)班的教室却还关着,有学生在门口等着。我们先去了(1)班教室,调试教室多媒体。设备有些陈旧,不过,很简约,所有设备都藏讲台里了,用钥匙打开,盖板往两边一推,全套设备就露出来了。

我将《初到贵州台江》和《普林斯顿大学》的ppt,还有一份中国地图拷贝到电脑上。这是昨天准备的。6:50,两班的学生都差不多到齐了。就先让学生看《初到贵州台江》,通过ppt让学生了解我们。

校领导没有来。原本是希望他们将我们介绍给两个班学生的。灵机一动,我来介绍吧。我便招呼另三位集中到(1)班,打开中国地图,指点我们来自东海之滨——浙江杭州,还有地图上贵州台江的大致所在。紧接着,我便先介绍班主任,然后是任课老师。每介绍一位,学生都报以热烈的掌声。这与昨晚大不相同,昨晚我们只是巡视,至多与个别学生聊几句。

这里的早读安排,与余高相似,周一、三、五语文,周二、四、六英语。今天本该读语文,当介绍完我们四位和早读安排后,我都让学生自己选择一科早读,但不能浪费时间。后来发现,同一条指令,两个班级的执行情况不一样。(1)班选择语文齐读,待我走开后就用浓重的台江口音读开了。(8)班则还真是自己读自己的了,以至于政教处杨主任都去干涉了,直到我去,让他们选择齐读语文。

早读30分钟,自7:20到7:50。(1)班读了两遍《沁园春·长沙》《雨巷》《大堰河——我的保姆》,后来,我让他们读《烛之武退秦师》。我之所以如此,是为了解他们的程度。我发现，尽管那口音很重，在我看来很怪，还将《烛之武退秦师》"唯夫人之力不及此"的"夫"读成 fū，但毕竟他们齐读的停顿、节奏感还是好的。

我的课，是上午第一、二节。一上课，我就表扬了他们的早读："以你们今天读现代文、文言文的情况看，你们比我预想的基础要好。有这样的基础，通过三年的努力，"我是把"努力"两字强调了的，"我们全班同学，都能考上理想的大学，你们的名字，都将出现在校门口的光荣榜上。"校门左侧宣传栏上，正公布着 2014 升入高校的学生名单。（记此和天大酒店，9 月 1 日 13：50）

13　第一堂课

我实在担心一开始上新课，不知他们的水平，设计难度太大的问题或活动，把他们语文学习的兴趣给打消了。因此，这第一节课，安排"自我介绍"。我想，一是进一步了解他们的水平，二是让每个人在彼此陌生的情况下当众、上台、开口说，三是树立他们努力学习、三年后走进理想大学的信念。

在(1)班，我在课前播了《普林斯顿大学》。尽管投影并不十分清晰，但学生还是惊讶于名校的美丽。一上课，我便说：

刚才大家看的，是我 2010 年在普林斯顿大学拍摄的照片。爱因斯坦大家知道吧？（他们或点头，或轻声说"知道"）二战爆发，作为犹太人的爱因斯坦离开德国，去了美国，进了普林斯顿大学，就是你们从图片上看到的这所学校。

我曾两次去美国。第一次是 2008 年，带学生访问美国西部的旧金山、洛杉矶。你们知道旧金山、洛杉矶吗？（有学生点头）知道好莱坞吗？（大多数学生点头）对，好莱坞就在洛杉矶。第二次，去了美国东部，访问了纽约、华盛顿、费城、芝加哥，参观了普林斯顿。

我也来自农村。一个来自农村的孩子，为何能两去美国？（学生神情凝注）一靠父母的培育，二靠老师的教导，三靠自己的努力。我相信，只要你们三年的努力，我们班全体同学，都能考上理想的大学，走出国门，亮相于世界的舞台。

接下来,我介绍了我的基本情况。说到"林荣凑",我依然是在余高面见新生的那句话:"这名字,全中国乃至全世界都是唯一的,要是有哪位,能在网络上查到这个名字,说的不是我,那么,咱们打赌,我请你吃一顿饭。"如同余高的学生,他们先是笑笑,然后是一脸的不相信。同样的说法,在(8)班,有学生接口说:"那么,我们自己编个网页。"

嗨,不简单。我顺便说:"你们不要在平时用手机上网,那会影响你们的学习,周末可以咯。"有学生笑了。昨天的接触,我发现学生带手机的不少,也听刘校长说过,这个学期必须禁止学生带手机。我是顺势做的教育。

接着,我告诉学生,今天的课是口头训练,便在黑板上写上"自我介绍"四字。我说,刚才,我已做了自我介绍,下面按座位,我们同学来,每个人介绍三个内容:一是姓名,初中毕业学校(两班,我都顺便问学生,这里有汉族的吗,结果两班只1人);二是你在高中的理想,对学校、班级、老师、同学的希望;三是你对语文学习的希望和要求。

我还让学生拿出"语文本",学校特别印制的,内有方格,在第一行中间写下"自我介绍",在第二行顶格写下"林荣凑",之后空一格写同学的名字。自然,要求上台自我介绍的学生,先在黑板上写出自己的名字。

两个班,(1)班53人,(8)班49人,都没有能在课堂说完。下课后,我将学生写在黑板上的姓名,用我的D50拍了下来。

他们的书写,自然谈不上书法。(1)班有位女生,拿粉笔犹如拿什么重物,三个字足写了十多秒。两班都有不少学生写倒笔顺。然而,让我开心的是,尽管彼此说的或长或短,或流畅或滞涩,都表达了同样的愿望。因着这份感动,我想到了"团结努力共圆大学梦",写在黑板上,让学生对对子。

这样,这一节课的作业:一是将口头自我介绍扩充,写200字的自我介绍;二是为"团结努力共圆大学梦"对下联。只是,(1)班有学生说,能否对上联(其实"梦"是去声字,只能做上联),还有学生问要横批吗?我自然答应学生,可以。人教版必修一"梳理探究"板块,有《奇妙的对联》的短文,我让学生拟对联前先看看。(记此和天大酒店,9月1日15:55)

14 我们的新居

9月1日下午,我们搬入了新居。浙华小区御锦苑4幢302室,三室两卫两厅,130多平方米的套房。今晚当是第五个夜晚了。谢天谢地,我在这儿的睡眠,远比在大酒店的好。尽管和天大酒店,是台江最好的酒店。

将所有的行李打包后,拍了大酒店三张照片,有5810房,也有大堂的。这个我住了8个晚上的所在,这个不能安寝的所在,真要告别,却依依不舍。

支教的学校——台江民族中学派了三辆车来接的,负责行政后勤的李封祥副校长、办公室欧阳光俊主任、总务处余志军主任也来接我们,帮我们搬行李,搬上车,又搬上楼,不让我们动一下手。

大约下午5点,我们进入新居。这是台江民中一位体育老师8月份调州府凯里后留的空房。电视机、网络、沙发、灶具都没有带走。学校租下,只添了床、洗衣机,还是电饭煲、压力锅和电磁炉,当然,还有冬夏的棉被。

三室两卫两厅,如果是三个人合租,那是很不错的。可是,我们四人,且有一位是女的。因此,有个房间,只能住两人。老魏坚持让我独寝,理由是我的睡眠很差,他和温雅一间。当时,有很多民中的领导和同事在,我不便说。后来,我乘隙提出老魏、温雅各住一间,我睡客厅,因为客厅很大。我的建议一提出,老魏和温雅也赞同,但都抢着睡客厅。当然,我也争着,理由是我睡得迟,睡客厅不影响他们。

一时无法定下,民中领导就招呼说,住新房,要烧锅底。当时没有听懂,后来才知道,是庆祝乔迁。于是,我们的车,去了秀眉大道上的"郑府酒店",又是让我们怕怕的喝酒。幸亏我和老魏有晚自修辅导,另两位又因是班主任,晚7:20分就让学校专职驾驶员小刘带我们回学校。

待晚自修辅导回到新居,温雅、李亮已将一张床搭在客厅,我和温雅又将床铺移动了位置,让沙发与床铺之间有更多的空间,便于行走。然后,我们与温雅就争这床。最后,我只能多次说"委屈你了",让温雅睡客厅了。

四人合伙的第一顿饭,是9月2日的晚餐。这天下午,老魏提前下班,去菜场买米买菜,跑了两趟。当我和温雅下班回到新居,老魏已在做饭。我与温雅就一起帮忙,淘米煮饭,洗锅擦桌的。19点吃饭,温雅赶去晚自修了。李亮是物理组聚餐,没有与我们一起吃第一顿自己做的饭。

此后的几天,除9月4日教育局招待外,我们都是一天做两餐,早餐自理。饭菜由老魏主厨,老魏有课的时候,李亮做,他们都是东北人,做的饭菜风味差不多。我不是很习惯,但见四人其乐融融,颇有些"家"的感觉了。

新居的生活还是令我们满意的,唯一的遗憾是步行到校要25分钟。每天来往学校至少两趟,如果有晚自修辅导,那就要来回三趟。地处高原,辐射大,我夏天穿的白皮鞋,鞋底比较薄,走路脚底板烫得生疼生疼的。且把每天两三趟的来回,当作锻炼身体,心便乐矣。(记此浙华,9月5日21:30)

15　台江民族中学

它是我们将工作、学习一年半的学校。近一周,对它的外在面貌有了些了解,可以对余杭的亲友说更多了。于是,昨天下午,很奢侈地在办公室,选择在台江民中拍摄的照片做了ppt并发出。下面是部分介绍词——

我们支教一年半的学校,就是贵州省台江县唯一的普通高中——台江民族中学。该校占地160亩,专任教师180多人,现有班级数,高一18个,高二15个,高三20个,有3000余学生。

该校创建于1942年,新校启用于2007年4月30日,这是大门。

进得大门,就是百米中央大道,这里是终点。

校标的正面是校训"像山鹰一样搏击,为成功人生准备",背面是隶书的"经天纬地"四字。

这是学校的运动场,塑胶跑道,足球场是人造草坪。

……

上图是印在学生作业本上的学校设计图。大门口的体育馆,艺术馆都还没有建造。本集就介绍到这儿,更多期待中。告知远方亲朋,我们四人都生活得很好,同事热情,学生乖巧,请大家放心!

这个名为"台江民族中学"的ppt,24张幻灯片。发出后得到的回复,让我一惊。下面是部分回复——

方巧丽:林老,欣赏了,呵呵,拍得不错,写得不错,学校挺漂亮的。谢谢林老,让我们足不出户感受到别样的风景别样的生活!

陈叶珍:漂亮! 这么好的学校,应该是他们到我们这里来支教。早知道跟你抢名额去,呵呵。

李建松:学校硬件比余高好呀。

哈哈,照片和pps,如同所有的风光片,都是会"骗人"的,因为拍摄者、制作者总是有所选择的。但即使如此,台江民中的地理位置、建筑外观,是足以颠覆东部人们想象的。(记此浙华,9月5日23:20)

16　"原生态"的学生

零距离接触学生,是从8月31日晚开始的。

一周下来,用"乖巧""淳朴"等形容,似乎都可以,但都不如用"原生态"三字,这是相对于我余杭的学生来说的。

除了上课,我与学生打交道并不多。几天下来,在校园、校外相遇,总有学生怯怯地喊我"老师",其中有我叫得出名字的,如高一(1)班的王忠英、潘鑫媛、吴木兰。多半,我连面孔都觉得陌生。但我确信,与我打招呼的学生,一定是我所任教的。因为,这个学校,似乎并没有要求学生遇到老师,不管是否是自己的任课教师,都要唤"老师好"的。

这就是原生态,不是"勉强"下的问好!

课堂上,一让学生讨论,教室里顿时就会热闹起来的。然而,如果是让个别发言,你大致可以判断,他/她是否是城镇生活、学习的。毕业于台江一中、台江二中的,他们回答问题方音较弱,回答的声音清晰、响亮,显得很有自信。而来自乡村学校的,本地口音就很重,回答问题断断续续,不太成句。我任教的两个班,来自乡村的孩子并不多,第一堂课"自我介绍"中就传递了这一信息。

也许,"原生态"最典型的当数课外。只要不是上课,足球场、排球场、篮球场,总不乏运动着的身影。午间,11:50-14:20,晚间,17:10-19:30,因为走读生需回家中饭、晚饭,学校留的时间很充裕。如果在余杭,午间会安排午休,晚间会提前安排晚读,运动场上近五年已少有这种红红火火的运动情形了。

而走读生,他们或步行来去,或骑自行车。按理,他们该是行色匆匆的,因为脚步慢了,学习时间就少了。然而,走读生总是三两扎堆,边走边聊,特别是回家的那一程。怪不得,这儿的学生,少见那种白白胖胖的,或是细细长长的,他们短小的身影,浅褐色的肤色,都写着"结实"两字。

这一周,我们四人从住处到学校,从学校到住处,路上总会遇到背个书包独自一人上学、放学的孩子,该是小学低年级的。这种情形,在如今的余杭实在是很难遇到的风景,却是我们这一代人曾经拥有的生活!

我既同情于这里的孩子,又为这里的原生态而欣然!这样的"落后"又何妨,毕竟这是健康的、安全的。(记此浙华,9月6日9:35)

17　蚩尤的后代

在前面的"台江初印象"中,我曾提到余秋雨先生的《以美丽回答一切》。余先生这篇黔东南考察手记中,曾写道:

> 不少中原人士未到这些地区之前,总以为少数民族女孩子的美属于山野之美、边远之美、奇冶之美。其实不然,西江苗寨女孩子美得端正朗润,反而更接近中华文明的主流淑女形象。如果不是那套银饰叮当的民族服装,她们的容貌,似乎刚从长安梨园或扬州豪宅中走出。

> 这使我惊讶,而更让我惊讶的是,问起她们的家史血缘,她们都会嫣然一笑,说自己是蚩尤的后代。

余先生所说的"西江苗寨女孩子美得端正朗润"是真实的,2007年7月我也发现了这一点,我的影集里有她们端正朗润的影像。

我只是不确信,我台江的学生,是否也能有西江女孩子的自信、自豪,坦然地说"我是蚩尤的后代"。在炎黄子孙的潜意识中,蚩尤就是妖魔。读着余先生文章的那刻,我想,我总会有机会询问学生的。

然而我没有想到,第一堂课,让学生"自我介绍",我就乘隙问我的学生:你们的祖先是谁?

他们以响亮的声音齐声回应:蚩—尤—!

那一刻,尽管有心理准备,但我还是惊讶的。惊讶之余,是开心的微笑。要不是来到台江支教,没准在我的潜意识中,蚩尤永是一个妖魔。

且看百度"蚩尤"一条,摘录其中的文字,或将有助于如我一样以"妖魔"视蚩尤者识之:

> 蚩尤是中国上古时期的九黎部落首领,带领九黎氏族部落兴农耕、冶铜铁、制五兵、创百艺、明天道、理教化,为中华早期文明的形成做出了杰出贡献。蚩尤是苗族的祖先,因在涿鹿之战中与黄帝交战而闻名。他在战争中显示的威力,使其成为战争的同义词,尊之者以之为战神,斥之者以之为祸首。

在我们任教的两个班102人中,只有1人为汉族,1人为侗族。我在民族中学的180多名同事,汉族的人数也不超过5%。我曾在QQ里给余杭的同事说:"我们是这里的少数民族。"其实,这话出自台江民中语文组同事李虹老师之口,她是汉族。此生有幸,这一年半,作为炎黄子孙,将与蚩尤子孙一起生活,在我的人生历史上,这是值得珍惜的时段。(记此浙华,9月6日11:00)

18　我们四人

前面的记事,已多次提及我们一同来台江支教的四人。彼此相处14天了,这里,该留出一点篇幅,集中说说了。

魏则然老师,男,1963年12月出生,黑龙江牡丹江人。爱人是医生,孩子在山东德州读大三。在行前会议上,他的一口浓重东北口音,就很生动展示其热情的个性。我俩同属六三兔,我年长于他。哈,在余高,六三兔有十来人,我是最小的。而这一趟,所遇六三兔甚多,然至今未遇长于我的。

我更多称呼他"老魏",不是因为年长,而是颇含尊重。他1988年毕业于苏州的铁路师范学院,毕业后回原籍工作,2003年从牡丹江到杭州宋城学校工作一年,2004年调瓶窑中学工作至今。走南闯北,阅历比我广;个儿比我略高,但感觉上比我魁梧多了。

行前会议结束,我们将行李搬上去机场的中巴。他不是先拿自己的行李,而是先将放在传达室门口的行李——我25公斤重的拉杆箱搬上车。这个细节,让我颇生好感。我知道,他是一个颇懂得关心他人的人。

此后,从杭州到台江,从临时住的大酒店到现在的住处,他总是先想着我们三人。有多少次，我们还美美地躺在床上，他一人已开始忙碌，外出买吃的，在厨房做吃的。这一回支教，感谢老天赐给我们"老魏"，他如同我们的家长，操持着我们的日常生活。

温雅老师，男，1982年出生，江西南昌人。人如其名，温文尔雅。四人中他年纪最轻，也最腼腆。来台江后，我们几次一起参加台江教育局、台江民中的会议和聚餐，他的话语总是最少的。论酒量，他似乎比李亮老师好，但一喝就上脸，这一来就更腼腆了。

温雅是标准的帅小伙，1.75米的个儿，肤色又白皙。话语不多，但要一开口谈教学、谈学生，毕竟英语教师，他就能做到吐字清晰，流利畅达。

这一周，在饭桌上，他总爱向老魏、李亮打听某一道菜怎么做，颇有成为第三厨师的准备。当然，他还没有能做，洗碗的事倒多半他在做了。

他的孩子只有4岁，同行的四人中，他该最惦记家人的。来台江三五天后，我问："孩子想你吗?"他说："不想，孩子从小就粘着他妈。"孩子不想爸爸，他肯定是想孩子的。

该说四人中唯一的女性——李亮老师了。

她，1979年出生于吉林市，北华大学物理专业毕业，与诸多校友来江南闯荡。这并不特别，余高也有许多北华毕业的，她也几乎都认识。相处半月，倒印证了世人"小个子有大能量"的说法。

现在的东北女孩有不少长得很袖珍，她就是。在行前会议前，她开始坐在后排座位，我还以为来送行的。待会议主持人介绍，她才坐到前排。我当时是一惊的，那一惊是甚于我惊讶老魏的——偌大年纪还支教。这么一个单薄的东北女孩，到江南生活已属不易，再来一年半的"漂泊"，便有些不可思议了。

更让我惊讶的是8月29日。她淡淡地告诉我："明后两天，我去施秉。"

我知道，这个暑假她都在自助游，我们赴台江的前一天(8月23日)她才从东北赶回余杭临平。当时我们四人，她的脸是最黑的。难道还没有玩够? 而且，我们住大酒店，不定过一两天就要迁入新居，那行李咋办?

更重要的是，离9月1日上课，只有两天时间，她居然还有心外出游玩。我是有些嗔怪的。作为此行的组长，自然还有担心。那几天，网络传闻女大学生受害的新闻不少，她初来乍到，人生地不熟的，敢去施秉云台山野营? 这着实让我捏一把汗。要是有点事，我该怎样交代?

她是把我当组长的，要不她不会第一个告诉我。她也是知道该怎么说服我的。她说，她有多年的俱乐部经历，这一回她通过微信，参加了凯里的一个俱乐部，他们有车来台江接送的。行李全打包了，要是这两天搬家，让我们搬也不难。开学的课也已备好。我无语，只再三告诉她，一定要注意安全，保持联络。她出发去施秉的那一天，老魏送她上了车，台江民中的几个领导也在（他们正在酒店办事吧），恰好车主是民中领导也认识的。老魏说："要不是民中领导认识的，我就拿手机拍那车牌了。"

她，外表柔弱，初见她，人均以为她是高中生。昨天去民族中学边的一个理发店，店主就是按学生价 10 元（成人 15 元）收费的，这是她笑着给我说的。

半个月前，我们彼此还互不相识。感谢余杭区教育局，让我们四位走到一起，同住在一个套房内。如果没有什么意外，我们就将一起生活、工作一年半，直到台江支教结束。（记此浙华，9 月 6 日 14:50）

19　办公室的同事

一周工作下来，该介绍我办公室的同事了。

只有一位同事，李封祥！

留个半寸短发，脸色总是润泽的红，初见以为酒后微醺。个儿不足一米七，精干。大肚已明显外凸，一个中年知识男性，如今非常典型的身材。

我俩同属 60 后，他小我 6 岁，教数学的。

初次见面该在贵阳，他与龙峰局长、刘宗华校长一起迎接我们，不过没有点滴印象。最初印象，定格于在凯里亮欢寨的包厢里。

他就坐我边上，老盯住我酒盅，非让我喝完不可。

大约开喝一会儿了，他居然称呼我"林兄"。似乎没有问我年龄，或许从外表判断，他自信比我年轻吧。这个称呼，在这半个月的接触中，屡被他使用。要是没他人在，他还会用"哥""老哥"称呼我。

能这样称呼一人，总是温情的。这一周，多半我比他早到办公室。每回他进来，也多半一个字"早"。那口吻，与叫"哥"的口吻是一样的，悠悠的。

在办公室里，总有人来找他。他似乎不习惯于坐着与人交谈，多半会站起来，轻声谈话。他们说的是贵州普通话（西南官话），我自然没听懂的，也不在意听吧。往往用了不一分钟，谈话总会结束，不是怕影响我工作，而是简短的交谈，他已将该交代的事交代完。

来我们办公室见他的，多是校务办公室的成员，还有总务后勤的。那些来见他的人，也不大声说话。

昨天，他告诉我，她爱人是学医的，现在民政局工作；孩子读初三，是个女孩。他也是台江民中的毕业生，大学毕业先在乡镇中学，后来调母校，曾在团委、政教处、教务处、校长办公室等中层处室待过。曾有很多次机会调离教育系统，他爱人都不同意，理由是"当老师好"。没有见过他的爱人，我想该是个贤惠的女性。

他，是台江民中分管行政、后勤的副校长，曾与包括现教育局龙局长在内的三任校长共事。我戏称他为"三朝元老"，他呵呵地笑笑。

他，要是袒腹趺坐，是个浓缩版的弥勒。（记此浙华，9月6日15：30）

20　最早的"中秋快乐"

支教一年半，该有两个中秋节在台江过。

我制作的《台江民族中学》ppt，最后一页打上了"顺祝各位中秋节快乐"的字。看到这个文本的亲朋，多半是回复了"中秋快乐"的。然而，最早的问候，却是短信，是余杭教育局工会曹炳宣老师的：

> 林老师，在中秋佳节来临之际，向远在贵州黔东南苗族自治州台江县民族中学支教的你和你的伙伴李亮老师、温雅老师、魏则然老师问好。祝你们中秋节快乐！

他原组织人事科科长，两年前调教育工会。我和他的交往并不多，也不知道在工会做些什么。只是在等候申请支教的最后几天，我电话联系他，让他帮着打听一下，因而，他算是知道我支教的、为数不多的朋友之一。

我将《初到台江》《台江民族中学》两个ppt通过邮箱发给他，也不知他是否收到。这一会，我也不明白他是个人名义还是组织名义的。反正，这是我收到的最早的"中秋快乐"的短信。

一阵子激动后，我回复道："这是我们在台江收到的第一个中秋短信，我们都被感动了。感谢曹科！"

毕竟在异乡啊。（记此浙华，9月6日16：55）

21 台江县教育局

这，大概是我见过的最寒酸的教育局办公楼了。

这是一幢四层楼房，外观是苗族建筑风格的，白色的墙壁，赭红色的装饰柱子和窗格。二层的挑台上，是赭红色"青少年活动中心"的标牌。这样的楼房，在台江很普通。

我们是9月4日下午五点造访的。出租车在秀眉广场一侧驶入小弄，擦着台江职高的围墙，拐个弯，沿翁你河走二十米，就停下了。楼面南，前面就是翁你河，河水在这里拐了大弯，由南流来，转西穿城而去。

教育局的全体班子人员，邀请我们四人，还有由团中央派出的四人，庆祝即将到来的中秋节、国庆节。作陪的，还有台江民中、台江职高、台江一中、台江二中等四校的校长。

在教育局的餐厅，主宾陆续进入。于是，见到了许多新的面孔。值得一提的是团中央派出的台江支教团四人，三女一男，东北林业大学的硕士研究生。他们是7月份来的，在台江一中、二中两所初中支教一年。一律年轻的面孔，跟我们李亮老师相仿。

菜品很简单。中间一只不锈钢小菜盆，是排骨黄豆火锅，桌上的炒蛋、水煮花生米、炒芹菜、皮蛋都是双份的。桌面上没有转盘。上的是台江最普通的米酒，他们号称"台江啤酒"，度数不高，闻着香，后劲却不弱。

就是这样的简单，龙局说，还是请示县政府的。不独是因为中央颁布的"八项规定"，其实教育局的经费很是紧张。

餐厅在一楼，我们没有来得及去参观二、三、四楼的办公室。不过，一楼小厅有平面布局指示牌，方格内密密麻麻的汉字。于是，我冒昧地推想，这里的办公条件好不到那儿去的。餐前，背对翁你河，龙峰局长指点楼房说，是两年前搬过来的，原来的办公条件更艰苦，原来的楼都快坍了。

作为普通教师，我到过的教育局办公楼还真不多。上世纪80年代初的泰顺县教育局，是我此生造访的首个教育局。大学毕业，在那儿的人事股报到；一个月后，在那儿参加过座谈会。泰顺当时是浙江省五大贫困县之一，但教育局的楼毕竟是"独立自主"的,在罗阳镇的广场上西看,很是醒目的。

上世纪 80 年代中期,到过余杭教育局,在临平镇的将军殿弄,当年钱塘大厦的北面,也不太显眼。但毕竟,它是教育局办公的单独楼体,而不是如今台江教育局与"青少年活动中心"合署的。

从此推论,这里的教育局办公条件,与泰顺、余杭比,至少落后三十年。莫非,这样的教育局办公楼在中国西部还很多。如此,中国教育的均衡发展任重而道远!(记此浙华,9 月 7 日 10:15)

22　课程纲要

制订"课程纲要",并不是新鲜事。在余高,这一做法已成为我的常态,所制作的课程纲要,作为范本收入崔允漷教授的《有效教学》一书,有关论文曾在《教学月刊》上发表,且在省内省外做过多场与此有关的讲座。

这一回,在台江民中是否操作,我是有过犹豫的。

这里的做法,还是比较传统的。学校印制的《教学手册》里,教师要制订,学校第二周即行检查的,是"学期教学计划表"和"学期教学进度计划表"。请允许我列举两表的大致内容:

前者有一般项目(年级、班级、科任教师、学期)、核心要素(使用的教材、课时分配、教材分析、学情分析、主要教学措施、教改课题实施安排、课外活动和学生能力培养计划),还有"检查意见"。

后者有周次、起止时间、教学内容、课时计划、教育教学时记(含教法、学法辅导、思想教育等)。

其中,存在许多问题。比如,后者应改为"学期教学进度表"并可归入前者;后者"教育教学时记"留的格子很小,当是学期结束才能填入的,而有一位数学老师,已经填写了"直观演示""观察、类比"等词条。

传统的出发点是好的,但是一份"学期教学计划表"承载太多的内容,就会使教师流于应付,最后也未必得到贯彻。据说,这里对"计划表"和"教案"检查的要求甚严。需申明的是,这种情况,据我所知,远非台江民中存在。我对该校疼爱有加,我之记录并非简单批评图个爽快!

想起我的《＜课堂观察手册＞诞生记》（发表于 2007 年第 24 期《当代教育科学》），曾记录了 2006 年 1 月 14 日崔教授在余高的一段表态：

以前重视"事前控制"，就是"管教案"，学苏联的，是基于师资跟不上、学历不达标的客观条件。现在管理重心要移到"事中"和"事后"管理，就是"教学"（事中）、"评价"（事后），要关注课堂教学质量。

"要有所作为，不能得过且过。"心底一个声音响起。于是，进一步研究人教版必修的教科书与"编写说明"，又找出电脑中的诸多资料，一鼓作气，这一天（本想去州府凯里市的）就有了《学期课程纲要（必修 01－02）》。

前几年，我的课程纲要是以"模块"为单元的。这一回，为与这儿的"学期教学计划表"保持一致，乃用"学期"为单元。其内容略述如下：

一般项目：课程名称、课程类型、教学材料、课时/学分、授课教师、授课对象。

引言：学生进入高中的第一个学期，不仅需要学好基本教学材料——人教社语文必修一、必修二，更需要形成良好的学习习惯和意向，为后续五个学期的学习打下扎实的基础。

教学材料：说明人教版必修一、二的结构和内容。

课程目标：从"阅读鉴赏"、"表达交流"、"梳理探究"、"课外阅读"和"学习习惯"等五方面列举，打破"三维"框架那种难概括、不实用的表达程式，以人教社教科书的板块为主线表达。

内容与实施：围绕"课程目标"，以人教社必修一、二教科书为参照，将课程内容、课程实施结合考虑，安排学习活动。用表格形式，纵向栏目，以教科书单元编排；横向栏目分别是"阅读鉴赏"、"表达交流、梳理探究"和"预期教学时间"（课时数，起讫时间）。这一安排，能很好地体现阅读、写作、口语交际、梳理探究结合的编辑思想，也以便组织教学、实施检测。

课程评价：说明评价指标及评价结果的处理。

这个成果，我发给了崔教授等，也将与民族中学的语文同事分享。是否合用，需要三个检验：一是专家意见，二是台江民中教师的接受情况，三是我自己的实用情况。（记此浙华，9 月 7 日 22:20）

23　州府凯里

这是我第三次到凯里——贵州省黔东南苗族侗族自治州首府。

第一次,是 2007 年 7 月中旬。从杭州到凯里,当日下火车转汽车去雷山县的西江千户苗寨;次日从西江回凯里,再汽车转都匀——高原桥城,都没有什么停留。记忆中,那时的凯里,似乎还不如余杭区政府所在地临平。

第二次,是半个月前,8 月 24 日。我们余杭六人,从贵阳龙洞堡机场赴台江,在华灯初上时进入凯里,在"亮欢寨"晚餐后出凯里。也许是擦着城市边走的吧,感觉还是一般,街市上行人也不多。

中秋的三天假期,我们是决计要安排一天去凯里的。尽管行前登录网络,凯里市内真没有值得一游的,但心中有要见一见"一方土地"的冲动。于是,在假日的最后一天(也是中秋节),我们一行乘坐班车,去了凯里。

幸亏有了这一次走进凯里,要不我会误读凯里的。

我们是奔州博物馆去的。文化北路,北京东路,大十字,韶山南路,宁波路,慢慢地走着,看着,高原太阳很是热情。大十字,是凯里城区的中心,正修着过街地道,行路还不方便。台江县城是没有红绿灯的,凯里的路口,有红绿灯、斑马线,行走可以从容。

博物馆出来,去了"牛滚荡"金竹园店,看到了凯里市民族体育场。尽管道路扩建,密闭的护栏影响了观瞻,但其富有民族特色的建筑,还是可以用"大气"一词来概括的。9 月 13 日,"亚洲天王天后群星演唱会"将在这里举行,任贤齐、容祖儿、容中尔甲等明星将出现在演唱会的舞台上。这,我是从和天大酒店大堂的广告上得知的。

这一次行走,我该说,凯里市,作为黔东南州的首府,无论是城市地位,还是城市面积;无论是建筑之高之密,还是来往人众之多,都远逾临平。地处高原山地,因其缓坡上下而富有美感的街道,具有民族特色的公交车站,还有车站附近行色匆匆的背包客,加上这里有多所高等院校(如凯里学院、贵州电子信息职业技术学院等),更是临平无法比拟的。

博物馆在韶山南路的最南端,宁波路在其北面东西延伸。三层展馆,展示了清水江流域的考古成果、黔东南民族文化(黔东南有 33 个民族)、非物质文化遗产。我们是外行,待了 80 分钟,仅仅是走马观花,对博物馆迷们,这是一个好去处。

凯里市内有苹果山公园、罗汉山森林公园、大阁公园,我们都没有去。下午 2 点,我们就离开凯里返回台江。凯里是繁华的,但我宁可选择台江生活。当班车出了台江高速口,我有了回家的感觉。(记此浙华,9 月 8 日 18:00)

24　台江表彰教师

无论如何,作为支教台江的一名普通教师,被邀参加"台江县 2014 年第 30 个教师节表彰大会",心有所动,该有所记录。

我们四位和团中央选派的四名志愿者,作为嘉宾坐在会场的前排。表彰会简单而隆重。"简单"在程序:一是少先队员鼓号队奏乐、诗朗诵,二是参会教师宣誓,三是宣布表彰决定,四是颁奖,五是先进个人发言,六是县领导讲话。

说是"隆重"。一是会址——县政协五楼的会议室,光主席台就有四排 44 个座位;二是四套班子领导出席,坐满前排 11 个座位,居然还轮不到教育局龙峰局长;三是与会者,除了各校教师代表,还包括与教育相关的各行政机关、事业单位的代表;四是四位优秀教师——排羊九年制学校张菊英、方召乡脚交小学张通乐、城关一小潘盛萍、施洞中学张贵生,他们是全县 21 个幼儿园与中小学(普高 1,职高 1,初中 7,九年制 1,小学 9,集团幼儿园 2)的典型,他们的发言是台江教育辛勤耕耘的写真,表彰会在这一节犹如事迹报告会;五是成兵县长就全县教育的高视点讲话,这一节犹如教育工作会议。

该特别记录的,是现施洞中学张贵生校长的发言。他大约 40 出头,走上发言席的步伐,敦实而有力。一张口,就是激昂高亢的言语,与前三位截然不同。他曾是老屯中学的校长,临危授命时,老屯中学只有三百多学生,大量的生源外流,教师也人心浮动,更别说教育教学质量了。是他的倾情投入,三年后学生增至七百多人,教学质量跃居台江各初中的首位。去年调薄弱学校施洞中学任校长。

他讲了一个有关"杀猪校长"的故事,是任职老屯中学时的,其中可以窥见一名乡村中学校长风采。下面，是我根据现场录音整理的。

那天，一个学生因为翻越学校围墙，把腿摔断了。我去医院看他，问他逃学的原因。他哭了，他说他们村过节杀猪，有肉吃，他想吃肉。我听了当场两眼含泪，说不出话来。

当时，我不怪学生，我怪我自己。我不骂学生，我骂我自己，我痛恨我自己。我想，我作为一校之长，我的学生居然是为了吃肉而摔断了腿，我无地自容，我觉得惭愧，我内疚，我当时就发誓了，从今天起，我不管在哪里当校长，我绝对不会让我的学生因为没肉吃而翻围墙。

在座的校长和老师都知道，09年那个时候，各个学校都没有营养午餐，很多寄宿学生，根本没有享受到学生生活补助，所以很多学生都是从家里面带米带菜带钱到学校来读书，家里特别困难的孩子，要想吃肉简直太难。

为了让住校学生吃上猪肉，我和我的同事，联系宁波、天津的爱心人士，联系乡政府和其他单位的领导，获得他们的支持，学校也节约部分资金，终于实现了每个学期杀两头猪让住校学生吃的心愿。所以，当时有学生说我是"杀猪校长"！

后来，那个摔断腿的学生治好、康复回校的时候，当他大口吃肉的时候，他开心地对我说："张校长，谢谢您！"我听了，我又泪流满面。但这泪流是快乐的眼泪。从那以后，我的学生，再没有人因为吃不上肉而翻围墙了。

现在我来到施洞中学，现在的资助政策更好，条件更优越了。我的施洞中学的学生，每天都能吃上肉了。而且，现在我们施洞中学是营养，而不是温饱了，是上了一个台阶了。为了确保营养，我亲手把关，遴选出我们施洞镇最优秀的厨师、最负责的工人，做出干净卫生、酸甜可口的饭菜，每餐三菜一汤，让孩子们吃得好，吃得有营养，乐不思蜀。

新中国的教师节始于1985年，我工作的第三个年头。那时，我在浙江的山区县泰顺。想不到的，第30个教师节，我也在山区县度过，还有幸参与了台江县盛大的教师节表彰大会。（记此浙华，9月11日8:02）

25　在台江,我的第30个教师节

此生有幸,至今为止,我见证了新中国30个教师节。

教师节这天,第二节语文课的课前,出乎我的意料,我收到了高一(1)班学生送的礼物,一条深蓝色底子,双排五色彩条的围巾,苗族风格的。我问孩子:是温老师提醒的吗? 他们齐答:不是,我们自己想的。

这个教师节,我还收到二十多条短信。其中有往日的同事,现余杭教研室的徐晓芸老师:"阿凑,教师节快乐! 课务繁重,生活艰苦,要照顾好自己。"大姐般的关心,暖我心怀。现在文联工作的、原余高沈毅校长短信道:"注意身体,多多享受上苍赐予的生活。"同样的温暖,有着丰富的哲理。而余高同事、现塘栖中学吴江林副校长的短信是:"在这个我们自己的节日里,祝愿你及其他三位大爱者快乐安康!"则包含了对我们行动的夸奖。

其中更多的,要算是余杭的学生了。有毕业很多年的,如1987年戏曲班毕业的纪霞萍(他的孩子是我余高的学生);正在上大学的,如缪佳丽、杜胡斌、赵亦昊等;有大学毕业刚参加工作的,如徐湘悦、徐晴;也有还在余高就读的,如汪洋、沈莹(他们都是"海燕班"的学生)。

杜胡斌的短信,是我见过最长的教师节短信了:

> 林老师,你可能是我所遇到的最不像老师的老师,却也是最像老师的老师。从事语文教育,却总是多管闲事,一个啰嗦的老头,时常还担任编辑,不得不说太多才了。然而你所走过的山水归结为你带给我们的分享,你走入钻研语文教育、学生教育前线,很遗憾只与你一起度过了一年。不过你说的每句话都给了我们或大或小的积极影响。感谢赐教,教师节快乐,记得别太劳累。

颇不顺口,许是即时率性之作,言及我的风格,诚然。

徐晴是今年江西师大毕业的,实习在其家乡一所小学,其间我曾给予一些指点,她也曾两次到余高看我。如今,就在其实习的学校担任教师。她的短信如下:

> 教师节,想起在我成长历程中帮助过我、影响过我的恩师。如今,站在这三尺讲台,才体会到老师的用心和辛苦。老林,感谢您对我的指导和帮助,而

我也会尽力去点亮那一盏盏未知的心灯。

她是腼腆的，也是善良的。我给过她施良方教授著的《课程理论》，对她的教师生涯充满期待。她，能成为一名好老师的。

除了上半年在余高带的"海燕班"学生，给我短信的学生，多半不知道我支教台江的事。我的回复，一律告诉他们我的近况和我的 QQ 号码，接着发给他们《初到台江》《台江民族中学》的两个 ppt。他们也被感动了的，缪佳丽回复说："刚听陈老师说起了！真的是太佩服您了，也好羡慕呀！老林在异乡也要照顾好自己哈！期待您的见闻！"

短信之中，值得一记的，还有我的远在山东青岛读大三的孩子，他的口吻颇为俏皮："林老师，祝你教师节快乐哈，万事如意，心想事成，注意身体哈。"那"哈"，是父子贴心的暖意。

这个教师节的晚饭，与台江民中语文组老师聚餐。席间，认识了张宽怀老师，他原是民中语文教研组长，刚调教研室任语文教研员。尽可能控制喝酒，但还是微醺而归，是工作才第四个年头的张志辉老师送我到小区门口的。（记此浙华，9月 11 日 8:50）

26　学生的作业

至今为止，学生写了三种书面作业：一是课文背诵默写，《沁园春·长沙》；二是"美点欣赏"，每一课学习结束，写 200 字的欣赏文字，已经做了《沁园春·长沙》《雨巷》和《再别康桥》三课了；三是随笔写作。

学生的背诵是认真的，早读课时间被充分利用。默写，学生错的字，也会是余高基础薄弱学生常错的，如"橘子洲头"的"橘"写不清笔画，"怅寥廓"的"寥"写成"廖"，"问苍茫天地"的"茫"写成左右结构，"粪土当年万户侯"的"侯"写成"候"。

我还是按在余高的做法，先自改后互改，但他们还是把那么多错别字留给我。不过，错误人数，两个班，大约 20 多人吧。

"美点欣赏"，开始不知如何写，这与我的指导不到位有关。让我意外的，莫过于过度阐释，如《再别康桥》，学生将"软泥上的青荇"中的"青荇"说成是象征功名利禄，"甘心做一条水草"表明诗人具有远大抱负，"不带走一片云彩"可以看出徐志摩是一个放荡不羁的人。

讲评时,我说了这三个例子,学生笑了。

最觉得问题的是,学生的造句、标点错误迭出,你瞧:

> 《再别康桥》里,我欣赏本文中的绘画美,就如:"那河畔的金柳,是夕阳中的新娘。""金柳"这词中的"金"与下文的"夕阳"呼应,意为黄昏下照射着柳树,使柳树变为了金色的。让人觉得很有意象。还有上文的"金柳"比喻为"新娘",这有比喻的美,把"金柳"给拟人化了。突出了夕阳中的金柳的美丽、梦幻。

类似造句、标点错误,随笔中出现的概率也很高。尽管如此,我对他们的随笔,是欣喜莫名的——学生笔下的内容,比余杭学生丰富、充实多了。

这是第一次随笔写作,我布置的话题是"我的家乡"。要是在余杭,农村的学生也许能写多一些,城镇的学生估计只能咬笔头,靠文辞的堆砌来满足600字以上的要求了。

然而,我这儿两个班的学生,各班三五人字数不足,其他人都超出要求的字数,有的同学达千字以上,洋洋洒洒两页三页的。他们笔下的"家乡",山美,水美,风景美,建筑美,节日美,人情美,一篇篇随笔,都不是"挤出来"的,而是"流出来""涌出来"的。不是家乡厚实的自然人文底蕴,不是亲族从小对他们的熏陶,他们不可能呈现出如此丰富的"家乡"面貌,让支教的我大为兴奋。

我是答应学生的,一年半后,给大家出一本集子,按着我在余高的尝试序列,就是"心随笔动"第九辑。这一方辽远、神秘、原始的所在,这一方水土滋润、养育出来的孩子,值得用文字锁定原汁原味,继而呈现给更多的人们!(记此浙华,9月12日21:35)

27　首次下乡,我们去了南宫

这趟来贵州台江支教,二十天了,万亩草场、镇远、西江,都是台江民中老师领我们走的。我们单独行动,至今仅是两次:9月8日,三人去了趟凯里;今天,我们四人去了台江县最南边的乡镇——南宫乡。

这是我们首次下乡,行前我们有着太多的想象:原始森林,动物横穿公路,古朴的苗寨,清澈的小河,嬉戏的儿童,祥和的生活……

归来,除了原始森林、动物横穿公路,其他是得到了印证的。从县城到南宫,41公里,全程要穿越南宫森林公园。班车往南开出县城不一会儿,就进入了盘山公路。一路经过若干大大小小的苗寨,都有寨门。最有名的数交宫苗寨,在酒店大堂的风景图册上看到过的。归途,司机恰在交宫停车上客,我下车拍了照,真不比风景图册上的差。只是,这一路都没有想象中古木参天的原始森林,也不见贵州典型的喀斯特地貌。但公路两旁浓郁茂密的次生林,还有清澈见底的河水、雪白的鹅卵石滩,很养眼。

到南宫乡,要翻越两座山,在三条河谷里行驶。驶出第一条河谷后,爬一会儿坡,就见到苗岭主峰——雷公山山顶的风车,我们到台江第二天驱车前往红阳万亩草场,想见而未见的风车。这会儿邂逅,我便抓住时机,咔咔地拍着照,可惜车速太快,只有一张是好的。

县城到南宫的车,是坐满了才发车的,我们在车站等了一个多小时,且班车很少,有些意外。不过,虽是沿河公路、盘山公路,路况还行,驾驶员的操作也让我们放心,70多分钟后,就到南宫乡。

我们没有马上走进南宫苗寨,下车后我们往南步行。那儿,是翁密河漂流的终点。翁密河漂流,是台江旅游的王牌景点,漂流河段全长约8公里,漂流时间约2小时。风景图册上、县城大街上,多的是漂流的广告。起漂点的公路入口是在半途看到了的,班车没有沿着翁密河河谷走,我们只能一睹终点。有些遗憾的是,终点有埠头、更衣室、休息室,但不见皮筏的影子,不见游客的踪迹。我们便自得其乐,下到翁密河,打起水漂,还比赛谁打得最远。嗨,都回到少年时代了!

返回南宫,是午饭时间。在车站附近,每人一碗粉条。中饭后,我们就往寨子深处、高处而去。

在南宫苗寨的半山腰,我们见到了至今为止我们所见到的贵州苗寨最美的风景。从狭长的河谷低处,向两边或稀稀疏疏,或密密簇簇地漫上山坡的,就是典型的苗族干栏式吊脚楼——黑色的鳞瓦,褐色的木墙壁,硬山顶的屋脊。吊脚楼之稀疏处,就是收割在即的梯田,层层叠叠,稻子青黄错杂。

这是一天中太阳最烈的时段。高原的停云,在青黄的稻田上,黑黑的房顶上留下浅灰的投影。远山的黛色,成为这个宁静南宫的绝妙背景。让我想起,2007年我在云南丙中洛,也是午后时刻,也是酷日之下,也是层层梯田,也是稻子将熟,都一样地给我们"世外桃源"的感觉。

寨子里,房前屋后,多的是瓜果。南瓜最多,或悬空吊着,或稳稳地"坐"在架子上。瓜棚架下,有咕咕呼着小雏儿的母鸡。那些大公鸡,打鸣时辰已过,就自个儿乐着。寨子少的是青壮年,他们都去外地打工了。高处有一装饰最漂亮的房屋,虽也是木板的墙壁,却是银色铝合金的窗户。

屋角转出一老农,主动与我们打招呼,指着高处那房子说:"一家子都去外地打工了,没人住。"接着,他又指着河谷里新建着的砖瓦建筑,不无酸楚地说:"这些房子,都是贷款的。"我问,造这么一幢房子,需要多少钱,是否是低息贷款。老农告诉我,二三十万,利息九厘以上。

想起余杭,那些被称为"外国佬"的务工人员。其实,他们挺不容易的。他们在外面打拼,只是希望能多带些钱回家,让在家的老的、小的生活得好一些,房子稳扎一点、漂亮一点。他们在家的老人,也颇不容易。巷子的阴凉处,总能遇见三五扎堆聊天的老人,看着陌生的我们(在南宫寨子了,我们不曾遇到别一个像我们一样来此行走的人),眼神是那么的慈爱。

房檐下金黄的玉米棒子,晒场上红红的辣椒,静静地生活着的老人、孩子,在这群山环抱之中,已然是美好的图景。只是,想到在外奔波的人们,心儿总是宁静不下来,我似乎听到了鲁迅先生在深夜的叹息:"无穷的远方,无数的人们,都和我相关。"(记此浙华,9月13日23:35)

28 第一次讲座

9月15日,第一次以校长助理的身份,参加了台江民中的行政会议。但我还是愿意记录这一天我开设的讲座。

还是教师节前吧,不知与民中哪位领导聊天,我答应:在支教的一年半内,给老师们至少开五个讲座。后来,与教育局龙峰局长说了,时台江一中、二中和台江职业中学的校长也在,他们都说要组织教师来听。

我是欣然的。也许你会觉得有些大言不惭吧。但于我,既有十年来百余场省内外讲座的经历,又有对于台江教育切近的爱心。

9月7日,我就做了个"讲座计划",列举了10个讲座题目:

　　1.基于课程标准的教学设计;

　　2.有效教学;

3. 校本课程的开发；

4. 课堂观察：走向专业的听评课；

5. 教研组的建设(吴江林)；

6. 课题与论文；

7. 学校文化的建设；

8. 班级文化的建设(或学校德育的理论与实务)；

9. 教师的成长；

10. 评价。

其中"教研组的建设"将邀请我曾经的同事、现余杭塘栖中学副校长吴江林老师来做。几次邮件，他都是慷慨地说："有什么事要帮忙的，请尽管说。"这我理解，这"事"包括来台江开讲座，奉献他的智慧和爱心。他是有这个资本的，近几年卓有成效的研究，全国多地的演讲和交流，就是最好的证明。我已通过电子邮件告诉我的想法，我想他会答应的。

讲座就在民中报告厅，近三百的座位，一律棕色的木椅，一走进，我惊呼："好地方！"刘宗华校长在一旁问：你还没有来过？是的，这是我第一次走进这个报告厅，也是第一次在这与民中全体教师见面，并与大家分享对"基于课程标准的教学设计"这一话题的理解。

讲座的内容这里不细说。我用了65分钟，介绍了"课程纲要"与"课时教案"的新形式。因为多次在各地讲座，制作ppt、临场发挥等，自是驾轻就熟。讲座前，让教科室刘跃富主任印发了我的两篇论文——《新课程教学：从制订"模块学程纲要"开始》和《课时教案：基于课程标准的教学设计》。

讲座的最后，我一转讲座中学术探讨的口吻，说道：

请允许我利用这个机会，表达三层意思。一是感谢，我们四人，8月24日来到台江，得到县委县政府、县教育局、民中领导和老师的关心，就是今天下午我去语文组办公室，大杨玲老师还问"你们适应了吗？"我在这里告诉大家，我们已基本适应，请大家放心。

二是感受。有一次，与一位老师一起走出校门，聊到这里升学率低，教师的成就感少，这位老师说："虽然考不上理想的大学，但至少给他们三年的学习经历。"老师们，我来自余杭，我知道余杭近几年来，青少年犯案呈现低学历趋势。如果我们民中不吸收那么多学生，让他们读完高中，就会增加社会犯案的人数。各位，功德无量啊。

至于学生,我说,这里的学生很"原生态"。他们爱好运动,晒得油黑黑的,他们走读、住校是辛苦的,但他们的身心是健康的。他们沐浴自然的雨露,比较起来,我们余杭的同龄人,就如温室里的花草。

三是表态。如同来的魏则然老师所说,我们是来工作的,也是来学习的。面对基础极为薄弱的学生,我们四人至今别说摸石子过河,我们连石子还没有摸着,我们需要与大家一起研究教学,为学生提供更合适的教学,请我们四位所在的教研组老师,给予我们帮助。

看似即兴的讲话,得到了老师们热烈的掌声。我说出了我们四人的肺腑之言,作为四人支教小组的组长,我是尽了责的。讲座后,三位同行者都给了我夸奖。(记此台江民中办公室,9月16日9:10)

29 第一次参加教研组长会议

本学期第一次教研组长会议,原本不想讲话,但主持人——刘泽掌副校长介绍程序时,就提及我有"重要讲话"(哈,大词小用)。得,我就在笔记本上写下发言要点。下面,是将要点连缀而成的观点陈述——

1. 在当今新课程推进、社会追求高质教育的情况下,如何有效开展教学研究,教研组是学校、教师发展的保证。

2. 教研组是教师日常专业生活、专业发展的基地。教师的专业发展,一是个人素养,二是个人努力,三是教研组的基地作用。两个大学同学,毕业后在不同学校、教研组,三年后可有很大区别,关键就在教研组。

3. 备课、听课、评课与围绕问题的专题活动,是教研组最常见的活动方式。这需要学校、教科室、教务处设定的背景、环境机制,但更需要教研组的自主作为。

4. 教研组长是教研组建设、发展的灵魂。我见过很多的教研组长,有语文的,也有其他学科的。经历证明,有怎样的教研组长,就有怎样的教研组。一个好的教研组长,就是一个好的教研组。

5. 老中青的传帮带,是教研组可持续发展的关键。一个学校的教研组,老中青的配比是否协调,是随缘的,但是教研组能否实现有效的传帮带,让青年教师成长,教研组长最重要。

说这一番话前,我说,今天我不对民族中学的做法表态,也不介绍我们原单位所在学校的做法,我只说理念问题。我想,这可以避免指手画脚,又可以避实就虚。毕竟,民中做法如何,我所接触的教研组建设经验是否适合民中,都是短时间内无法呈现、交流的。(记此浙华,9月16日21:40)

30　台江民中语文组

很是兴奋,今天认全于台江民中语文组的全体教师。

下午,8位年轻教师赛技能,为黔东南州的第二届语文教师技能大赛选拔苗子。评委由县教研室张宽怀老师、语文教研组长杨宗杭,两位备课组长——高二杨玲老师(她是在民中时间最长的语文教师)、高三王思琼老师,语文组年龄最长的刘老师(比我长两岁),还有我担任。

现场比赛的项目——一是朗读,二是板书(听写),三是说课。还有两个比赛项目,临时作文和试题命制,是非当场的。我还没有看到非当场的作品,但从现场看,虽各有短长,但比我预想的要好,朗诵最好的是熊玉辉,书法最好的顾先伦,说课最好的张仁美,最率真的是王烈(刚进民中,此前在台江老屯中学),最外向的是龙菊(也刚调入民中),最拘束的是张志辉,最腼腆的是胡寸移,最全面的是李虹。赛事结束,张宽怀老师与我聊天,我们都倾向于李虹参赛,为台江民中、为台江获得荣誉。

因为不在语文组办公,熟悉他们的进度并不快,今天算是认全了25位语文老师。我对照全校任课教师名单,能一一将他们的大名与形象对号。总体判断,平均年龄比余高的要轻,且男女比例、老中青梯度更合理。

下午六点,参赛选手、赛事评委在桃源酒店聚餐。餐前,教研室张老师让我说几句话开席(这里的规矩),我几乎没有推辞,便说:

> 今天,很高兴我认识了语文组的全体同仁;很高兴有10位年轻教师报名参加技能比赛,且素养超乎我的预期;很高兴见识了语文组的合理梯度、发展潜力和变革意愿。希望张老师多加指导,老教师不吝惜,年轻教师不偷懒,经过三年的打磨,民中的语文组争取在黔东南小有影响。各位,有酒的举杯,没酒的吃菜吧!

有五六分酒意,恰逢第17届亚运会在韩国仁川开幕、"中国好声音"齐秦组的考核,打起精神,记录这一天的激动。(记此浙华,9月19日21:55)

31　国旗班

9 月 1 日的升旗仪式,就禁不住为台江民中升旗、护旗手喝彩。这是我从教 31 年来见到最棒的:漂亮的制服,笔挺的腰杆,整齐的步伐,响亮的口令,铿锵的节奏。想不到一所普遍中学能训练出这样的队伍。

两次参加升旗仪式,我两次录了出旗、升旗的全过程。批阅这一周学生的随笔,我发现这支队伍有一个更好听的名字——"国旗班"。学生在那篇随笔里,表达了通过刻苦训练进入国旗班的强烈愿望。

问过随笔作者更多的情况,我方想起,每天下午下班,走出办公楼,只要天气晴好,总能见到排队训练的身影,一直以为是某些班级为备战运动会在训练队列呢,还一直感慨,这些班主任挺负责的,学生也挺配合。——原来是国旗班的后备队在训练!

昨天,已是下午 6 点了。国旗班的学生,在分三个小组训练。正练着的踏步,已很有型了。引人注目的,是队列前指挥的,居然背着书包。该是学生,国旗班的成员吧。哟,以老带新! 更让我意外的,是这个背着书包的"教官",居然大声呵斥没有做好的学员。寻觅四周,不见体育老师的影子。

正所谓"尺有所短,寸有所长",高考成绩连续低迷的台江民中,其实不乏可圈可点之处,如校园文化建设、早晚自修的学生检查与班长签字制度等等,"国旗班"是我 20 天来发现的最大亮点。(记此浙华,9 月 20 日 18:20)

32　流泪了

到台江近一个月,每天都被一些事情感动着,但这还是我第一次流泪。当老人颤巍巍将一小碗南瓜递过手来的那一刻,我的泪水控制不住了。

这个家庭,九年前,父亲肝病去世,母亲改嫁,留下 70 多岁的老奶奶和两个孙儿。九年后,大的孙儿上了台江民中,小的孙儿读小学四年级。

这个家庭，在台江县境内偏僻的茅坪寨。说"偏僻"，是因为从地图上看，它与黄平县五里山隔清水江相望。而当走进这山坳里的寨子，我则感觉到，或许跨过一个山冈，就是施秉县了。整个寨子，两百多户人家，都是苗族，除了三家姓杨，其他的都姓吴。我们说的这个家庭，姓杨。

总有一周了吧，听同行的老魏说起杨姓学生的情况，知道民中刘宗华校长免除了这个孩子的学费、住宿费等，还说："这个孩子如果没有社会帮助，是很难读完高中的。"于是，我们打定主意：这个周日，除非下雨进不了这个寨子，一定要去看看这个家庭。感谢老天，难得的好晴天！

也感谢土地神，离开主干道，我们"五菱之光"小面包车走上最后十多里的沙石路，在每一个岔口，都遇上了好心人。这个偏僻的寨子，一路少说五六个关键的路口，我们竟没有什么耽搁，这个寨子就在连绵起伏的群山中被定格。当然，也多亏为我们开车的台江职业中学姜老师，凭着多年下乡招生经验，他会些台江东北方向的苗语。

这个寨子，如同我们在台江南宫乡所见，依山而建，疏处可走马，密处仅通人。那沙石路，从寨子的低处，曲折盘旋而上，传统的干栏式建筑和新式的砖石建筑，在沙石路的两侧错落着。我们车，在半山腰一处稍微平坦的沙石路面上停下。没有带杨姓同学一起来，我们好一番周折。幸得纯朴村民的带领，我们走进茅坪小学前面的一户人家。

我们是从后门进的。先是杂物间，后是有一个小火塘的房间（后来知道，这就是灶间），再走过一个门洞，是正屋。屋子里的老人热情招呼我们。我们这一行，只有姜老师能听懂老人的话，并与老人做些最简单的交流。

到台江民中反映杨姓同学家境的，是其堂爷爷，刘校长与杨姓同学的班主任吴寿福老师都曾见过他的面。这一会儿，他去田里收割稻子了。让人去传话的间隙，老人从灶间走出，颤巍巍的，双手捧着一小碗煮熟的南瓜，还有一双筷子。她的牙都没了，说的话我们也不懂，但我们知道，她让我们吃南瓜。

我们一个个都推却了，这是他们一家中午的主食。老人也许误会了，双手端着碗，两眼有些失望。这一刻，我知道，没有比接过碗，吃上一两口最能安慰老人了。南瓜很甜，但我却像吃到辣子一样，双泪朦胧。泪，禁不住流下来了。

过一会儿，堂爷爷手拎着有破洞的斗笠匆匆进来，笑呵呵的。一见吴寿福老师，就搁下斗笠，聊起了这一家庭。原来，他是杨姓学生的三爷爷，是嫡亲爷爷最小的弟弟，今年63岁了。杨姓学生的爷爷早就过世，九年前父亲过世，母亲随即改嫁。这个艰苦但很圆满的家庭，从此只留下一个七八十岁的老奶奶，两个未成人的孙儿。多亏三爷爷帮衬,大孙儿读完了小学、初中,但他自己的家也很艰难,要让大孙儿读高中,他犯难了,他找了村里的干部,不见答复,于是去了学校。

说着这一切,他两眼红了,几次抹泪。我的双眼也多次模糊,为这个祖孙三人的家庭,也为三爷爷艰难呵护这个家庭的举动。别过老奶奶,我们回到沙石路的停车处,三爷爷一路相送,一路说着感谢的话。

车到了寨口,我让司机姜老师停车,下车拍了照。回望这个叫茅坪的村子,它静静地沐浴在秋阳之下。回到主干道,我们向茅坪方向眺望,它已隐在群山之中。但是,我们无法抹去那份沉重,无法抹去与两个孙儿相依为命的老奶奶无助的表情,还有自己家也颇为艰难,却担忧着堂孙儿的三爷爷!(记此,9月22日16:25)

【补记】此后,老魏开始资助这个孩子。10月26日,老魏去凯里看大学师弟,顺便带这孩子去体验。孩子第一次到凯里,第一次看见那么多高楼,第一次吃到火锅,第一次去游览,兴奋得不得了。而老魏,则又是开心,又是心酸。真佩服老魏的细心、爱心。(10月28日8点办公室)

33　黔东南州教科所来调研

就在刚才,与黔东南州教科所路光辉副所长等座谈。黔东南州未设教研室,只设教科所,其职能大约主管教学、科研等事项。但是,州下各县区,只设教研室。也许,整个贵州都如此吧。

老魏匆匆讲了如何提高管理、教学、学生学习的针对性问题,李亮还不及讲,两人就去上第三、四节课了。我和温雅老师与他们聊了一节课。温雅老师说的重点,是如何有效规划、利用时间,培养学生的自学能力。我首先申明的观点是,当今的教学质量竞争,关键在三张牌:一是时间,二是金钱(确保办学基础条件、师生激励),三是教学研究。

我的重点是教学研究思考,分三个层面:

一是基础层面。教师如何有效研究教材、设计教学活动,学校检查又如何发展教师的专业自主性。简言之,就是备课规范及检查。

二是核心层面。就是教研组建设,提出如下要点:(1)集体备课(运用说课范式);(2)听评课;(3)作业设计(含命题)的研究;(4)周练、月考的研究与实施;(5)资料的积累与传承;(6)围绕教学问题的专题讨论;(7)校本课程的开发与实施。

三是拓展层面。组织教师读书活动,开展课题研究、论文写作,以形成良好的专业发展氛围,确保教师、学校的可持续发展。

路所长对我们的建议,真诚倾听,这让我们兴奋。我们已与民族中学的发展心意相连,我们愿奉献我们有限的经验、智慧,为台江民族中学乃至台江教育的发展尽绵薄之力。

我汇报已开了《基于课程标准的教学设计》讲座,10月份还将开设《课堂观察:走向专业的听评课》和班主任工作讲座。他很感兴趣,连连说:"光在这里开,太浪费了,星星之火,可以燎原,应该在黔东南州的层面上开讲座,选派骨干教师听讲。"对此,我笑笑,说:"我先在民族中学开设,如果效果好,再走向黔东南吧。"确乎,我将台江民族中学作为"自己的",先做好这里的工作吧。(记此民中办公室,9月25日11:35)

34　县领导来看我们

来台江一个月,我们四位,得到了各方面的关注和关心。上至黔东南州的教育局、教科所,中至县委、县政府、县教育局,下至台江民中的领导、同事。这种关注、关心,让我们倍感温暖。

这不,县委书记戚咏梅、县长成兵、分管教育的副县长李凤华三人,在教育局龙峰局长的陪同下,来学校看望我们了。

其实,此前的教师节、中秋节,戚书记就打电话给刘校长,转达问候,并致以因为出差不能亲临慰问的歉意。那一刻,我们就被感动了。而今,他们三人,还有县委办公室成员、县内媒体的记者,脚步杂沓来到学校,专程看望我们,在这国庆节的前夕。我丝毫没有媚态,只是说,作为余杭区教育援助的先行者,我们感受自己存在的价值。人,总有被尊重后的愉悦感。

戚书记快人快语,谈及台江教育要借重余杭智慧的重要性,重申了她的教育观点:"出一个大学生,能改变一个人命运,带动一个家庭,影响一个寨子。"在余杭教育局的行前会议,带队的周建忠副局长就曾转达过她的观点,今日听之,倍感亲切。

让我们四人说说感想。我代表四人,表达了谢意。这不是客套,确乎,我们的支教行动,并没有如何伟大,但来自各方的问候,我们也当用我们的真诚回馈。感恩之心,让这个世界美丽,也会让自己的人生丰富。

我还提及了另一个感受——"亲近感"。戚书记来自江苏,李副县长来自山东,为了这一方土地,我们相遇台江,彼此没有官员和子民的距离,而是作为朋友,情感相通。后来,戚书记回应:"这是缘分!"诚然!

我们汇报了一个月来的行动、思考。个人的能量是有限的,但我们奉献着,收获着,也被尊重着。(记此民中办公室,9月26日12:00)

35 教学管理制度的重建

"单从《教师教学手册》《学校规章制度汇编》的表面上看,台江民中有完整的教学管理制度,但为何落实不下去,其中的原因,或是条文本身的问题,或是执行力的问题。

"我们的教学规定,不能只是强调'检查',首先要突出的是'指导',首先要告诉老师做什么、怎么做、为什么这么做、怎样做可以更有效率,然后才是做得如何的检查和评价。

"必须平衡好学校检查与尊重教师专业自主权的关系,或许,从教学制度的修订程序上,我们就需要广泛征求老师意见与建议,让教师感觉到规定是为了让教师的专业发展得更好,只有教师发展了,学生才能发展,学生发展了学校才能发展。"

在昨天下午的会议(教育局刘龙书记称之为"教学规范化管理研讨会")上,主持人刘宗华校长让我讲话,我没有客套,而是从"自家人"的角度,直陈教学管理上存在的问题,提出制度重建的想法。

会议持续了两个多小时,参加会议的有教育局的四位"当家人"、教研室罗康藻主任、杨再英副主任,并台江民中的四位正副校长,教科室、教务处、政教处、校务办公室等中层职能处室的正副主任。

会前,印发了我思考的制度要点——

> 目的:形成基本的教学与研究规范,促进教师专业发展,提高教学质量,实现教师、学生、学校的可持续发展。

一、教学设计:学期课程纲要,课时教学设计;

二、作业布置与批改:各科作业时间,批改、反馈要求;

三、集体备课:及时跟进的教学研讨,专题问题的研讨,月考的研究;

四、听评课:教研组、备课组的公开课,不同教龄段的听课节数;

五、教学测试与评价:单元测试、月考等频度、质量要求;

六、校本课程:学校规划,课程的开发与开设;

七、教学资料:印刷要求、积累规范;

八、校本培训活动:讲座,研讨,论坛,成果交流;

九、教师专业发展:专业发展规划,教学基本规范,教学研究(课题与论文),读书活动,优质课,师徒结对,名师工程;

十、教研组和教师考核。

这是前天下午,用一小时写的,一页 A4 纸,我还是尽我之力的,更希望台江民中通过三年的努力,能基本打造成型。

会议中间,龙局拿出《黔东南州提升中小学教学质量三年行动计划》。这个计划,州里刚出台,县里还没有转发。我粗粗一翻,发现我们会议讨论的,正当其时。然而,如何抓住这一时机,重建台江民族中学的教学规范,发展好教师的专业,任重而道远啊。

会议没有我理想中的"你说我说"热闹,但龙峰局长、刘龙书记的发言,或廓清了或丰富了管理制度的基本内容,明确第一步重点。期待国庆期间,教科室、教务处能整出一个"征求意见稿",现有的素材来源有四方面,其实还是挺丰富的:一是州的行动计划,二是学校原有制度,三是我提供的余高资料,四是会议讨论的观点。(记此民中办公室,9 月 28 日 17:25)

36 一月语文教学回顾

走进民族中学的课堂前,在和天大酒店,我便有"我的教学构想",那是 8 月 31 日上午的事。快一个月了,设想落实情况如何呢?

且沿着教学构想的线索,做一反思。

一、课堂阅读

1.重视课堂学生活动,尽可能让学生"动"起来。特别是在《烛之武退秦师》等三篇文言文的教学中,让学生通过"略去烛之武的说辞,复述课文"、"以荆轲的口吻,讲述刺秦王的故事"、"假如你是导演,你将如何改编《鸿门宴》,请小组合作,形成改编大纲"等,以文带言。

2.美点欣赏。刚开始学生摸不着门道,题目都是"赏析某某课文"之类的大题,如今能以"赏析'易水诀别'""说说'荆轲'"等个性化标题;正文部分原本泛泛而谈,如今能结合文本作出分析。

二、课外阅读

第一周印发了"高中生阅读书目100部",但因为第三周才安排去见图书馆老师,因而到第四周才做了《嗨,到图书馆去》的课堂小讲座,让学生尽快去借阅图书。9月28日做了检查,学生的阅读积极性、选书品位都较理想,可惜图书馆大多是名著的简缩本,学生未能读到原著。

三、课前演讲

高一课前演讲"名文名著介绍",将于国庆后开始。让两个班的科代表制作了评分标准,我进行了整合,形成演讲风度、演讲内容、演讲表达等三方面7条评价指标,并将安排同桌、前一演讲者和教师三人评分。

四、课堂写作

做了一次写作训练——"写人为主的记叙文"的尝试。一节课指导(教科书中三篇指导短文相关训练题的分析,评分规则说明,写作题布置),一节课指导自改、互改。学生在指导后课外写出初稿,互改后拿出定稿。

作文题是"设想今天是你在这个世界的最后一天,你要用你的心与笔写一个人,请写出这个你最想用文字表达的人,不少于800字,题目自拟"。学生习惯于作文前打草稿,因而本是一文两写的,大部分学生一文三写了。

定稿的作文,教师将安排课堂面批。9月29日国庆前的最后语文课,两班15分钟各只安排2人,但效果绝对比笔批全面、深入,富有激励性。

五、课外写作

学生在国庆前,已写了3篇随笔。第一篇教师命题"我的家乡",就出乎我意料的好,没有对贫穷的埋怨,有的是对山水之美、风俗之美、人情之美的赞颂,规定不少于600字,绝大多数学生超过,更有写到1200多字的。后面两次自命题,学生的写作、评改依然未减热情。

从9月1日上课,到9月29日,总共24节课,其中11节课有老师来听课,累计50多人次,其中龙峰局长听了我的作文指导课,刘龙书记、张宽怀教研员还听了《鸿门宴》第一课时。

我的课比较粗糙,但首次听我课的老师,总会给我"如坐春风""润物细无声"之类的评语,溢美之词而已。我更在乎学生的感受,我发现学生还是喜欢我的课。注重"学的活动"设计与实施,让学生课外多看些书,这是我在台江的教学指导思想。但愿这思想得到落实并丰富。(记此民中办公室,9月29日10:50)

37　四箱子书到了

操了近一个月的心,今天终于落定。

我的专著《班主任工作手记——与学生一起飞翔》,先是向出版社咨询价格,后是与台江民中办公室、政教处确定订购的数量,最后让出版社从北京物流到台江。120本书,作为我的个人捐赠,可满足民族中学35周岁以下112人之需,将在开《班主任工作经验交流》讲座时下发,以此鼓励年轻教师的专业发展,而不独是班主任工作的事。

我参与编写(其实也是主编)的《古诗文诵读》校本课程,得知余高重印,我就让同事陈叶珍老师请示余高领导,希望能赠送100本给我们执教的两班。幸而,余高领导,包括直接分管的教务处主任沈园园老师都很爽快,加印的事儿没费周折;后来追加30本送语文组老师,也爽快答应了。只是,如何寄到台江,颇费周章。最后,还是我爱人替我邮寄了过来。

《古诗文诵读》一书,是我回杭州的那天,该是9月30日接台江邮局电话的。而《班主任工作手记》则是今天早上联系了北京,然后午休接到台江物流的电话,说书是10月1日到的,无法联系上我,因而耽搁了的。

上午,让办公室安排民族中学的校车,只是说取《古诗文诵读》,想不到午休就得知《班主任工作手记》也可取了。于是,仅仅15分钟,在校车驾驶员小刘协助下,两书各两箱子就取回了学校。

《班主任工作手记》交给了政教处主任杨昌鹏老师。《古诗文诵读》则分送高一(1)(8)班和语文办公室。我让学生珍惜,提出"不毁损、不丢失,争取毕业后留给下一届学生用"的要求。学生主动发书,面露喜色。如余高同事陈叶珍老师QQ

里所言:"他们肯定很开心的,我们学生都很开心,问我能不能买呢。"

国庆前,因为要回杭,为两书的送达(其中《手记》还要我付物流费的)曾与办公室主任、传达室人员多次联系,最后也未联系定当。今晨两点钟冻醒,迷糊到4点,迷糊中还纠结两书的事儿。而此刻,操心一月的事儿落定,欣然记录。(记此办公室,10月9日16:35)

38 孤独、快乐又担忧

国庆节前,台江县教育局刘龙书记称之为"规范化管理联席会",确定了教学管理制度重建的基本想法,我在前面的记事里写了。

昨天上午教务处张鸿书主任交给我一份《教师教学常规工作实施方案》,行文简洁而规范。下午,教科室的刘跃富主任也给了我《集体备课制度》《教师听评课制度》稿子,并直言是网络下载的,我细看电子稿,果然。

看来,简单的拼合是不行了的,我只有亲自操刀。昨晚、今天上午、今晚,都在住处的餐桌上度过,自然还搭上今天下午在办公室的两小时,终于形成了《台江民中教学与研究常规(征求意见稿)》4页A4纸,计5700字。还有11个附件中的8个,如《集体备课活动记录表》《课程评价方案示例》《0'shea课程模板:反向教学设计》,也是4页A4纸。

艰难的撰写过程,只是与温雅老师简短地分享,整个过程是孤独的。将台江民中原有的《规章制度汇编》相关内容翻了又翻,一次次研读《黔东南州提升中小学教学质量三年行动计划》,又将自己电脑中相关的制度"搜索"(包括老魏提供的"双向细目表"等)比对,尽可能吸收两主任提供的初稿,还有龙局、刘书记发言的记录。实在的,说使尽浑身解数,是不过分的。

有趣的是,昨晚睡下,做梦还是在推敲条文,即使凌晨两点醒来再睡下,还是连续着呢。——倾尽心力啊。只是,艰难、孤独,是真的。

快乐也是真的,幸亏多年来科研积累、起草各种文档的经历,此刻终于有了庖丁解牛之后释刀而立的感觉!然而,又不免有些担忧。担忧条文不被台江的领导、同事理解,高处不胜寒,抑或是曲高而和者寡,最后成为一纸空文,更甚的是胎死腹中。但愿……(记此浙华,10月11日21:55)

39　白基山河谷

没有去过湖南永州,不知道那儿的山水是否也如此。眼前的一切,就如柳宗元笔下的《小石潭记》再现:

> 隔篁竹,闻水声,如鸣佩环,心乐之。伐竹取道,下见小潭,水尤清冽。全石以为底,近岸,卷石底以出,为坻,为屿,为嵁,为岩。青树翠蔓,蒙络摇缀,参差披拂。

这是台江县排羊乡的白基山深处——翁你河源头的河谷。排羊乡载我们的三辆摩托车,刚在密林深处停下,我们就听到从下方传来、隔着丛树的轰轰水声,猜想行前要寻找的瀑布就在下面。

一个半小时,我与老魏、温雅,就沿着河谷,直向下游走去。其实,说"走",还不如说"探""爬"。河谷两岸,有简易游步道,但我们舍易就难,在河谷的卵石、礁石间隐现。

这儿的石,形态各异,柳宗元笔下的"全石为底""卷石以出","为坻,为屿,为嵁,为岩",往往而是。柳宗元《潭西小丘记》所写的"其嵚然相累而下者,若牛马之饮于溪;其冲然角列而上者,若熊罴之登于山"远不足以描述之。更奇的是,河中的石,色彩亦各异。水的滋润,让石的色彩更是生动。我对色彩的描述是笨伯,赤橙黄绿青蓝紫还是识得的,七彩皆有,尤以河道中切割出三五道金黄最为显眼。

走过浙西、浙中大峡谷,我以为,各擅胜场,但石之色彩,此地为繁为艳。特别是礁石上一处处形状、深浅、色彩不一的石臼,因着是否积水,又有多种变化,多像大自然的画家,将多余的颜料随意泼洒。

两岸的树,也是"青树翠蔓,蒙络摇缀,参差披拂"的,偶尔还能看到倒伏的两三人才能合抱的枯树,虽不多,却足以营造幽深原始的意趣。

水尤清冽,虽无永州小石潭的"鱼可百许头",这一天也没有"日光下澈",但水之形态极为丰富。河中的水,或成潭而深绿,或成瀑而如练,或成珠而细密,或成流如游龙穿行。

更奇是水之声,惜我笔拙,仅得拟声而似之。或"轰轰",是下有深潭的高瀑之水;或"哗哗",是流过宽面巨石泻入浅潭之水;或"潺潺",是缓缓淌过巨石的浅水;"咚咚",如擂小鼓;"铮铮",如奏丝乐。两岸草丛有唧唧虫声,山之高树时有啾啾鸟鸣。河谷斗折蛇行,两岸山石犬牙差互,整一个就是音乐大厅,造化正演奏着曼妙的清丽纯音乐。

河谷宽处一二十米,窄处不足五六米。水向排羊乡流去,流向台江县城,名曰翁你河。其在白基山的一段河谷,大约三五公里,是风景最绝处,姑且称之为"白基山河谷"。野营之迹处处,今日所遇则仅得四人,正在礁石上生火。走出最美河段,便顺着随河谷而修的简易沙石路而行,又是一个半小时,便再回到排羊汽车站——上午下车的地方。

这是来台江教学后第四个出行的机会,前三次(凯里、南宫、茅坪)仗的都是车。这一次,或可算是第一次徒步。(记此浙华,10月12日20:20)

40 赠书

继《古诗文诵读》《班主任手记》两书赠学生、政教处之后,昨天又理出五本书,送民族中学的图书馆。为郑重其事,昨天行政会议上,我将书送给了刘宗华校长。刘校乘隙翻阅,他是重视了的。

这五本书是:我的《学生古诗词欣赏指津》《余杭古诗文精华120篇注析》、《班主任工作手记》,沈毅校长、崔允漷教授主编的《课堂观察:走向专业的听评课》,还有周文叶博士的《中小学表现性评价的理论与技术》。

周文叶,是崔允漷教授的高足,现在华东师大课程与教学研究所工作。她的这一专著,是在博士论文基础上修改而成的。她给我的快递中,还附了短言:"林老师,请你多提宝贵意见哦。另一本送给你支教的学校,也请他们指正。把宝贵建议发到我的邮箱哦……"

首赴台江,还有国庆后从杭州返回台江,我的大号拉杆箱,一半都是装书的。其中有《心随笔动》《高三语文读本》等,送语文组教师和我现在的学生,量不多,只让他们传阅。《余杭古诗文精华120篇注析》,两次都带了些,目的是让台江的领导、同事了解余杭。刚到一月,送了教育局龙峰局长、教研室张宽怀老师等。昨天,我还将这书送了县委书记戚咏梅、县长成兵、副县长李凤华与杨喜平,以表达他们对我们支教四人的关心。

我主编的《高中语文学习活动的设计与实施》一书,科技出版社今年 4 月份刚出的,瞅着方便,也当给近 30 位语文教师各买一本的。《史记·孔子世家》记,孔子辞别老子归鲁,老子说"富贵者送人以财,仁人者送人以言"。我乃教者,只有赠人以书。(记此民中办公室,10 月 14 日 8:45)

41　保护江源

流经台江县城的翁你河,在城西北曲曲折折流去,在施洞镇汇入清水江,清水江在湖南注入沅江,沅江经洞庭湖汇入长江。

总以为翁你河从雷公山上流下来,水总是没有污染的。然而,中午回住处吃饭,经那未通车的大桥,意外发现暗红色的浊流,漂浮着各种垃圾,其中还有一只泡胀了的黑色死猪,随水流一起一伏的。

其实,翁你河在台江县城的一段,两岸垃圾不少,最惹眼的就是白色的塑料袋。上周日,在白基山河谷,野营者的遗留物——如玻璃啤酒瓶等处,河道中还有碎了的酒瓶。或许,经过台乐、排羊等乡镇,水流在加大,污染也在增加。大约几十公里的河道,到台江县城的水,其实真个难说是干净了。

自然有其自净能力,这不否认。但是,如此污染下去,人类的污染会让自然自净力无以承受。保护江源,不仅仅是三江源这些大地方。我们中西部的地方政府,能否有自觉的保护意识和行动,引导民众珍爱环境,从一个国家、一个地球的大背景着眼,再不要重蹈东部沿海的先发展后治理的覆辙,其实,是考验着中西部地方政府长官执政能力、思维视野的。与此同时,东部发达地区又能否切实关怀处于江源的中西部,更是值得思考。而中西部、东部的协同思考和行动,又少不得中央政府的宏观协调与平衡。

作为一个教书匠,我想到了教育的问题。我没有轻视中西部年轻人的意思,但确乎余杭近年来的刑事案件,外来青少年所占比例越来越高。这里的教育,是另一种意义上的"江源",也不可忽视!(记此浙华,10 月 15 日 21:55)

42   贵州农村高中教育的困境

来台江五十多天,对台江高中教育的困境,有耳闻,也有目睹。比起东部沿海地区,这里的教育人,有太多的艰难了。

然而,对此有个较为全面的了解,还是因为读到了贵州省思南中学罗用飞先生(1999－2012 校长,2001－2013 党委书记)的《农村高中办学的现实困境与应对策略的思考》一文。文章收在思南中学为 110 年校庆制作的《教师论文集(2004－2014)》中。

贵州铜仁市思南中学,曾是贵州省立第七中学,现有 45 个高中教学班,教职工 191 人(其中教师 168 人),学生 3049 人,其规模稍小于台江民族中学。作为省级重点中学,其高考升学率在贵州名列前茅。从校庆材料《教育教学成果集》看,几乎每年都有毕业生考入北大、清华,其中 2009 年 7 人,近三年(2012－2014)每年均有 5 人。

总以为这样的学校,不会遭遇"农村高中教育困境"的。罗用飞先生的文章,却道出诸多的困难,概述如下:

1. 没有经费或很少经费的投入,支持教育停留在文件或报告中,各级对教育只强调责任,却不兑现政策;

2. 单方强调减轻学生的负担,却忽视教师、学校背负的重荷,比如学校负债办学,要偿还欠款与贷款本息,使学校背负的包袱越来越重;

3. 学籍管理的名存实亡,那些中考成绩优秀者,成为"学生贵族",被专车接送,无视学籍管理的存在;

4. 各级各类各种考试和招生的随意性,使"保送生"、"计划内指标生"在招生过程中充分展示"关系"魔力,抢挖优秀生源,极大地损害了招生工作的严肃性、公平性,伤害了兄弟学校之间的情感;

5. 师资队伍的不稳定,骨干教师成为抢挖的对象,人才流动背离了起码的规则,造成师资队伍的混乱;

6. 对教育事无巨细的检查、考核,强令学校参加政府职能部门与教育无关或关联不大的活动,使学校疲于奔命。

这,也恰是台江民族中学的困境。

昨晚,做客龙局家,欣闻戚咏梅书记从其江苏老家获得一大型集团的资助,用于初三优秀学生,每生每年5000元,直到大学毕业,条件是必须在台江读高中。如此,可望让台江进入生源的良性循环,尽最大可能扭转大批优秀生源向凯里和邻县流动的局面。当然,这需要台江民族中学——这里唯一的普高,抓好教师队伍的建设,以确保有优秀的生源,也要有出色的高考升学率。

一说到台江的教育,我们的心肠总是热乎乎的,只是,我们的力量实在是有限得很。(记此办公室,10月20日17:30)

【补记】2015年7月,黔东南教育局着力破解"农村教育困境",除了允许凯里市四所学校有限招收台江优秀初中毕业生外,其他学校不得进入台江县招生。实践证明,台江民中2015级高一学生的生源质量明显提高。我们有理由相信,随着政府干预力度的加大,整个贵州这一困境可望得以解决。

43 感谢您,阿凑

这是来台江后,第一次读到学生通篇写我的文字。从未告诉他们我有"阿凑"这一称呼,但却与我的朋友,还有我曾经的学生一样称呼我,有趣!

这篇随笔,是学生田雪妮写的。下面录入她的原文,只改动若干标点。

阿凑是我们班的语文老师。

他,眼睛不算太小,戴着一副眼镜,两鬓微霜,但整个人看起来却非常精神。他,幽默却不失风度。记得他第一次来给我们班上课时,他的第一句话就是:"同学们好,我是你们的语文老师,我叫林荣凑。"然后他便拿起粉笔在黑板上写下"林荣凑"这三个大字,写完后接着说道:"全国只有这么一个名字,独一无二的。"

他话音刚落,我们班顿时就像炸开了锅,大家都在你一言我一句的说这老师是不是在吹牛。接着他又说道:"不信,你们可以上网查查。"看他信誓旦旦的神情,我就在心里想:全国十三亿人口,我才不信你这名字独一无二的呢,等那天我查到有名字和你一样的了,看你怎么说。

但很快,我的这种想法就被否定了。就在阿凑刚吹完这个牛的那个星期,我们班在上信息课时,有同学真的去查了,而且还果真查到了,真是应验了那句"不查不知道,一查吓一跳"。原来,阿凑确实不是个小人物,不论怎样,他在文学上也有一定成就的,但他从没跟我们讲过这些,只是像普通老师一样,但却用并不普通的方式来传授我们知识,而我们却有眼不识泰山。从此,每次听他讲课,我都感觉像是在听名人讲课一样。我想,我是多么的幸运。

阿凑上课是非常有趣的,他不像别的老师那样直接照搬书上的内容给我们,他有自己的方法,他会用自己的方式来教我们怎样理解课文。他的课堂并不死沉沉,是非常活跃的。有时讲到精彩的地方,他都会激动地手舞足蹈比画起来,经常引得哄堂大笑,所以,我们都非常爱上他的课。或许,这就是所谓的"在快乐中学习,在学习中得到快乐"吧。

阿凑不仅是我们的老师,他还是我们的朋友。他叫名字的时候是不带姓的,他会跟我们开一些玩笑,就像我们跟朋友之间开的玩笑一样。他似乎无所不知,不论我们提出什么样的问题,他总能给我们满意的答案。还有一点,让我非常感动,也让我非常敬佩。来教我们班后,阿凑送给我们每人一本笔记本,拿来写随笔,并千叮咛万嘱咐我们不要浪费,每次作业空三行就可以了,说谁浪费了就要谁赔他钱。其实,我们都明白,阿凑的用意不是在于钱,而是告诉我们不要浪费纸张。

阿凑,感谢您,用行动告诉了我们该怎么做。

我是一口气看完的,想借此感受一下这一个多月,我在学生心的形象。我还细读了同学的评点(我的随笔作业,要求有 2 人以上的评点),其中李应权的评点是:"是呀!阿凑不但幽默,而且在教学方面有他自己的独奏。对我们好就更不用说了。我和你对他的感情也是一样的。"(不知"独奏"何意,加了圈,打了问号。苗族的孩子,他们说话或作文,时常会插用苗话。有点像托尔斯泰的小说,写上流社会的人物,会时不时冒出法语一样)

怎么说了,这就是学生眼中的老师,自然是"爱屋及乌"了的。文中"他在文学上也有一定成就的",那肯定是误读。我估计学生查到的,无非就是我出版的书籍、发表的论文信息,他们误认为文学作品了的。至于"叫名字的时候是不带姓的"也并非一律,严厉时,我也是连姓带名的。

"用夸张的笔法来写人,据我所知,他没有那么棒!"这是我给这篇随笔的评语。(记此办公室,10 月 21 日 17:30)

44　给学校的建议

用了一节课的时间,畅快淋漓地写下这些建议。生怕自己的一时激动,其实说了些伤害人的话,于是将稿子给了对桌的李封祥副校看。过了 5 分钟,他坚定地回复我:"好的,没问题。"

尽管如此,我顾虑未除,生怕一字一词使用不当,导致"前功尽弃"。又斟酌修改。直到下午上班,方才打出第三稿。恰逢刘校长开门。于是,递了过去,道一句:"给您几条建议。"话音不重,但我想是现出真诚的。刘校应了声:"好的。"下面就是这个稿子的全文——

做校长助理,心肠火热,但能力有限,提出若干建议,敬请思考。

一、有关"教学与研究常规"的建议

1. 本周四或五下午,安排 2 节课时间,召开行政扩大会议,讨论各组征集的意见,形成《试行稿》。参加人员:行政会议人员,教研组长,教育局与教研室人员。

2. 下周,安排 2 节课,至少 1 节课,全校教师会议,解读《教学与研究常规(试行稿)》。要让"常规"变成切实的行动,只靠下发文字材料是不够的。

3. 期中考试后,各组按《教学与研究常规(试行稿)》运行,学校加强指导(而不仅仅是检查),否则最好的想法,都会变成"一纸空文"。

(恕我直言:拜读了《民中规章制度汇编》有关教学的规定与《2015 年备考手册》等,我们的规定不能不说很是细致、完整,但为何落实不下去,或高三质量出不来,作为管理者,我们都需要反思)

二、有关"管理"的建议

1. 每周五,一定要拿出下一周的行事历,让全体教职员工知晓,少一些临时通知,让教师措手不及,也不利于工作。

2. 确保每周一次(2 节课)全体教师无课。这个时间,就是全体教师会议时间,用于政治学习、情况通报(如课时津贴调整等,要做说明,以免将钱打水漂)、校本培训(不可缺)等。

3. 民中领导和教师,都希望民中能走发展之路,我相信大家或多或少有值得我们思考的发展建议。与其藏着掖着"发酵"成为遗憾,还不如公开征求"金点子",化为发展民中之策。

4. 我初来时,曾说民中三大发展空间:管理的、教学研究的、后勤保障的。现在我说,当我们外部条件改善(结对等)后,内部的管理、教师的教学与研究如果跟不上的话,外部的支持将成为遗憾。

三、有关"招生"的建议

1. 生源是高考升学率的基础,不主动出击,将注定是被冷落的。

2. 建议采用余高"回母校"活动方式,设计高一学生社会实践活动,统一时间(如每年3月的一个周五下午),让学生回母校,一是访问学校,二是看望恩师,三是宣讲民中的好。

3. 附以必要的文字介绍,如民中的成绩、民中的优秀毕业生介绍、民中丰富多彩的活动、民中的助学与奖学政策。

四、有关"捐赠"的建议

1. 研究"格桑花西部助学"等比较成熟、有影响力的助学平台。

2. 为台江民族中学搭建一个捐赠平台,取一个好听的名字。

3. 拟制一个"章程",设计最便捷的操作流程。

我还没有能深度了解民中,所提的建议未必是合理的;我也不希望以上建议一步到位,但我们需要变革意识,需要有具体的行动。

此心已与民中相连,不敢说"荣辱与共",但确乎是"休戚与共"。(记此办公室,10月23日14:45)

45 爱提问的学生

"他似乎无所不知,不论我们提出什么样的问题,他总能给我们满意的答案。"在余杭,我的学生也曾这么说过。其实是颇有些夸大的,"似乎"而已。其实,回答不出来的情况颇多的,特别是涉及课外的,不过我会说"待我研究研究,再来回答你"。研究研究之后,多半能给学生满意的答复。

也许,你会说:"那么,你在台江更会如此。"因为在常人的思维中,台江教育基础差,学生要是提问,也不过是基础的问题而已。要不是亲身经历,我也会这样想的。然而,事实情况并非如此。

我发现,台江的学生,比起余杭的学生,他们更爱提问,且教师回答的难度高于余杭的学生。且以刚学的《奥斯维辛没有什么新闻》为例。

这是一篇获得美国新闻大奖——普利策奖的新闻,引导梳理了导语、背景、主体、结尾的结构(整体感知)后,我问,有哪些问题还不明白?

结果,学生提出各种问题。为什么"没有什么新闻"还写了这新闻,而且还获奖?为什么开头用"这里居然阳光明媚"?——这是我在备课时就注意了的,且认为非解决不可的。

课文为什么使用了那么多否定句?为什么要写"温和地微笑着"的姑娘?——这是我备课注意,但以为没有必要列为教学内容的,但只要学生提出,就必须解决,自然也是有所准备的。

第10段"解说员快步从这里走开,因为这里没有什么值得看的"一句,是否表现解说员的冷漠?奥斯维辛集中营怎么留下那么多照片?谁拍的?——这两个问题,我自己看时是顿了顿的,但终于放过,未加深究。嗨,偏学生就提出来。前一问,我说:"大家猜想一下作者为什么这么表达?"后一问,不是研读文本本身能解决的,回办公室,少不得研究。

这是今天的事,有关课文理解的提问,让我窘急,也让我开心的。

还有课外阅读的,那热乎劲更让我开心的。这一个多月,不知是我倡导的原因,还是他们也多半喜欢阅读,或许与学校的图书流转规定(学生借书,可以为班级加分)有关吧。

一周前吧,学生熊强珍拿着契诃夫的短篇小说集,点着《他和她》结尾说:"老师,为什么这样写,不明白什么意思。"我看结尾是这样的:

> 这封信是用法语写成的,字迹优美,几乎象是男人的手笔。您在信里连一个语法错误也找不到。

我只有坦言,这个作品我没有读过,让我看后给你回答。她把书塞给我。我说,待我空一点,我向你要吧。那段时间真忙,我怕拿了书,耽搁孩子阅读。今天,孩子追着又提这个问题了。我就接了过来,终于在上午第四节课看了,还上网络查询其他读者对《他和她》的解读。网络没有直接解答这一问题的,但是我通过肖查娜的《论契诃夫梦中的完美女神》,了解契诃夫对女性的刻画,基本读懂了《他和她》刻画的丈夫与妻子。

从此出发,我明白了结尾,其实是与文中丈夫"这封信是在喝醉的时候写的,字迹几乎模糊不清。它用德语写成,其中有很多错字"呼应,描写两人的差异。大脑中储存的那点知识,如俄罗斯文学语言的形成、托尔斯泰小说中爱用法语写上流人物的特点,又适时地帮上了忙。

下午,两点前就到学校(这里下午 2:20 上课),找了熊强珍——我的语文科代表。与她探讨小说的情节、人物形象,然后看这细节背后的文化与寓意。孩子欣然,我也是。

"学生爱提问,也可以让老师聪明起来。"在余杭,我曾这样说。我没有在台江说过这话,但我已经拥有爱提问的学生。看来支教一年半,我不会傻下去了。(记此办公室,10 月 24 日 16:10)

46 家访

在台江,家访自己教的学生,这还是第一次,且一访就是两家。

是今天晚上去的。这里一周七个晚上,只有周六走读生才在家。家访只有这个晚上才合适。来去步行,并与家长交谈,就两个小时。

我和老魏一起去的,事不关学习,而是两女生困难的家境,我们去是"实地查看"的。离开两学生家已有一小时,但我的心里依然堵得慌。

杨金玉,我的科代表。8 月 6 日,父亲劳动时摔倒,导致脊椎第四、五节碎裂,救治无果,9 月 29 日离世。那天早上,我去高一(8)班上第二节课,孩子刚接到母亲电话,说"爸爸让你回来一趟",正准备书包离开,赶赴天柱县——他爸爸的老家。他爸爸病重期间,曾说自己要死也要死在老家。天柱在黔东南的最东面,从台江到天柱乡下,班车转来转去,得一天时间。

我嘱咐她路上小心,还问"昨天给你的钱带了吗"。她摁摁裤袋,说"老师,在的",我便又叮嘱"别丢了"。看着她的背影消失在平台下,心里满是祝福,但愿她能见父亲最后一面。

我在那天下午启程回杭,在杭一周,总想给她打电话,我是留了她电话的,但终觉得我的电话不解事,未联系。回台江碰到她,第一句就问"爸爸怎么了",她告诉我:"回去时,爸爸已经去世了。"安慰了几句,当时我就说,什么时候去你家看看。然而，直等到今天，才安排出来。

到她家，见着她憔悴的母亲，与她母亲聊了半个多小时。她说及丈夫去世后的艰难：丈夫救治，花光了家里的积蓄，还欠了十万元的债；从此不能像原来一样丈夫运菜她卖菜了，生活缺少来源；现在只能接点苗绣的活儿，可是常常头晕，且久不刺绣手也生了，所得极为有限；儿子身体不好，高中辍学跟着舅舅去温州打工，一时又找不到工作；如果不是女儿读书，这个月也想去沿海打工，但想到女儿刚没有父亲，打算过年后让女儿一人在家，自己和儿子打工去，以还欠债，以过日子。

母亲的普通话还行，我们都听得懂。女儿时不时会插上几句，更多时间是抹泪，一次次的，背过身去，怕我和老魏看到吧。我们安慰着娘儿俩，只道杨金玉的读书费用不用太担心，我们会尽力帮助她的。

告辞出来，我想，我是否马上给孩子买个自行车。她家在台江二中附近，从那儿到台江民中，需走 30 分钟。孩子每天三个来回，花在路上就得三个小时。可是，孩子不会骑车，也许这个学期结束，我给她买一辆，寒假她学会了，新学期就可以骑车上学了。这样，她母亲打工去了，她自己一日三趟回家做饭，就可少花点时间了。

李璇，是杨金玉的同班同学。家离杨金玉家也不远，住台江农行后的房子里，为了孩子读书，她父亲花 7 万元买的二手房。楼道没有路灯，逼仄得很，大约是 80 年代的商品房。

李璇家的难处，是孩子多——李璇最大，下有读初二的妹妹、读初一的弟弟，母亲没有工作且身体也不好，父亲在建筑工地打零工维持生计，上有年迈多病的祖父祖母要赡养。她是申请了助学金的，但一年只有 1500 元，还不够付学习费用。她家的困难，现在还暂能对付，如果孩子都上高中、大学，她父亲一人的打工钱，是难以应付的了。

回杭时，我的朋友是有意资助一两个孩子的，我在余杭的学生金恺乐也要求结对一个。光是这两位，也许不难。归途，我和老魏忧心的是，在台江，即使是住在城里的学生，困难的实在不在少数。

据说，高一(8)班有 3 位同学符合第一批资助条件，杨金玉是第一批的；有 39 位是第二批的，李璇申请了第二批。但至今，这两批的资助款(都是每人每年 1500 元)还没有到位。记得在余高，国家助学金的费用还下发有余，然而在这里，实在是杯水车薪。

该如何帮助他们，我让学校资助办拟订章程和资助流程，他们正在起草。但

愿,这一资助平台,能成为爱心人士与困难家庭联系的桥梁。(记此浙华,10 月 25 日 22:25)

47 台江的教育文化

课间,改作文累了,就站在走廊尽头"吸烟区"吸烟。工会主席张建国老师走过来,我说:"我去办公室给拿支烟。"他说:"不了,这儿有。"

他从口袋里掏出烟,与我一起抽上了。他告诉我,刚从老屯中学回来。很是兴奋,不待我追问,他就说:"陪同州教育局领导,带着凯里三四十位初中校长去参观的。"

是的,老屯是值得去参观的。"杀猪校长"张贵生临危受命时,它的生源寥寥,成绩是全县最差的。然而,三年后,毕业生参加中考,却获得全县最好的成绩。如今,张校长调施洞中学第二年,但老屯中学在王校长带领下,依然保持良好的发展势头。这样的学校,是值得去参观的。不独凯里初中的管理者,我以为更值得台江每一类学校的管理者参观。

工会主席张老师,比我略长八九岁,二十年前是老屯中学的校长。他是台江人,对整个台江很熟悉。台江在 1949 – 1950 年,小学毕业生还不满百人,当时政府想招聘工作人员,都无法招全。台江与同属黔东南的天柱、锦屏等地不同,历史传统向不重视教育。改革开放后,在政府的引导下,百姓的教育意识有所增强,但远达不到"重视"的程度。

张老师告诉我,他年轻时去天柱的岳父家,看到天柱那边的每一户人家,神龛上,除神像、香炉和"天地君亲师"牌位外,还供着中国四大名著。老人每一次带着小孙儿祭祖,必是说:"认真读书,你们就可以看懂这些书。"

张老师还告诉我,他爱人的舅公,少时读书很棒,但家里财力不支,让他休学务农。舅公就说:"现在将家里能卖的田、山卖了,以后我读书出头之日,再把田、山买回来。"舅公后来成为黄埔第三十七期学员,原本卖了的田、山,都买了回来。

"台江缺少的就是这种教育文化。"张老师说。这时,我想起了台江现任县委书记戚咏梅的话:"出一个大学生,能改变一个人的命运,能带动一个家庭,影响一个寨子。"戚书记是有远见卓识的,她想通过这个方式,改变区域的教育文化。

然而,这种教育文化,不是一朝一夕能形成的。当今之际,"提高巩固率,降低辍学率"是政府的口号。然而，家庭特别是农村家庭，对如何教育下一代，还是乏术的。如此，教育的担子就全落在学校的身上。学校领导与教师，如何担负起形成良好教育文化的责任，而不是一味埋怨家庭不重视教育、教育基础薄弱，从台江最成功的老屯、施洞初中看来，是需要有一批具有教育情怀的校长——像"杀猪校长"张贵生那样的校长。

张贵生校长具有怎样的情怀，我在"台江表彰教师"这则记事里有记录。我在他现任职的施洞中学，曾拍到这样一条横幅："像爱自己的孩子一样爱学生，像爱自己的父母一样爱老师。"

我不知道这横幅是张校长到任后挂的，还是在他前任就有的。这样的情怀，是整个台江教育所需要的。想起余杭吴江林副校长发我的《缙云中学：大山里的传奇》一文，其中有一段话：

> "领导把教师放第一位、教师把学生放第一位、学生把学习和习惯养成放第一位"，"三个第一"的治校理念，衍化成了"校长苦抓、老师苦教、学生苦读"的"三苦"校风，铸就了"不怕苦、不服输"的"霉干菜精神"。

为什么同样差的生源，老屯、施洞可以创造奇迹？为什么地处浙南的缙云可以缔造了"中下经济、中上教育"（李岚清语）的山区教育成功范例？也许，"三个第一"，可以成为台江中小学每一个领导、每一位教师的座右铭！如此经十年二十年，台江的教育文化可望好转。（记此浙华，10 月 31 日 21:00）

48　苗族遗产的危机

有一回，见到学生的随笔，说自己女孩子，但不会刺绣，不像祖母这一代，这个年纪都基本做好一套嫁衣了。

课间，曾与学生聊天，问他们："能说苗话吗？会唱本民族的歌曲吗？"刚到台江，我们就听接待的领导、老师说，这里的孩子，会走路就会跳舞，会喝水就会喝酒，会说话就会唱歌。

然而，学生告诉我："苗话能听一些，苗歌很少唱得来了。"

我隐约感觉到，苗族——据我近来看的材料说，伏羲、女娲就是苗族的创世神话"洪水故事与兄妹结婚"中的人物——这个中国最古老的民族，许多民族遗产正遭遇后继无人的危机。

至今为止,我国已公布了四批国家级非物质文化遗产名录(2006、2008、2011、2014 年)。据台江县城莲花书院"台江苗族刺绣博物馆"展板介绍,台江首批入选的有苗族古歌、反排木鼓舞、苗族姊妹节;二批入选的有独木龙舟节、苗族多声部情歌、苗族服饰。

没有深入了解,但我知道,其危机主要源自三个方面:一是教育的发展,入学率提高,孩子(特别是女孩子)大量的时间用在学业上;二是市场经济的冲击,原始的生产方式已不能满足生活需要,使得大量青壮年外出东南沿海地区打工;三是节庆(龙舟节、姊妹节)、风俗(古歌、情歌)、传统工艺(服饰)等,与现代生活的娱乐方式、生产方式比较,虽古老但不免受时间、成本等的限制,难以满足现代日常生活的必需。

然而,正如生物的物种需要得到更好的保护,文化的物种也不能任其自然的、人为的流失。谁能担负起保护的重任,自然是本民族的后人。但是,在现代生活方式的冲击下,我们又怎么能要求他们固守传统?

作为教育工作者,我意识到教育应担负的责任。在"写事为主的记叙文"写作训练中,我布置了"写一个流传在台江的民间故事"。作品上交后,我欣喜地发现,尽管他们写得未必个个精彩,但苗王、苗年、仰阿莎、龙舟、姊妹节、姊妹饭、鬼节、杀鱼节、老辩妈、巫师巫术、敬桥、斗牛、苗族飞歌、铜鼓,都出现在学生所写的故事中! 讲评课,好一番肯定后,我布置了两项作业:(1)每人搜集苗歌1～5首;(2)调查家族史、姓氏来源。这两项作业,将于寒假后上交。

两个星期周末没有出行,今晨与老魏拟前往高山苗的所在——方召和反排的。好不容易找到班车,却告知今天未必能回县城,悻悻作罢。转身将剩余时间留给了县城内的文昌宫(内有苗绣博物馆)和老街。

文昌宫出来,遇到五位女生,一问是台江二中初一学生,家在革一,周末不回家,就来看博物馆了。问她们能否刺绣,我们异口同声:"不会。"追问原因,却道读书,没有时间学。其中一个说:"那很难的。"

也许,你会认为谈"苗族遗产"与"支教"无关,但我却深感责任。鄙意以为,开设一些课程——古歌的、刺绣的,培育对民族遗产珍惜、保护的文化意识,教育部门责无旁贷。(记此浙华,11 月 2 日 20:30)

49　给教研组长、备课组长的建议

《教学与研究常规(试行稿)》在全校上下的努力下,得以制定并开始实施。我们诚盼继续得到您的支持,因为台江民中的内力发动,实在应从此突破。否则,一味地埋怨办学条件差、生源质量不高,都无助于我们改变教学质量在黔东南州落后的局面。不靠神仙皇帝,只有靠我们自己!

为便于您的操作,下面提供一些建议:

一、《常规》推行的时间表

第一学期:备课(集体备课)、听评课技术、教研组/备课组建设(局部);

第二学期:教案(竞赛)、作业(学生抽样)、测试与质量分析技术、教研组/备课组建设(全面);

第三学期:上课(赛课)、教学研究;全面梳理,确定后期步骤。

二、教研组活动的内容

一学期活动基本流程:学期初计划(教研活动计划、学生课外学习辅导计划)——每月1次的活动(≥2课时)——学期末总结。

每月1次的活动,如:(1)专题研讨;(2)各级骨干教师的教学讲座;(3)每学期两次公开课(半期前一次,半期后一次);(4)理论学习;(5)课题与论文的讨论与交流;(6)组织学生活动(如兴趣小组、社团建设活动、课外阅读、学科拓展、综合实践、研究性学习以及各种竞赛活动等)。

三、备课组活动的内容

一学期活动基本流程:学期初计划(制订并讨论备课组活动计划、学期/模块课程计划等)——每月2~3次活动(≥2课时)——学期末总结工作。

每月2~3次的活动,如:(1)集体备课(与教学进度同步);(2)专题探讨;(3)每学期每人一次的公开课;(4)重大作业(如单元练习)的设计;(5)校内测试的命题、质量分析与补救教学等系列工作;(6)其它。

"集体备课"是在备课组统一的教学进度下进行的,应及时跟进,用说课范式。其内容一般为:教材分析、目标与重难点确定、学习活动设计、作业布置、资源推荐、单元测试等。其流程一般包括:主持人开场白、主备人介绍、集体研讨、共识达成、材料分享。

请备课组长组织好活动，并做好活动记录。每周周五下午，请将下周活动的时间、地点、主题/内容、主备人（讲座人、上课人）等报教研组组长，由教研组长报教科处。藉此上下努力，本学期基本熟悉"集体备课"的套路。

《教学与研究常规》中说："教研组（含备课组）是学校组织、管理教学与教研活动的基层组织，是教师日常专业生活、专业发展的基地。教研组建设是学科、教师和学校可持续发展的关键。"

各教研组长、备课组长，教研组（备课组）建设重任，劳您担待了。但愿民中的发展，不会忘记您付出的精力与智慧！

(记此浙华，11 月 11 日 22:00)

50 给年轻教师的忠告

"看看走在你前面的人。"这是 1986 年，我的同事、"文革"前师范大学毕业的钟康康老师给年轻的我说的一句话。

是这一句话，让当时年轻的我，开始选择身边的"角色模型"。那个年代，学生厌学、教师厌教，喝酒、打麻将曾是那时候年轻教师重要的业余生活。然而，我却能沉浸于专业的学习，除非周六与年轻单身喝一次酒，其他概不参与。

正是这一句话的激励，在专业发展上，始终不曾松懈。我是专科起点的，曾为当时以大学本科毕业而沾沾自喜的同龄人不屑。而今二十多年过去了，那些曾经得意的同龄人"泯然众人"。

"看看走在你前面的人"这一句话，后来每逢给年轻教师培训，我都会转赠。这不，今天给台江民族中学 35 周岁以下的年轻教师赠《班主任工作手记——与学生一起飞翔》一书，并做简短讲座时，再一次道及此语。

讲座的基本内容不待多言。讲座的最后，是与听讲者共勉的三句话：劳者多能，别埋怨环境，看看走在你前面的人。不知道这三句话能带个听者怎样的感觉。

(记此浙华，11 月 14 日 20:20)

51　扎实前行，总会有收获的

——参加 11 月 20 日高二英语备课组活动的感想

这是一次很成功的备课组活动。

本次活动是一次集体备课，课题是《虚拟语气》。主备人张文贤老师细心地准备了讲稿，给每人打印了一份，又做了很清晰的说明。

参与集体备课的 7 位英语老师，就目标的定位、材料的选择、教学的实施、作业的设计等充分发表了意见，开展了研讨。教师之间不时地插话，说者、听者彼此的回应，可以看出组内交流的氛围是和谐的、融洽的。围绕一个话题，共同探讨"课程目标—课程内容—课程实施—课程评价（作业）"等问题，这就是实实在在的集体备课。

这次备课，不仅流程上合理，享受了成功，而且在教学论上的探讨也具有普适性的价值。一是"基于学情"。"虚拟语气"可以用于 if 条件状语从句、主语从句、表语从句，且在不同的从句中有不同的运用形式，如果要全部讲，学生是无法消化的。因此，选择哪些重点来教学，教学到什么程度，用什么方式来教学，又用什么样的作业来检测、巩固……这些问题的讨论，其实都是为了让教学能"基于学情"，让教学更有效。

二是"重视学习活动"。教学设计，重要的不是"怎么教"的思考，而是"怎么学"的设计。比如"虚拟语气"，我们要更多思考的是，怎样让学生更好地了解虚拟语气在不同语境下的使用，通过从已学课文中寻找范例、变式训练、仿句训练、小短文写作等等途径，帮助学生知道何谓"虚拟语气"（知识），又能在文段的理解、分析中运用（能力），这才是教学设计的关键。这次的集体备课，大家已经注意到了这点。

三是"尊重学科性"。语法是后人从大量的语言现象中归纳出来的。寻找范例，或者教师提供一组语句，让学生能像"语法学家"一样，归纳其中的规律，这是第一步。第二步，能将归纳的规律性知识运用，如填空、仿句和阅读分析。研讨中，对此有所涉及。

四是"作业设计"。研讨中，大家注意到课本练习、《优化设计》的练习并不切合民中学生，提出在教学"虚拟语气"后，出一份练习卷。这个想法、做法都很好。课本中的练习可以大胆的删减或改编，《优化设计》这类资料不合胃口的，以后就不要征订。其实,最好的练习作业,就是我们教师设计的、校本的作业。以后,可以摸索校本作业的开发和使用。

一次集体备课,能有这些收获,这是令每一个参与者高兴的。当然,后续还有许多研讨的事可做。比如如何处理选修教材、如何营造良好的英语学习氛围、如何开展年级听说读写的竞赛活动(如单词听记比赛等),都值得思考和实践。

另外,这次集体备课反映的问题,如语音教室的使用、学习辅导材料的征订、教室多媒体的及时维修等,都是关心、呵护学校和学生的好意见,我会通过尽我之力向学校行政会议转达。感谢你们的信任,让我听到真实的声音。

我相信,只要我们扎实做好每一次备课组活动,我们的每个参与者都会有收获,英语教研组的建设也会一步步走进新天地的。

52　指导高一(8)班拟班训

学校就要举行体育、文化艺术节,为期四天,堪称浩大。于是,也趁此艺术节活动,将各班门口墙上的班牌(上有学生集体照、班级干部和任课教师名单、班训和班主任寄语等)新置,而高二、高三则是开学就做好的。

高一(8)班的班主任,就是我们四人中的李亮老师。她让我帮着学生拟一条班训。答应了她,我就利用我的语文课堂时间做了。先让班长李晴晴发下便条纸,每人一张,然后给学生介绍班训的作用、撰写的要求等。教室里热闹极了,有托腮苦想的,有翻阅读书笔记和课外书的。

三分钟后,个人起草毕,就让小组讨论,选出最好的一条,然后修改。选择标准,一是富有内涵,二是具有激励性,三是语言上口。小组讨论后,各小组的班训初稿就交我手上了,这里分享部分:

> 翱翔吧!用你零星的梦想去点缀你的翅膀!
>
> 白日莫闲过,青春不再来。
>
> 我们是一个集体,也是一个大家庭。家和万事兴。
>
> 今天我们挥洒汗水,明天我们拥好人生。
>
> 不是尽力而为,而是全力以赴。
>
> 谋事在人,成事在天。不懈努力,辉煌人生。

不要在将来因现在而后悔!

只要站起来比倒下去多一次,那就是成功。

爱与付出者是强者,专注专一者是强者,永不言败者是强者。

努力吧,只要心存梦想,磕磕碰碰又何妨?

我将这些念了一遍,有的还做了解释,有的词句不通的也指出了。(哈,有些语文课味道吧)。这以后,让学生口头表决,哪些删去。

这样一来,剩下五条。又经过两轮举手表决,最后胜出的是"努力吧,只要心存梦想,磕磕碰碰又何妨?"得到 29 人赞成(总 49 人)。兴奋着的学生,还提出,把原句"努力吧"去掉。这不,热热闹闹的 30 分钟,班训就诞生了。

不是班主任,不在班会课,让学生拟制班训,还那么快就出结果,这是我工作 30 多年的经历中,这还是第一次。

这是昨天上午的事,欣然补记。(办公室,11 月 21 日 11:50)

53 学生也能拟制评分规则

人教版必修二,有四篇写作短文及配套练习。我放手让学生阅读、拟题、制订评分规则。任务以书面形式下发,配以必要的解读:

你能拟制作文题吗?你能制作作文评分规则吗?

1. 请自读必修二"表达交流"板块的《亲近自然 写景要抓住特征》《直面挫折 学习描写》《美的发现 学习抒情》三篇短文,划出其中你认为重要的语句,明白其中有关"写景状物"的知识。

2. 在阅读这些短文时,请注意"写作练习"中编者拟的训练题,在你感兴趣的训练题前面打上"√"。

做好了这两项,请你参与小组合作,继续做:

3. 以三篇短文中的训练题为基础,拟制 1~3 个作文题,体裁是"写景状物的散文"(即《荷塘月色》《故都的秋》《囚绿记》这样的文体)。

4. 请为这次作文,拟制一个评分规则。其中作文常规,就沿用原来的规则。

任教的两个班级,一个班让学生用两节课处理,因为这一天刚外出;另一个班,我只安排10分钟自读,就让学生课外按书面指示操作。

最后的结果是,前一个班12个小组完成了任务,但评分规则的"指标"简单套用"写人(事)为主的记叙文"评分规则,依然以"材料选用""叙述角度"等厘定写景状物散文的写作。自然,我看了有些失望,当然,我也以"毕竟是学生"安慰自己。

然而,后一个班级,尽管时间紧,大部分小组不能如期完成。但上交的小组,其指标的厘定,居然出乎我的意料。他们真的读懂了这三篇短文,并制作了规则,其中署名李璇的小组,厘定了评分规则的四个指标,分别是"景物特征"(2)、"情感表达"(3)、"描写"(3),署名张大山的小组,其维度分别为"描写景物接地气"(2分)、"情感色彩表达"(3)、"修辞手法的运用与表达"(3)。不仅如此,他们还就"优秀"(A)、"良好"(B)、"一般"(C)确定了等差。

他们只有两次(写人为主、写事为主)运用作文评分规则的写作、自改、互改训练,而能有如此精彩的表现,后生可畏。(记此浙华,11 月 21 日 22:10)

54　在台江讲"课堂观察"

一周之内,两场讲座,都讲"课堂观察:走向专业的听评课"。周一在民中校内讲,周五在教育局全县教学工作会议上讲。

受邀讲"课堂观察",是因为我带来了余高的"听课本"。记不得哪个场合,教育局龙局看到了,他说带回去看看。下一次见面,他就兴奋地说,台江要推行,且从"学生""教师"两维度开始。

自 2012 年参与编撰的《课堂观察 II:走向专业的听评课》和《课堂观察 LICC 模式课例集》出版后,我便没有接触课堂观察。但为了准备这个讲座,趁国庆回杭,在本该放松的七天时间内,我用了三天时间,将三本书、电脑上的资料并原本在宁波等地讲座的课件,认真细致地重温了一遍。回台江后,就着手课件的制作。

不意由于时间安排上的原因,我竟先在台江民中开讲了。民中那次课堂观察讲座,我并没有完成预定内容,但由于讲授得要,还是引发教师的浓厚兴趣,我所在的高一语文备课组,第二天就开始了没有量表的课堂观察。

周五在台江教育局的讲座,我还是放慢速度的。"确定观察点""开发观察工具""基于证据的推论"等关键点,考虑到教师(其实听讲的多是教学副校长)初接触,我只是点到为止。一下子全灌,他们会消化不良的。

在教育局的讲座,还受罗康藻主任之托说了"集体备课",给讲了"教研组可以做些什么""备课组可以做些什么",不知能否起点作用。于我,可是尽力而为乃至全力以赴啦。(记此浙华,11月22日21:25)

55　写出微型调查报告

11月12日,高一、二年级教师分头召开期中测试分析会。会前,与唐忠平、李封祥两位副校长商定,借此机会做个小调查。当天回收问卷,当天就想分类、统计、分析的,奈何诸事碌碌,在近两周后方才统计处理,并写出4000余字的调查报告。正标题为:民心可用,重在如何"后发赶超"?副标题为:有关民中发展的微型调查报告。

引言为:

2014年11月12日,利用下午第三、四节分年级召开半期考试分析会的机会,下发调查问卷,问题为:(1)从您两个月的教学中,您感觉本年级存在的最大问题是什么?无论哪个方面,可写1~5条;(2)为着您自己,也为这台江民中的可持续发展,您的建议有哪些?无论哪个方面,可写1~5条。

本调查旨在了解民中高一、二教师对年级问题的认知和对学校发展的建议,为学校的发展寻找突破口和内在动力。参与者理解这一意图,积极参与。两年级会议与会人数,约在85人左右。会议后,高一年级上交40份,高二年级37份,合计77份,回收率90%以上。

正文是按行政管理、考核机制、德育管理、教学管理、课堂教学、教师业务、后勤保障等开列的典型意见、典型建议。

结语不多,只道:

尽管是一个小调查,但分析者认为,这些信息很值得学校领导班子成员思考。从日常观察、随机访谈等情况看,民中教师心存学校变革、发展的愿望,希望领导班子珍惜这一切。时不我待,当乘州、县三年行动计划推行之风,细思量强落实,实现"后发赶超"!

这一天,是周日,扁桃体疼痛的第三天,用 8 个多小时,写出在台江的第一个调查报告。下周提交学校行政,但愿能发挥一些作用,不枉调查之初衷。(记此浙华,11 月 23 日 17:15)

56　纯朴的苗族

扁桃体发炎疼痛,连续四晚未安寝。这是我来台江后,第一次患病。

刚发作时,就去药店配了药。因为是初起,售货员给了我药效较低的中成药,我也没有太在意。可是用完了药,病情反而加重。

只好去台江县人民医院,这儿最好的公立医院了。五官科的一位医生接待了我,三十挂零,话语不多,普通话也不太准。让我张口,他一瞧,就说发炎了。我问,怎么办? 他说,雾化就行。

雾化,我知道,但我从未用过。我歉意地说,不好意思,我先接个电话,便走出了诊室。其实,我是打电话给余杭的医生朋友,主任医生,曾经留学法国巴黎的王。王告诉我,雾化是常规治疗,没问题;最好,再吃些头孢和板蓝根,多喝水。

我放心了。回到诊室,对医生说,那就雾化吧,顺便开点吃的消炎药。他开好了雾化的药,又帮我找吃的消炎药。可是,电脑里没有显示。我问,这还会没有吗? 他反复刷屏,还是没有。我的心里,有些责怪,不知口气里有没有透露。然而,他依旧耐心,最后说,你去药房取雾化药的时候问问,要有,我再给你开。

很是坦诚。要是在余杭、杭州等地,我未必能领受这份坦诚。

雾化一疗程五天,上下午各一次。

这个科室,每天都只有两人,一个医生,一个护士。他们两天一换。第二天一去,护士换了一位;第三天一去,医生换了一位。

他们一例是很诚恳地接待我。每次雾化结束,我到诊室门口,探头道一声:"医生,我挂好了,谢谢你们。"他们有时在看电脑,有时在看手机,但听到我的话,总是抬起头,一脸诚恳地说:"好的,您慢走。"

今天上午又去雾化。上药水时,护士问:"你来台江是做什么的?"这一位护士的普通话很不错,昨天已让她为我准备过两次了。也许听我口音,看我的举止,不像台江人吧。

73

我便说:"我在台江民中支教。"

"多长时间?"

"一年半。"

"那么长啊。"台江医院常有外地医生来指导的,刚来台江那儿,就见这家医院打出欢迎浙江义乌医疗专家莅临指导的横幅。那,都是短期的。

"您来自哪里的?"

"浙江杭州的。"

她"哦"了一声,过了会儿,似乎是自言自语:"这里的教育基础差。"

"基础是差点,但这里的民风纯朴。"

她又一声"哦",便没有多话。我已坐下,衔起雾化器的嘴,没有看到她的表情。

为这一次的扁桃体发炎,我见识了县医院的 4 位医护人员,还因为去药店买药,见到了三位售货员。他们,是我来台江所见的新职业面孔。他们都是纯朴的。

(记此浙华,11 月 26 日 23:15)

57　台江民中的狂欢

拙笔无以描述这样的场面,提供些许线索,劳您想象了。

一个人口近三四万的小县城,躺在狭长形的河谷里,四围群山连绵。通通通的鼓声,传过翁你河,擦着对岸的屋顶,直飘到不远处的山腰,山腰又将回响传回来。

台江民中,枕山临河,翁你河的南岸,在不知名的山坡上。运动场在山坡的最低处。400 米的标准跑道是塑胶的,被跑道围着的足球场,是平整的人工草坪。如果没有人,从坡上的教学楼看下去,那是非常奢侈的空旷——贵州号称"地无三尺平"。然而,当这来了全校 53 个班级,3000 多名学生,180 多位教师,还有附近寨子来观赏的村民,那就略显拥挤了。

这是"第五届科技文化体育艺术节"的主会场。该项活动,双年举行,我们四位适逢其巧。这一届,为期四天,上午的入场式和木鼓舞比赛,是最富民族特色的,大开我们四人的眼界。狠命地拍照,仅仅是上午我就拍了近 300 张照片,还有七个累计长达 40 多分钟的手机视频。晚饭后,急匆匆做的《台江民中的狂欢》ppt,也难以尽情传达现场的热闹与华丽。

做完那个 ppt 后,即发至我建的"台江支教"QQ 群里。我爱人的回复是"真是不一样的风土人情!"同事陈叶珍老师的回复是"太精彩了! 我也想去……",吴江林老师称"这才是教育",庞仁甫老师道"台江民中民族特色尽显,相当剽悍,十分精彩"……

美国洛杉矶宋柔波老师,也道"一个中学就能有这样壮观的场面,很惊讶,也很佩服""喜欢您佩戴他们饰物的照片,说明您和他们打成一片,沟通得好"。她奇怪:"学生怎么会有这样整齐的服饰? 是学校的还是学生自备的?"一如我之疑问,我也是问了学生才知道他们的服装,除那些盛装是学生个人(都是家长精心准备,给女儿出嫁用)外,其他的服装是租借的。

亦师亦友的莫银火老师也极赞:"民族味很浓! 这对阿凑来说,一定是一顿豪华盛宴,连我也享受到了! 上个月,我这里来了一位凯里一中的苗族徒弟,要跟我到一月底,他看了你的照片,顿生思乡情……"

出乎我的意外,第一天的木鼓舞比赛,高一(1)班获得二等奖,(8)班获得三等奖。两位班主任都是我们来支教的年轻同事,也不知道怎么指导排练,除了鼓励,全仗学生自己的训练,真不错。观看、拍摄高一(1)(8)班表演时,我都禁不住流泪了。(记此浙华,11 月 27 日 11:35)

58 "还记得吗?"

"还记得吗?"这是我才加入不久的一个 QQ 群名。群成员,都是临平一中1994 年毕业的 9 班学生。看他们的留言,自称"949",挺好。

我是这个初中班级的班主任,连续三年,今年是他们初中毕业 20 周年。一个月前,他们就联系我,期待我能回杭,与他们欢聚。我也想回去的。奈何路途遥远,光这事一来一回,少不得三天。为此势必要耽误台江学生的课业。同来支教,都劝我回去,课他们可以顶着。但恰逢学校教学常规推行诸事,便只有作罢。

11 月 22 日(上周六)他们召开了同学会,我的手机收了他们不少的短信。我虽只与组织者沈慧霞同学,与我的教学前辈、这个班的数学教师钟康康老师两人通了电话,但彼此祝福,早已让远在异地的我热泪盈眶。

这以后的某天,他们邀我加入 QQ 群。一输入群号,跳出"还记得吗?"。好名字,似乎为我特制。得闲加入,见到许多熟悉的名字:毛小芳,李丽,姚国富,盛钢赟……待我留言,过几小时再上线,回复甚多。摘取若干,记取作为孩子王的甜蜜吧——

> 哇,林老师你终于现身了。好难得哦。
>
> 林老师,我们想你啊。
>
> 初中班主任远赴贵州支教,让我们这群曾经的少年重新有感于理想与信念,有感于他二十年前独具匠心的栽培,有感于他如同我们一般的思念,有感于他年逾五十依旧执着的内心。送上 949 的祝福!
>
> 经历过无数的老师,唯有林老师的人格魅力让我信服!

哦,感恩节了。其实,作为你们的老师,此刻也特别感谢你们对当年的珍惜,感谢你们二十年来对老师的尊重! 949,感恩节快乐! 得,就用这句回复各位吧。(记此浙华,11 月 27 日 12:05)

【补记】11 月 30 日晚,沈慧霞来电,让我为他们拟制作的纪念册写序言,我答应了。12 月 1 日晚,写成"寄语我珍爱的 949 班",千余字。12 月 3 日晚饭后修改后传出。即刻,就收到令我感动的回复:

> 看了,很受鼓舞,更是感动和温暖,原来老师一直和我们在一起!
>
> 在今后的日子,不管老师去哪里,任何时候,949 全班同学都和老师在一起,您永远是我们敬爱的林老师。多年后我们才懂得您对我们的教育早已深入我们的骨髓,何必在意错过一次相逢,您已经深深地在我们心里了。
>
> 是的,如果您知道了所有同学给你的话语,甚至我们坐在一起读着当时您让我们写的日记,同学们的眼眶都湿润了,您一定……
>
> 林老师,你一点不孤单,因为我知道同学们真得都把你深记在心了,这是你最大的归属感啊。

59 给四门辅科教师的鼓励

连续几天,将教务处、教科处起草的《台江民中教学与研究常规评估细则》修改完善。今天,征求各教研组意见。我约刘宗华校长(化学老师)、唐忠平副校长(音乐老师)参加了音乐、体育、美术、信息技术四科教师的座谈会,听取大家的意见,整个过程很顺利,有助于后一步修订定稿了。

还拟制了一份材料,算是对这四科教师的鼓励,希望他们四个教研组,充分利用自身优势和苗族学生的天分,打造民中音、体、美、信息四学科特色。核心部分是这样的——

尽管我不十分了解你们四个组,但依据下面的认知,我初步判断你们是很棒的!(1)藏龙卧虎,各领风骚,各有专长和看家本领;(2)前几届对高考学生术科指导颇有成绩,影响黔东南州;(3)大家的敬业精神令人感佩,当其他老师下班回家时,是你们还忙碌在画室、钢琴室、运动场;(4)校园文化建设中,有你们才华、智慧的深深印迹,如走廊布置、升国旗仪式等;(5)"第五届科技文化体育艺术节"的精彩演绎。

有这么好的基础和实力,如果齐心协力,假以时日,便可打造具有台江民中特色的音乐、体育、美术、信息四个学科。如何打造? 下面的建议供参考:

1.民中学生"学什么"? 民中学生"学什么",一从课程标准思考,二从本学科的知识体系思考(可以分三类:最核心的、重要的、一般的),三从民中学生的学情(爱好、发展方面)思考,四从培养目标(一般性的,专长性的)思考,五从教师特长思考。

如此出发,构建民中音乐的、体育的、美术的、信息技术(通用技术)的课程体系。该体系可以分为两个部分,一个部分面向全体学生,一个部分面向有专长的学生(高考)。

2.民中学生"怎么学"? 从课程体系出发,依然从两方面思考:

(1)面向全体学生的:

课堂教学:如何激发兴趣、培养能力、培育未来所需的素养? 开发哪些课堂教学模式? (储备3~5种,熟练运用1~3种,创新1~2种)

校园氛围:如何有序设立音乐节、美术节、体育节(体育运动会,单项的、综合的)?如何间隔(间期)开展活动,以活跃学校氛围?

(2)面向有专长学生的:开发哪些课程系列?或者开发哪些校本课程(课程目标—内容—实施—评价)?

3.学科资源库建设:课程的、活动的、课例的、作品的……随时可展览,随时可亮相。

你们四门学科,在当今的教育背景下,是"边缘化"的。然而,打一个不恰当的比喻,九门高考科目是画,你们四科是这幅画的画框、花边。没有你们的装饰,这幅画是无力的。

以上是我粗浅的思考,期待民中四科教师的精彩呈现!

其中,我还介绍了余高这四学科特色。最后署名"余杭支教教师林荣凑",真心希望这四个学科能形成一些特色。因为我知道,后一步推行常规落实、教研组建设,我的重点会在九门高考学科,他们四科顾及不会太多。忙碌之中,有一份心意要表达。只是,文化机制的重建,是一个艰难的跋涉。尽管我的支教时间有限,我也愿意奉献最大的价值。(记此浙华,12月1日21:20)

60　欣然于我们的存在

月有阴晴圆缺,心有甜酸苦辣。这几天,因着下面的事,满心总是甜甜的,爽爽的。

第一就是教研组活动了。被"一周教研活动安排"撬动,教研组(备课组)活动开始走向正常化。"一周教研活动安排"在布告栏内贴着,某组要是不上报活动内容,就得空着,空着总是令人难堪的。上报了要有活动,有"联系领导"盯着。做事,就怕"认真"两字。你瞧,一认真,冷落了两三年的教研活动就恢复了。

第二,我自己做的课堂观察。两次听我自己所在的高一语文组开课,每一次都写课例,尽管这事占用我不少的时间,但毕竟这个组被我带动了。高三语文的备课组活动,我参加了一回,也写了东西给他们。这不,他们还约我借班上课,示范教学。我答应了,付出点时间、精力,但若能引发他们持续的活动,也值得。高一、二的英语组活动,联合听、评课,我只观察学生学习,课后会议细致入微的分析,让他们别开眼界,而我借此提出的四点建议——教材处理、课堂定位、活动设计、小先生制,他们也是被震动了的,当时居然有人拿起相机拍我呢。我还写了《"以学定教"是教学的铁律:两堂英语课的观察报告》发给他们,让大家分享。

第三,看着学生的进步。讲评学生"鉴赏文写作",夸奖他们从第一二次写的摸不着头脑,到如今写《孔雀东南飞》的人物分析,已非尺寸之别。再如"写景状物的散文"写作——这是第三次运用评分规则的写作训练,学生观察、写作、自改、互改、再作,原来连什么文体也不清楚,现在居然能写出像样的文章,还发现民中校园的美,他们的欣喜在"写后感悟"中表露无遗。更别说他们的行文格式、标点运用等,进步让人刮目相看,他们自己也沾沾自喜。我的课堂,深深吸引着他们,彼此融合无间。

这种感觉,不独我一人所有。晚饭,其他三人也说,这里的孩子,学习底子薄,但悟性不差,你讲授的内容,浅一点,他们能掌握;深一点,嘿,他们也能消化。他们的学习主动性、刻苦性,是远逾余杭学生的。如此,来台江支教的我们,能不感到高兴吗?

第四,我的管理建议得到重视。从"教学与研究常规"的制订,到教学类手册(《备课组手册》《教研组手册》《教师手册》《听课本》)的设计与投放使用;从强力制作"一周行事历"等基础材料,到行政会议、教研组活动、校本培训时间的保证,迄今为止,我给民中的建议,绝大部分得到实施。"士为知己者死",我的血性被充分调动,原本在余杭做中层的强烈工作欲被唤醒,以至于天真地想,如果可能,我支教三年。

后天(12月8日),余杭区教育局周建忠副局长,将率16名中小学校长访问台江,开启台江教育局龙局期盼已久的合作事项。这也是令我们四位余杭支教者振奋的,尽管我们四位所在学校的校长都未能一同访问。得,经历了长达十多天的扁桃体周炎症,如今康复,又恰逢喜事连连,禁不住写下这则记事。(记此浙华,12月6日22:00)

61 第二次家访

我们去了台盘乡的四个村寨，连着走访了我们教的四位学生。

第一家在展耶村。据杨姓女生说，展耶是苗语，"耶"是石头的意思，"展"是坝的意思，展耶就是石头坝。该村的另一个名字是"桥中"，是因为村在320国道边（1874公里处），从村子往走上海或昆明方向走，不远处都有桥，故名。她的父亲几年前病逝，哥哥、姐姐外出打工，家里只妈妈、嫂子、小侄子。我们去时，她的母亲背着侄儿，正在做猪食；她哥哥前些天过苗年，从广东赶回，也在家。

第二家在阳芳村。阳芳村距凯里市26公里、台江县城23公里。在巴拉河边，320国道旁，风景极美，曾作为民族文化生态旅游村开发，而今冷落。我们的学生家，在村子最高处，新修的水泥楼房，还没有全部装修完。我们去时，她母亲正忙着蒸馏米酒，屋子里弥漫着酒香。她父亲在凯里工地上干活，家里有妈妈，还有两个读书的弟弟。

第三家，也就是这一天带我们家访的、杨姓姐弟俩的家。他们的村子，离320国道有些路，我们走了一个多小时。房子在寨子的最高处，新修的准吊脚楼建筑，四五间开面，底层放杂物，二层家居，三层藏粮食。

在他们家，我曾给爱人和孩子发了短信：

> 我们四人在一学生家。这家父母外出打工了，五个孩子。大女儿1994年出生，在民中读高三；二女儿出嫁了；老三是男孩，我们的学生；老四女孩，初二；最小男孩，初一。是老大、老三带我们来的，两弟妹在家等着。现在几个孩子给我们做饭，麻利得很。真个惹人怜爱。

做"孩子王"32年，我还是第一次吃学生做的饭菜，心里酸酸的，涩涩的，犹如一位不合格的父亲，品尝着孩子孝敬我们的饭菜。饭前，老魏去曾小卖部买东西，可惜那儿能买的东西太少，只买了些饮料。饭后，我们留了200元钱，还有本来作为我们四人中饭的刀切馒头、榨菜等。

临走，反复叮嘱两孩子，一定要好好读书。其实，五个孩子的读书都挺好的，奖状贴满了主屋的墙壁。就是休学嫁人的二女儿，奖状也不少。

　　从那儿出来，原路返回，又走小道到台盘乡，穿过短短百米的乡里街道，在新的乡政府边，我们走进了第四家，新修的三开间四层楼房，小日子过得应不错。

　　杨姓姐弟俩，早上与我们一同从台江县城出发，下午与我们一同回台江。为了家访，他们的作业还没有做完，我们颇有些歉意。但两个懂事的孩子，一定能快速完成的。（记此浙华，12月7日20:40）

62　第三次家访

　　时隔一周，12月14日，又是一个周日，我们又去家访了。

　　这一回去的，是交通极为不便的方召乡。因为不便，就商议着租车前往。可温雅老师连跑几家租车店，都没有约到7座以上，配有驾驶员的。

　　无奈，我只好与民中李封祥副校长说了。感谢他的联络，这一天，民中办公室欧阳光俊主任、教科处粟高胜副主任开了他们的私家车，带了我、老魏和温雅，还有五位学生：吴昌江、张俊、张辰月、王忠英和她的弟弟王忠德（也是高一的，但不在我们教的班），终于成行。

　　从县城台拱东行，就是陡峭的盘山公路，一路爬坡，偶有几处下坡路段，12公里后就到了乡政府所在地。据说，这是台江县海拔最高的乡政府驻地。出发前，几位学生提醒我们，一定要多穿衣服。我们也是做了充分准备的。

　　然而，这一天，方召乡和县城的温差不大。这个台江高山苗典型区域，向以雷、电、雨、雾多，日照少，热量不足而著称。早几年，曾有大风冰雹袭击，苗寨黛瓦无一幸免。我们家访时，还能看到修缮后或新修房子的屋外墙角，有成堆的瓦砾。

　　"方召"系苗语译音，意为召（人名）居住的地方。不知道"召"为何人，但这地方却拥有享誉国内外的东方迪斯科——反排木鼓舞，还有曾获2004年CCTV西部民歌大奖赛金奖的多声部情歌。无奈坡陡岭峭，土壤贫瘠，资源匮乏，百分之七八十的劳动力外出打工，我们所走的村寨，如同前一周走的台盘乡，所见多为老幼，冷冷清清。

　　不过，随同的几位学生，都直夸这里节庆的热闹。是的，这里有十三年一次、每次举行三年的鼓藏节，有农历二月二日的敬桥节等。在吴昌江家用中餐时，他的父亲邀请我们年后再来，也直说那个时候非常热闹。

方召乡政府,原来在方召大寨——吴昌江家的所在。如今搬迁到县城到交宫的县道864旁,所谓方召新区的地方。从那儿东转,便可去吴昌江家所在的方召大寨(有300多户),王忠英和张辰月家所在的基甲村。可是,因为在修乡道,走了没两三公里,就遇上做水泥路的工程队。自然不让过,窄窄的乡道,整幅铺筑,压根就没有交会的地方。

这样一来,只得把车倒回去留在沙石路上。其实,只要走过十米,就是已铺筑的水泥路,顺着走到方召大寨,看远处起伏的山峦、点点的苗寨,是极好的享受。但要从方召大寨到基甲村,走路得来回四五个小时,我们正担心着。幸亏学生机灵,最后让基甲村村民开了厢式客货两用车,吴昌江父亲也叫了村里的一辆,我们十人才得以在两小时内,走了该去的几家。只是,为此花了200元车费。

从基甲村出来,回到方召新区,我们去了反排村。张俊家在寨外的公路边,刚修的房子。父亲去寨子里办事了,只遇到他的哥哥。王忠英、张辰月的父母都去广东打工了,钥匙又没有带,我们只能在房外拍些照片。你瞧,家访见不到学生家长,也进不了屋,这在我们都是第一回遇到。

来台江,第一次吃家长亲手做的饭菜。三个菜,一是白切猪肉,二是白切鸡肉,三是清汤寡水的青菜。但因为有台江特有的酸辣调料,很能入口。这是他们平日招待客人最好的东西了。开始,我们连连推却,但终于挡不住他们的热情。上回我们去台盘是带了午餐的,这一回没带。也幸亏在这里吃了中餐,要不,我们这一回,需饿到从基甲村出来。

吴昌江的父母和二姐都在家,没有外出是因为正修着老房的配屋,狭狭的一处,贴着陡峭的山坡,正浇筑着水泥。我拍了照,开玩笑说,下回读《阿房宫赋》可用。后来知道,杜牧的这篇名赋,人教版没有收录。

三回家访,我们走了十位学生的家,占总数的10%。也许,以后还会再走一些,但这里的交通不便,父母多不在家,估计也不会走多家了。只是那些家境比较困难的学生,我们还是要走走的,为的是做些力所能及的资助。(记此浙华,12月18日19:00)

63 给余高四名学生回了信

12月12日下午,去办公室,发现桌上放着牛皮纸色的四只信封。哟,居然是余高学生的来信,信封右下方,赫然写着钟人杰、屠浩扬、董凯、王雨绮的大名。前两位,我教过他们一年的语文;董凯,则听过我一学期的《老子》选修课,而王雨绮,则我压根儿不认识。

这一天的下午、晚上一直在忙碌,是临睡前在床上拆看的。不过,光是信封背面的文字,就让我温馨了。屠浩扬写道:"希望您能看懂我的字,亲切地再叫一声'老林'。"董凯写的是:"一直想这样叫您一声'阿凑'。""经过一些小波折,实际寄出时间为2014.11.28。"这是王雨绮写的。

四封信均在千字以上,满篇是夸我的,想我的,敬佩我的,祝愿我的话。王雨绮信的开头为:

> 老林,我也不知道这样叫你合不合适,但听着挺亲切,就这样叫吧。我是余高现高二(16)班的王雨绮,原来是高一(13)班的,在邵老师班里。虽然不是你教的学生,但曾有幸听过你的一堂课,又从别的同学口中听说不少,久仰大名,觉得这是一个很有风骨的好老师!

> 原来上个学期很坚定地报了你的选修课,可惜没能选上,本想第二学期再来过,不想却听说你去贵州支教了,为期一年半。好漫长啊,等到你回来,我都高三了,只希望还有机会听到你的课。

她说到《仓央嘉措诗传》,说到对《诗传》桑杰加措亲政一说的质疑,说到想学法律成为一名检察官。她率性命笔,行文灵动,且从能与活跃而富有才情的钟人杰、屠浩扬、董凯一道,想是一位聪慧而又外向的女孩。

我的回复,是昨晚才写就的。给每个人的文字,前半部分是个人定制的,后半部分四人都一样,这里就不在引述了。下午上台江唯一的邮局,买了信封、邮票,一一认真地写了、粘了,递给热情问候我的工作人员。

这不,去台江营业柜台办事,他们一听口音就会问"你在这里干什么的",自然就会聊起来,昨天去人保办保险,聊的时间还更多。听说在台江民中支教,他们无一例外表示感谢。

一端有余杭亲友、学生的关心,一端有台江同事、百姓的问候,这个冬天,我的心里是暖和的。(记此浙华,12 月 18 日 20:10)

64　序幕已开,剧情难晓

在台江民中的第一个课堂观察课例的"背景"上,我这样写道:

这是台江民中第一次全校性课堂观察观摩课。之前,高一语文备课组曾举行三次准课堂观察,未召开课前会议、开发观察量表。这一次,则全面呈现了 LICC 课堂观察的全貌,开启了台江民中课堂观察的序幕。

这个文本,长达 16 页,2 万余字,其中包括:(1)背景;(2)课前会议;(3)课中观察;(4)课后会议;(5)附件(教学设计,上课人的反思报告,观察者的观察报告,观摩教师反馈)。

不是我的功劳,我只是组织者、整理者。在题注里,我写着:

本课例由林荣凑根据录像及有关文字材料整理编辑,感谢高一语文教师、教科处工作人员、张武军老师和参加观摩并提交观摩反馈的老师们。

观摩课是本周一开设的。课后,各方面人马就忙碌起来,观察者按着样例,忙于撰写报告;教科处人员收集反馈,又将经我筛选的 33 条反馈,输入电脑;录像的张武军老师制作 DVD,拿出了其专业的水准。我则提前做好课例的框架,写好自己的观察报告,坐等各位材料。

整整一天,从一早到下午 4 点,依着录像做完课前会议、课后会议的实录,接着是将观察者的报告塞入文本,逐一审读,直到晚上 8 点半,全稿落定。看末页的页面还有点空白,便又做了个"特别说明":

这是台江民中第一次课堂观察的成果,虽然样貌上体现了 LICC 模式的整体,但并不表明观察者已全然掌握该项技术。在观察点确定、量表开发、课中记录、信息整理、基于证据作出推论、紧扣观察点做出结论与建议等方面,其实还是很稚嫩的。观察报告中,还有浓重的传统听评课痕迹。然而,不管如何,这第一步是可贵的。

这是实话,也是颇有必要提醒的。一路艰辛不寻常,为着语文组的这次课堂观察展示,自 11 月 18 日高一语文备课组首次以课堂观察方式听胡寸移老师《囚绿记》,整整一个月,与七位同事"亲密接触",又是会议,又是 QQ,又是文稿审读,而今,终于有了民中第一个具有完整样貌的课堂观察课例。

下周印发给全体教师,能否得到肯定,心还是悬着的。更大的担忧,是课堂观察的序幕已拉开,但能否有更多的教研组愿意尝试,心里实在没底。此乃"序幕已开,剧情难晓"!（记此浙华,12 月 19 日 21:55）

65　有关校本培训的小调查

2014 年 9 月至 12 月,台江民族中学举办了 4 次全员性校本培训。培训的效果如何? 教师需要怎样的培训? 民中本身有哪些培训资源? 教师对培训有怎样的态度? 如此等等的问题,一直挂我心上。毕竟,现在我一人担当,孤独前行,要是不受欢迎,那是"吃力不讨好"。

座谈、访谈未必得到真实信息的,匿名操作的调查问卷是首选。调查问卷是在 2014 年 12 月 22 日政治学习时下发的,问题有:

1. 您的基本信息:从教年限,任教学科,性别等。

2. 本学期的四次培训,您最满意的是哪次? 为什么?

3. 本学期的四次培训,您最不满意的是哪次? 为什么?

4. 您希望得到哪些方面的培训? (提供了候选项)

5. 您希望得到哪些形式的培训? (提供了候选项)

6. 您是否愿意承担某一方面的培训导师? 如是,请书写姓名、培训内容。

7. 您的身边是否有能担任培训的老师? 请推荐姓名、培训内容。

23 日回收 104 份(其中有效问卷 102 份)按民中教师人数 179 人计,回收率 58%,不是十分理想。但这与未当场回收有关,也与有的老师因病因事未出席会议有关。

25 日下午、晚上,采用传统统计方法,对问卷做了处理。最先的处理是分教龄段看上交问卷的情况,由高到低依次为:11 – 15 年、6 – 10 年、1 – 5 年、16 – 20 年、21 年以上。该项数据反映了对校本培训(专业发展)的重视程度。数据表明,除 11 – 15 年教龄段外,重视程度与年限基本呈现反比关系;而 11 – 15 年教师 100%

上交,也许与年富力强,又遭遇专业发展的困惑期,最愿为专业发展解决困惑、作出突破等有关。

本学期4次培训,综合"最满意"和"最不满意"的情况,最好的是第四次高一语文组的课堂观察、第三次课堂观察的理论讲座,让老师们了解听评课的技术,知道从哪些角度观察课堂,还通过实际观察了解操作。最不好的是,第一次"基于课程标准的教学设计",太过理论化,与第二次"教学与研究常规的解读",教师对规定的逆反心理。

从中判断,好的培训:一是基于教学与研究的需要;二是深入浅出(包括实例运用),让大家听得懂;三是内容要简明,不能太过复杂、深奥等。

从培训内容看,占有效问卷总数在15%以上的有:学案的开发与使用、教师的专业发展、课题的申报与研究、课例研究、课堂观察、论文的写作、同伴互导、学业评价的操作、教师的读书、校本课程的开发。

从教龄段看,1~5年教师比较偏重于教学技能的,如"课程纲要的撰写""基于课标的教案""表现性评价";6~10年教师比较偏重于教师专业方面,如"教师的专业发展""论文的写作""课题的申报与研究";21年以上的,偏重于"校本课程的开发"。值得注意的是,"学案的开发与使用"为各教龄段教师所重,也许与他们企图变革教辅材料的意愿有关,因为外地订阅的资料,很不适合民中的学生。

有关培训的形式,提供了三个层级9种培训形式:讲座、论坛或沙龙、专题展示与观摩,教研组活动、备课组活动、课题组活动,名师工作室、同伴互导、自我研修。9种形式的选择都比较均衡,最高为"专题展示与观摩"48%,最低为"论坛或沙龙"23%。

关于自荐或互荐校内培训导师,自荐只1份,推荐他人问卷29份,被推荐人涉及20人,看来民中现有是缺少公认导师的。因而,今天上午即让教科处、办公室、教务处等提供近五年外出参加各种培训的人员名单,以建立校级、组级两个层面的"导师队伍"。所以如此,是为建立一个良好的校本培训机制,培育校本培训的"渔场"。

总体看,教师对现有的4次培训是比较满意的,对校本培训是认同的。这一次调查,继续印证了第一次调查"有关民中发展的小调查"的结论:民心可用。至于如何用好"民心",领导行为和决策至为重要。

忙碌的问卷处理,结果还是满意的。(记此浙华,12月25日23:15)

66 纯朴黔东南

元旦假期外出,回后急吼吼地登录 QQ,看到莫银火老师的留言,那儿贴了科技出版社朱丽娜编辑的回复:"改后的书稿我浏览了,非常敬佩你们的工作。此稿可以作为定稿进行编辑加工,加工后的细节问题会由加工编辑联系你们!"

这确实让我高兴,想起与莫特一年多来的磨稿,从编写大纲到写成初稿,再从初稿到二稿、三稿,确乎是艰难的旅程。如今,交付的《基于"基地模式"的名师培养及高中语文教学探索》得到编辑的首肯,真乐也!

向莫特传递了自己的兴奋,还顺便告诉了元旦的行程:"这三天,我去黔东南其他县走了走,这是我来支教后第一次在外住宿,其他几人都早体验过了。所以如此,我事情多点的缘故吧,哈哈。"

这是真的。且简述三天行程:

元旦那天,我和老魏、温雅三人(李亮老师回杭了),早上 9∶30 出门,从台江转道凯里,下午到从江县城,沿着都柳江,将丙妹镇走了个从南到北,当晚住在从江。

第二天(1 月 2 日),在雾气迷蒙中,经八洛、洛香(从江高铁站所在,2014 年 12 月 26 日贵广高铁正式通车)到肇兴,游肇兴后一时兴起,又去了堂安、龙额、地坪,最后借道广西三江县高安,回到八洛,搭乘从江—黎平的班车到黎平县城德凤镇。时华灯已上,匆匆住下。

第三天(1 月 3 日),早起去红军长征黎平会议会址,未开馆,经旁人指点,走翘街,一览两湖会馆及街道两旁的明清古建筑群,不期而游。离开会址后,去黎平天生桥,经高屯、敖市到隆里古城。后到锦屏县城,坐发往凯里的车,晚 9∶30 回台江住处。

来台江四个多月了,台江的重要乡镇是走了一走的。但去州府凯里,这还是第二次(第一次是国庆中秋);在外住宿,于我还是第一次。在四位支教者中,我是出门最少的。毕竟,参与学校管理,占用了我大量的休息时间。

贵州,有"天无三日晴"之说。其实,这是夸张了的说法。这不,这三天,虽是冬天,却天气温和,三日均晴。贵州又有所谓"地无三尺平"之说,我在黎平的隆里,却见到了好大一片开阔的山间盆地,良田千亩,阡陌纵横,要不是四周群山,直疑到了浙北平原。

贵州以"醉美""多彩"打造旅游，近几年来，央视新闻联播前频有广告宣传。而黔东南，则以"魅力"两字定位。老实说，以我之悟性，对"魅力"两字体会还不深，"纯朴"倒有深有体会的。

在这片云贵高原向湘桂丘陵盆地过渡地带，生活着苗族、侗族两大少数民族。至今为止，我们走黔东南的城里乡下，问路、就餐、住宿、购物、坐车，无论是公职人员，还是市民百姓，或许他们未必都能用普通话与我们交谈，但一律的憨厚纯朴。特别是这三天行走，与黔东南大片区域的接触，数不清的转车、搭车、问路，没有一例被"宰"，更是这一判断的最好注释。他们，没有因为我们是外地人，要双倍的价，走冤枉的路，吃无谓的苦。就像从锦屏回台江的车，在三穗上高速前停车吃饭，那儿的快餐也只是 15 元一份，米粉仅 8 元一份。我们几位都吃米粉，料足不减平常，且还可以自己添菜的。而这一价格，在魏源故里湖南隆回的停车处，将是加倍的，那天国庆回杭，我们是领教了那儿"宰客"手段的。

自 1999 年开始，我和家人自由行走，足迹遍及全国二十七个省级行政区。这种因被看做"外地人"被占小便宜的事，是家常便饭。我敢冒昧地说，黔东南人表现出来的纯朴，在我生活的东部沿海，在我走过的东北、华北、西北，是"极为昂贵"的物品。

匆匆记录这一次支教来的跨县出游，只为感谢这一片未被"现代文明"污染的纯朴之地、纯朴之人。尽管这里的山峦起伏，交通让人发怵，但真正的行者，总会记住这里的纯朴。因为，这里的山、路是不平的，人心却是平展的。但愿若干年后，路平了，人心还是平的。（记此民中办公室，2015 年 1 月 4 日 16:30）

67　关于资助贫困生

来台江，第一周就接触到家境困难的学生。第一个月，我和老魏就分别出手援助。但我们深知几人之力有限，简单的给付不是长久之计。因而，我曾两次书面报告、两次行政会议提及建立长效机制：

　　尽快建立民中"民间援助基金会"，吸纳社会各界的财力，让困难学生得以更好地完成学业，也让爱心人士成为民中建设的有效力量。

与台江民中的"资助办"人员谈过，他们也是爽快答应的，可是至今四个月了，

还是未见只言片纸。另一边,则是爱心人士的火热情怀。这不,同事兼朋友江林,在 QQ 里与我有这样话语:

> 困难学生情况了解得怎么样?你那边弄好了,我这边可以启动一些结对帮助的工作。也可以完全走民间流程,你摸清情况后,由这边的相关人士或学生认领,一一结对,可能效果更好。

我们四位都倾向于建立一个长效的机制,即使我们支教结束,还能有这个渠道发挥作用。作为领队,我得在 1 月 12 日第五次校本培训后,亲自操刀章程、流程等的制订,然后征求各方意见,争取寒假结束前完成,便于下学期开启援助事项。(记此浙华,2015 年 1 月 4 日 22:15)

68 为学生进步而高兴

> 这个学期总共写了 12 篇随笔,我觉得我更喜欢后面的这几篇。每写完一篇,我都会觉得有一点点的收获。不知从什么时候起,我就喜欢上了清清淡淡的文字,喜欢带着诗意的语言,更喜欢在随笔中为自己营造一种清淡极致的气氛,想象在一片幽幽竹篁中煮茶听雨,用笔记录下一点一滴的美好!写随笔,记录下了自己一点一滴的成长!

上面这段文字,出自台江民中高一(1)班韦志秀同学的随笔本。

本学期最后一次随笔——写一篇演讲稿,互评后,要求每位同学选出 3 篇优秀随笔,确定 1 篇自认为"最佳的",可以投稿《今日台江》的"文艺副刊"。昨天,是有学生问,"老师,要不要写感悟?"想着他们的忙碌,我就说"免了",尽管在余杭,我总是会在期末结束让学生写写感悟的。

然而,今天批阅学生交上来的随笔,出乎我意料,高一(1)班有四分之一学生写了或长或短的感悟。这很让我感动,他们的感悟文字,我是一字一字读了的。韦志秀的感悟写得最长,文字也最美。

如要说写得"最大胆的",大概是平时不多言语的王安平了:

> 坚持一个学期写随笔,写作能力得到了提高,自己更加喜欢写作。如果继续坚持下去,将会成为一名写作高手。

"成为一名写作高手",这是写感悟的学生中最大胆的表达了。不过,他也许知道"写作高手"与"作家"的区别,但我已为他的成就感和理想感动了。让我禁不住在他的本子上写下"那绝对能让老林长脸了"。

这里还值得提一提王天堂同学,印象中他的作文、随笔都不能成篇的。然后,这连续几周的随笔,他都是洋洋洒洒地写。这一次,他选出自己最满意的三篇随笔,还逐一点评:

> 我认为最有意思的三篇:《他是卖扫把的》《让烦恼蒸发》《借你的孤单》。我的理由:(1)《他是卖扫把的》是真实中的遇见,或多或少对自己有感触,最让我欣赏的是老爷爷的坚持、自信、超越的人格;(2)《让烦恼蒸发》,虚假的想象,合理的答案,就是让烦恼解脱;(3)《借你的孤单》其实可以从多方面去考虑的,爱情、亲情、友情等。

另外,就是万光吉了。她是第一单元测试成绩最后一名的,开始的随笔倒是都很认真,但格式、错别字问题多多。是她的同学,一次次的修改和鼓励(我让学生随笔上交前,至少有两位同学点评),让她找到了自信,她的《温柔的谎言》《人总会有麻木的时候》《曾经失望过》都是榜上有名。

四个多月,12次随笔的写作、交流、点评,我尽力而为,学生也欢心、尽心地参与。真为学生的进步而高兴啊。(记此浙华,1月14日20:10)

69　边走边聊的乐趣

长久没有走郎等桥了。从住处往东走,经公安局、县医院,在第一个路口右转,就是郎等桥。桥跨东西流向的翁你河,因其南头是郎等寨而得名。刚到台江的第一月,还不知道有其他道儿,上下班总走这桥。

后来,知道从住处往西走,经过梅影寨,那儿有一座同样跨翁你河的桥。据说,此桥建造已两年,比郎等桥还气派,但至今未通车。桥的北块是一个土斜坡,南块则架着梅影村民制作的木梯,有六七十多度,高达七八米。走上走下,要十分小心。有一回,见一黑狗想下梯,但多次尝试,悻悻而返。我在一旁录了像,传QQ群里,还惹大家一阵子笑呢。

有些跑题了。其实,我要说的是,第一个月,上下班走郎等桥,总会遇上民中的老师,边走边聊,让我得以最快熟悉台江县和台江民族中学。

这一天,从办公楼出来,就遇上年纪比我略长,因身体原因行将退休的张忠豪老师。他是数学老师,兼做教科处的科员,是民中"研究性学习"的专家。前些日子,我在筹建民中的校本培训导师队伍,我理所当然将他列入,并安排下学期开设"课题的申报与研究"讲座。

我就从这里聊起来,不独是希望他能开设这一讲座,而是想听听老教师的心里话。平日与他接触不多,这是个机会。因而,走出民中校门,我没有走梅影桥回住处,而是走郎等桥,这样,彼此聊的时间长些。

毕竟是有专长的老教师,他对于课题研究的理解,没有一点功利性。对于学校发展的想法,与我心意相通。他连连夸我,"我知道林校的良苦用心,也很欣赏你这个学期做的大量工作,"他说:"民中需要你说的那些东西。"

后来,我们说到民中教师的素质。我说,我调查民中教师的外出培训和学习情况,意在建立民中的校本培训导师队伍,是想形成民中自身的"造血机制"。"只靠外出学习,或请校外专家讲座,都非长远之策。"

我这样说,他没有回应。我便解释说,民中的教师素质,以我听的 18 节课,参与的十多次教研组、备课组活动,多份调查问卷,从不同角度的摸底,我以为其实是不差的。关键是如何提供平台,让优秀者能带起头,然后打造良好的团队形象,这是我正着手做的。

经我一解释,他明白了,呼应着我说,是的,民中教师在黔东南州的优质课评比、学科影响力方面,都还是很有成绩的。他的说法,与我调查结论完全一致!

过了郎等桥就要分手,我再次提到下学期"课题的申报与研究"讲座事,他爽快地说:"好的,我来做!"此前,我动员了政治组的帅永生老师开设"哲学与人生"的讲座。如同这一次边走边聊,那一次约帅老师,也是从随意的攀谈中确定的。

这一天,是 1 月 16 日。与张老师的边走边聊,我一时排遣了在台江的专业孤独感,这就是边走边聊的乐趣。走郎等桥比梅影桥要费 15 分钟,但是,如果遇上合适者,我愿意!(记此浙华,1 月 17 日 17:35)

70　匆忙的离开

此刻,在贵阳龙洞堡机场,C04 的登机口。2 小时后,将飞赴杭州,结束第一个半年的支教生活,以一个出乎意料的方式结束。

原定的 1 月 28 日离开的。奈何,杭州的姨姐病重,已在重症监护室负压病房,爱人几次电话,都泣不成声。我不是医生,回去帮不了什么忙,但是可以为困境中的家人,分担一些责任,作出一分情感上的支撑。

自然也舍不得台江民中的学生。当我告诉他们,我要提前走的时候,不多言语的张俊,也轻轻地说:"不要走嘛,为什么要走呀?"许多学生都不解,让我非解释不可。得知实情,他们只有默默,默默之后,便问我电话,还有的问 QQ。我自然没有给,怕因此影响他们的学习。

本学期最后一节课,是在高一(8)班上的。快下课时,我说练习卷讲完了,剩下还有几天,语文课也就三四节课,你们所要做的,一是看课文、注释和笔记,二是选择重点课文,看看《导学教程》。我要不提前离开,也是这样做的。最后说:我相信你们一定能考好的!

其实,与其说是对他们的鼓励,还不如说是对我自己的鼓励。面对黔东南州的试卷,我对学生的应试,未必有底。然而,这一个学期,我一如既往,或者胜于既往在余高的付出。这种付出,但愿有回报。

自 2014 年 8 月 24 日下午到贵阳龙洞堡机场,到今天重回机场,头尾算起来该是 150 天。这五个月,两个班语文,写了 105 个课时的教案,改了 8 次大作文、12 篇随笔,每课一次总计大约 25 次的"美点赏析",11 篇课文的默写,还有余高校本教材《古诗文诵读》的选读。从中切身感受到学生的进步,分析诵读课文的,提笔成文的,大胆言说的。

比起一同支教的三位,我有着更多的收获。一是校本培训方面的,7 次讲座,还印发了相关的配套资料;二是听课,参与教研组活动等,给予民中的老师——我的同事以切近的帮助;三是做了多方面的观察、调查,形成五六份建议,给民中领导和台江教育局;四是慰问了许多贫困学生,还为他们尽了绵薄之力;五是记录了"支教记事"和"三地书",总计字数在 25~30 万。

某日,与办公室李封祥副校说,这一年,我收获最大的是知道贵州有个台江。他笑了,我也笑了。我们彼此都清楚。因为这一次支教,我了解了台江一方水土,结识了许多新朋友。这当中,自然包括他。

嗨,本学期最后一节课,调皮的李轩石居然说:"老师,我们去看你噢。"我打趣地说,你们读大学后可以,现在不行,来往一趟的成本太大,学习又很要紧。是的,我相信,因为我们的真诚付出,我们何止收获新朋友,我们也收获了可爱的学生——日后也将是朋友。这,就是为师的骄傲。

电脑之电力快耗尽,此刻的所想所感也已表达。但愿一个多月后重回台江,我将依然充满无限的热情。(记此贵州龙洞堡机场,1 月 21 日 20:50)

穿越梵净山，于我不仅是空间的，更是心灵的。

有龙峰局长3月9日的批示："送余杭区支教教师阅知。"

然而，那份伤感还是氤氲于课前演讲中。

农历二月初二，是台江苗族一年中最热闹的节日——敬桥节。

"苗岭"的援助对象，"章程"第五条作了规定。

幸福感不独来自爱心人士，还来自受助学生。

The
second
semester

2015.2.13-2015.8.21

第二学期

李亮老师一语中的：我们见证了台江的发展！

台江有六个国家级"非遗"的项目，姊妹节是其中之一。

这个山腰上的小学，让这位来自杭嘉湖平原的教育局长"大开眼界"。

幸有"黔车会"成员邀请，得以周末游麻江县的乌羊麻村。

连续五天，我们喝的、洗的都是浑水。

让民中教师更多参与到校本研修中来，特别是发挥导师团队作用。

71 援疆、援贵教师座谈会

这是不曾想到的。余杭区教育局,在春节前夕,举行支教教师的座谈会。更不曾想到的,不仅有我们援助贵州的,还有援助新疆的。他们也是四人,两人在阿克苏教育学院,两人在阿克苏八中,两男两女。

会议由教育局组织宣传科方俊科长主持,支教者依次汇报,最后王铮副局长总结。中餐时,沈洪相局长到场,特别夸了我们援疆、援贵教师。如此的重视,确是在台江时不曾想到的。

我们四人,李亮老师在贵州过年,因而她要表达的主要意思——余杭二高十多位教师资助台江家境困难者的事,是让我转达的。我们三个人所汇报的事儿,大体分教育教学、学校管理、校本培训、走访学生、结对资助等,王铮副局长很感兴趣,让我写一点东西,说在余杭的媒体上宣传宣传。我们支教台江半年的工作,得到了派出者的肯定,是好事儿。

当然,这一座谈会,我们台江支教者最关心的,还是援疆教师的情况。李亮老师未能到场,但在座谈会时,还发短信给我:"呀,开会呢? 帮我问问阿克苏什么情况,好想去噢,谢啦谢啦!"这就是李亮老师!

如我后来电话给李亮说的,论天气,阿克苏干燥,贵州台江温和;论用水,阿克苏水壶烧两天就结垢,台江烧四年五年也没垢;论安全,阿克苏社会情况比较复杂,台江治安情况很好。当然,有许多方面很相似,比如生活节奏、学生基础等。

很敬佩援疆的老师,在座谈会上、在简便的午餐上,我都表达了这层意思。但是,他们却笑笑说:"其实也很平常。"

也许,这就是支教者的胸襟气魄,敢于提出申请、勇于支教行动、乐于教育奉献的人,都会等闲视之。尽管他们牺牲、付出的很多很多,但当他们感受到周围的人们报以微笑、夸奖时,所有的牺牲与付出都是值得的。

这个半天,于我的支教生活来说,值得写上这一笔。(记此在家,2015 年 2 月 13 日 20:15)

72 寒假结束,返回台江

一个多月的假期倏然而过。这一天,踏上了返回台江的行程,我和年轻的温雅偕行,在杭州地铁一号线南苑站等车时,接台江民中李封祥副校长的短信:

> 林校,您好! 您什么时候回台江? 在哪里转车? 请回短信给我好安排车来接您。

人未到台江,已感受台江的热情。

寒假遇亲朋好友,他们多问台江情况,无论大小公私场合,我都夸台江的好。也许有太多的主观因素,谁让我很在乎台江人的真情厚谊。它的地理、经济限制,无须我言说,一则我不在乎,二则亲友也知道些。

得,就要上 k111 了,检票去咯。(记此杭州火车东站,2 月 28 日 17:00)

车未到义乌,天已失黑。快餐前,与温雅说台江,彼此滔滔不绝。想起手机里春节来自台江的短信,不也证明着台江的热情嘛? 饭后,择要录于电脑,也是"今生今世的证据"。

我们乘坐的 k111(上海南—贵阳),17:28 杭州东站上车,第二天 15:59 到凯里,运行 22.5 小时,老魏乘坐的 K539 则要 23.5 小时。又一次随带了很多专业书,其中《朱自清语文教学经验》放在电脑包里,想着除了睡觉,就看这书吧。这路途将是充实而快乐的!

寒假回杭前,就听说今年 5 月上海到贵阳的高铁要开通,真如此,今年暑假回杭就可以坐高铁了,也许七八个小时就够了。那会是怎样的感觉呢? 有了杭州—台江的汽车、普通火车、高铁乃至飞机的比较,才更有幸福感。其实,人生就是如此,如罗素所说,参差多态乃幸福本源!

车停金华车站,下一站就将是江西的上饶了。电脑储电有限,仅供这些许的记录。再打开电脑时,将会在台江的浙华小区了。(记此 K111 次 10 车浙赣线金华站,2 月 28 日 19:30)

K111 次提前 8 分钟到达凯里,司机小刘以自家的别克昂科拉接站。17:10分,走进浙华 4 - 302 室,这一回程,用时 26 个小时,看《朱自清语文教学经验》120

页。带着兴奋,即给爱人发短信"我们到台江住处了",此后又给欧阳主任、李校、刘校等打了电话。(记此浙华小区,3月1日19:45)

73 "我嫁人了,求祝福!"

寒假后回台江,一登录 QQ,就见到李亮老师发的微信截屏。

"我嫁人了,求祝福!"

此语之上,是发件人的姓名——我们教了半年的张姓女生;下面则一张9张照片拼合的图片。细看图片,这位女生盛装银饰,脸上写满笑容。但我以为这是玩笑而已。春节前后,着个盛装增加气氛而已,就像去年学校的艺术节,不也有女生着盛装参加的吗?

第二天,从报到交验作业的学生口中,就证明这不是玩笑了。这个一学期来不多言语的高一女生,确乎在前几天完婚了。

"真的?!"我十二分的惊讶,一定是清晰定格在脸上了的,只是我自己无法看见。

刚来台江那会儿,就听台江的同事说,苗族早婚的习俗——十三四岁的女孩就嫁人——至今还存在。传闻而已,非亲见还不那么惊讶。

一学期下来,家访了十多户,其中有两家,女孩初中毕业也嫁了人,女孩的弟弟都是我们的学生。我们有些惊讶,只是"有些",毕竟,我们没有见到已嫁人的女孩——为人妻的女孩。听说,嫁人后都随"丈夫"(也是小丈夫而已)出外打工去了。

而这一回,真让我惊讶莫名了。从教32年,我还是第一回遇到这样的事。如果不到台江,也许这一辈子我不会遭遇的!

然而,无独有偶,与张姓女生同班的一女生,又为此做了注解。她说,前天,她的哥哥也结婚了。她的哥哥,要是初中毕业再升学的话,该是读高二——其实,台江的初升高与成绩无关,只要你想读,台江民中来者不拒。她的哥哥毕业后,曾去广东、浙江等地打工,我去她家家访时,似乎正在温州找工作呢。

她的哥哥才十七八岁吧,而她的"嫂子",据说比她还小一岁,读完初二就辍学了的。她还告诉我,是女方家长催着成婚的,要不寨子里的人会说闲话的。寨子在施洞那边,清水江从那儿流过,再向东向北流入沅江。

这一天的晚饭,是与语文组老师一起吃的。席间,大家聊起了早婚的事。原来,他们的身边,这样的实例俯拾即是,当事人或是邻人,或还是他们的亲戚。他们没有惊讶,但他们一个个感叹。毕竟,语文组的老师是受过高等教育的,他们也为这样的习俗而无奈叹息。

这一刻,我似乎明白了,这里的学生为何单亲多?为何这里的教育很讲究"法制教育渗透"?这里的重教氛围为何如此单薄?这里的教师为何屡屡感叹教育的艰难?原来,一地的风俗或文化,可以如此的根深蒂固!

"我嫁人了,求祝福!"张姓女生从此离开学校了,要是我再遇到她,我不知道是否要给予她"祝福"呢?(记此浙华,3月2日20:50)

74　台江舞龙嘘花

台江的舞龙嘘花,是初到台江那会儿就听说的。亲历嘘花场面,则是这个元宵节:按习俗,正月十四是舞龙比赛,在秀眉广场,嘘花是次要的;正月十五在大灯塔,舞龙、嘘花兼重,嘘花更为抢眼。

嘘,按《说文》:"嘘,吹也。"一般解释,是慢慢地吐气,呵气,如"嘘寒问暖"。以我亲历所见,"舞龙嘘花"的"嘘",绝不是"慢慢地"。嘘花人员,手持自制的花筒——用毛竹筒制作,内装烟火——对着舞动的龙身喷射而出。因而,嘘花者,必须是身体健壮,自我防范能力强,并且是18周岁以上的青年;嘘花时,除要做好花筒突爆和穿底的安全防范以外,嘘龙的位置也颇有讲究,花筒只能往龙头、龙身、龙尾上嘘,不得嘘向舞龙的人。

正月十四晚饭后,天未黑,华灯已亮,随着人流——从未见过台江的苗疆东西大道有那么多的人,向县城台拱最东的秀眉广场而去。特警、公安、法院的警车,已停靠几个重要路口,或向东、向西驶来驶去(县城的街道,南北向的多是小弄)。为了这一民族节庆,总有许多人在忙碌着。

秀眉广场,因清咸丰同治年间苗族起义领袖张秀眉而命名。广场就在320国道旁,如同半圆,圆之拱顶,是两米高、二十米见方的舞台,舞台的左侧,就是张秀眉的花岗岩雕像。这一晚,除了拱顶之外楼房阳台之看客,"张秀眉"要算是最高的观赏者了。他眼看舞台上翻滚的彩龙、激情喷射的嘘花,还有近万的后裔子民;耳听震耳欲聋的鞭炮声、嘘花声,还有欢庆的锣鼓声。

据悉,贵州台江县"苗族舞龙嘘花",是去年年底入选贵州省非物质文化遗产的,但其历史源远流长,唐朝之时就有舞龙嘘花的萌芽。以我之见,"舞龙"非其特色,"嘘花"真为其长,称其为"龙与火的搏击、勇敢者的狂欢",诚然不虚。沈从文先生《边城》的这一段描写,或可参之:

> 两个新年却照例可以看到军营里与各乡来的狮子龙灯,在小教场迎春,锣鼓喧阗很热闹。到了十五夜晚,城中舞龙耍狮子的镇筸兵士,还各自赤裸着肩膊,往各处去欢迎炮仗烟火。城中军营里,税关局长公馆,河街上一些大字号,莫不预先截老毛竹筒,或镂空棕榈树根株,用洞硝拌和磺炭钢砂,一千捶八百捶把烟火做好。好勇取乐的军士,光赤着个上身,玩着灯打着鼓来了,小鞭炮如落雨的样子,从悬到长竿尖端的空中落到玩灯的肩背上,锣鼓催动急促的拍子,大家皆为这事情十分兴奋。鞭炮放过一阵后,用长凳绑着的大筒灯火,在敞坪一端燃起了引线,先是咝咝的流泻白光,慢慢的这白光便吼啸起来,作出如雷如虎惊人的声音,白光向上空冲去,高至二十丈,下落时便洒散着满天花雨。玩灯的兵士,在火花中绕着圈子,俨然毫不在意的样子。

台江的嘘花是用了毛竹筒的,却未见镂空棕榈根;嘘花者直接手持竹筒,或将竹筒绑在小板凳上,再单手持凳脚,如持枪状,而未见悬到长竿上。沈先生是湘西土家族的,台江是黔东南苗族的,有些同异是正常的。

我赶到秀眉广场那儿,已聚集二十来条彩龙。比赛开始前的一个多小时,陆续有锣鼓声送来二十多条彩龙。这一晚,大约有四五十条彩龙登台比赛。开始,我挨着等待上台比赛的"龙",拍了些赤膊的或是戴了安全帽着了迷彩服的舞者。后来,又在比赛者下场的台角拍了些照片和手机录像。只是最好的照片和录像,也无以传达舞龙嘘花的精彩,精彩只有身历。

天有些毛雨,在人群中不太觉得,但久呆一处,冷是感觉到的。晚9点半,赛程不到一半,我就往回撤了。这当儿,有观者也开始背着广场走了。在大灯塔——苗疆东、西大道的交接处,倒是聚集了不少人,有两条舞龙,偶尔来个嘘花,似乎是为正月十五的民间活动预演。那儿舞龙嘘花,十五是正日。

也许,十五晚的嘘龙活动会更火爆、激烈、壮观,只是没有很好的"包装"(据说,一套迷彩衣帽是较好的选择,要不可能有些危险),便不敢太靠近拍照。(记此浙华,3月5日,农历元宵,15:20)

【补记】写下上面内容5小时后,去大灯塔(其实是一个十字路口的环岛)看了嘘龙。真不敢靠近,但见灯塔之下龙头攒动、金花璀璨,而以大灯塔为中心,全城远远近近,烟火光、锣鼓声、爆竹的脆响声处处。时有被嘘之龙从灯塔中心退出,或只剩龙架子,或一身乌黑,"面目全非"。汉族的元宵夜晚,在苗疆台江是一个狂欢的日子。无奈大灯塔周围局促,观者便都拥塞在四向的街道上。(记此元宵节,22:30)

75　穿越梵净山

用这个题目,丝毫没有炫酷的意思。从梵净山的西端(印江县)入山,到梵净山南麓——龙泉禅寺的山门(江口县)出山,前后五小时,前面的2小时45分钟,实实在在有一种"穿越"感;而算上入山前的连续转车,更是一种莫大的"冒险"!

其实,原本的想法很简单。只是利用元宵假日,并黔东南州高三首次模拟考试,高一、二教师所能享受的四天假期,走走黔东名山。从地图上看,从铜仁那儿走,是最便捷的。梵净山属于贵州东部的铜仁市。

然而,老天有意考验我。在黔东南州州府凯里的车站,去铜仁的班车要到12点。我要在车站干等三小时,这不就变傻了吗? 看显示屏上出现"思南10:00",我便心动了:走思南!

思南中学,去年国庆节举办110年校庆,要不是我回杭州,台江民中刘宗华校长是让我代表去祝贺的。不是"贵州省首批省级示范高中"等名头,而是校庆纪念册上的介绍吸引了我。在台江支教期间,我总要去去的。

买了凯里—思南的票,一路高速。下午,在春日难得的温阳下,速速走了校园,拍了照,满意地向车站走去,却被告知,必须到印江转车。

思南县城到印江县城的中巴司机,热心地向我介绍,有两条上山线,还拿出纸笔画了线路图。一条是从印江直去梵净山,翻山下到江口(县);一条是从印江到江口,转乘去梵净山的车,登山后原路返回江口。毕竟有二十多年的自助行走经历,我便毫不犹豫地选择了前者。

然而,这一趟的冒险经历就此栽下。到了印江,印江车站的售票员又"推波助澜":印江到梵净山的班车,因为修路只能到永义,到永义后走十来分钟,再搭那边的车,就可以到梵净山。

上得印江—永义的车,司机却说:到永义后,还要加几十元钱,租一个车才能到梵净山。加几十元,这算不得什么。自然,我便心安了。后来的事儿,却让我这一行,充满担忧。到永义后,先是步行了半小时,后是坐当地人协助联系的小面包车(车费120元),但这车还不能到梵净山顶。这样,第一天的夜晚,我被挡在半山护国寺山门外。

当晚住的是"农家乐",大约有近二十个床位,而客人就我一个。屋后浓雾迷蒙,树上都结了冰。第二天要是冰雪难行,我只有返回印江县,再转江口县去梵净山了。花费冤枉钱不说,怕耽误时间,只有三天假期了。

夜里多次醒来,每每总是竖起双耳,听外面是否下雨下雪,可寂静无声。感谢老天,第二天起床,还能看到一点青天。房东说,管理人员没有来,今天大门不开,你走小路去吧,15公里。

8点,我的穿越开始。往山上看,云雾迷茫,我有些担心。房东安慰说,山顶不一定有雾,顺着公路走也可以,就是远点。怕路远,天黑不能翻越下山,我尽可能走山路,也幸亏房东指点,说只要沿光缆走。

这光缆是新修的,似乎沿着原来的山路铺设。因此,时而是新翻的土,泥泞的;时而是长着青苔的、零落的石阶,滑滑的。两边是茂密的丛树、小竹,都结了冰,人走过去,冰屑索索地下,落入脖子,凉凉的。

这小路,让我想起去年的玉龙潭之行。玉龙潭在雷公山中,我们四人是应台江县委书记之邀而去的。那一次,我的登山鞋鞋底剥落,其状难堪之至。幸而,那以后登山鞋精修了,我可以无顾忌地登山。只是,即使途中脱了羊绒衣服的外套,我还是汗水湿透衣背。

一气上登,用了75分钟,"棉絮岭"三字的棕底白字出现在我眼前。想不到,这么快就到景点了。这儿,有移动的基站,也有一幢气派不小的旅游服务楼,门窗紧闭,杳无一人。楼前,一观景平台,赫然写着:

> 前望便是由红云金顶和凤凰山组成的天然佛像——万米睡佛。它仰卧在这梵净山顶,绵延长逾万米,为世界之最。千百年来各地百姓把梵净山当作大佛山朝拜。山即一尊佛,佛即一座山。

远处群山在云雾之中,不见睡佛的整体。即使如此,我还是高兴的,原来,15公里的路程,这么快就到了,山路是陡,但近了很多。

然而,我的高兴早了。从那儿竖着的景点旅游图看,压根儿找不到"棉絮岭"的标记。我这才明白,房东说的15公里,肯定不是到棉絮岭的距离,当然也不明白房东说的终点在哪。事后想,该是到索道站吧。

棉絮岭海拔 2000 米,沿着山脊修的徒步道还算不错,除个别岩壁地段有些狭窄,多半宽整。只是,一路抬升,让我气喘吁吁。这不算什么,让我难受的是,这徒步道来去空无一人,连一声鸟叫也没有。

享受寂寞是需要境界的,从早上告别房东,近三小时不遇一人。寂寞之外,还有莫名的恐惧。不是怕突然窜出的猛兽,不是怕被人袭击,也不是怕天气突变,远处山顶的迷雾,脚下深谷的停云,都静静的。怕什么呢,我真不知道。但就是恐惧,急切地想早些走完这寂寞的路。

所幸手机还有信号。中间爱人来过电话,又惊又喜,但我不敢表达自己的恐惧,生怕她因此而担惊受怕。直到走到拜佛台,听到商家招呼,寂寞、恐惧才离我而去。那一刻,我有了回到人间的感觉,见人身影,听人言语,是那么的亲切。人是社会性的动物,诚然诚然!

接下来的,赐敕碑,九皇洞,蘑菇石,承恩寺,红云金顶,索道站,无须我用笔墨描叙。此刻,将寂寞一人的行走时拍摄的照片重温,我又有些匆匆不能尽情赏景的遗憾了。

穿越梵净山,于我不仅是空间的,更是心灵的。要是走江口线,我就享受不到这种"穿越"和"冒险"感,幸矣。(记此浙华,3 月 8 日 16:20)

76 受重视的感觉

民中要充分发挥余杭支教教师的示范作用,让他们的经验和方法最大化为己受益,要加强外送射阳的"台江班"学生的管理。16 所与余杭区结对的学校要主动加强联络和交流学习,要善借外力改进我们的工作。

这是见诸《台江县 2015 年教育工作要点》的文字。《要点》以台教发[2015]3 号文件的形式下发。我们四位拿到的文件样本上,有龙峰局长 3 月 9 日的批示:"送余杭区支教教师阅知。"

这是第二次收到有龙局批示的文件了。第一次是台教呈[2014]73 号文件和关于"教育教学质量奖"和"学校目标管理考核奖励基金"的方案《送审稿》,龙局让我们四人提些意见。我依批示照办,先让三位阅读,然后收集意见并我之所想,整理了千二百字的文本。

这一次,我依例行事,悉心阅读。当了三十多年普通教师,也做过 16 年的中层,不是没有读过这类文件,但与县区教育局主要领导的交往几乎为零,阅读这类文件,就有那种见字不见人的枯燥感。

而龙局批示的这两个文件,尽管是公文,少不得那些我并不偏好的语言,还有让我莫明其妙的数据,但我似乎在聆听龙局等的发言,一并感受台江教育管理者的责任、情怀、期望。台江教育的底子很薄,每一步都很不容易,然而,他们尽自己的全力,在谋划台江教育的发展、进步。

这种感觉,是一种见字也见人的感觉,那些文字就不再枯燥。而当读到上面所引的文字时,更有一种被尊重的感觉,我们的存在被重视。尽管我们能为台江的教育所做有限,但这种感觉,会让我们尽力而为乃至全力以赴的。

"感谢台江教育局对我们四位支教者的信任!"这是第一次阅读文件,我们的反馈文本上开首的一句话。这一次,我们不做书面的反馈了,但将这种心情,写在这"支教记事"里吧。(记此浙华,3 月 12 日 15:25)

77　东山寺

东山寺,在台江县城之东山。寺在山顶,山不高,从台江二中西侧解放东路的小弄而上,慢悠悠地拾级,20 分钟足矣。

这是我到过的最寒酸,规模也可算最小的寺庙了,虽也有山门,有大雄宝殿。在佛教寺院中,大雄宝殿就是正殿,是整座寺院的核心建筑,也是僧众朝暮集中修持的地方。这里的大雄宝殿,仅是三开间的单层红砖房,三扇铁门紧锁,不知其中供奉的释迦牟尼佛是否庄严堂皇。

大雄宝殿的侧墙贴了一份毛笔写的"东山寺图片展览前言",洋洋近千字,首段文字如下:

> 东山寺原是一座具有传奇色彩的古庙,始建于清光绪初年(也有说是清咸丰末年),距今约有 140 年左右的历史。据传由一位很有钱的老人倾其家产所建,他死后弟子们将其葬于庙门前(此墓尚在),每年清明挂扫,以示纪念。

不管寺之初建是光绪初年(1876),还是咸丰末年(1861),其中无非隔的同治

(1861－1875)的 15 年,因而所引第一段文字,我并不怀疑。初建出资者的墓,据括号所注,当就是山门前那座,荒草满覆,一如东山寺之寒酸。走出解放东路小弄后,一路上行,两侧时有墓葬,寺门前的那墓略不起眼。

墙上图片展的前言说"庙中成员有 33 人",我不知道怎么统计的。转悠不足十分钟,只见一老者在煮着青菜,时当周日上午九点,该是早饭吧。与其聊天,知道他是贵州毕节市下辖的纳雍县人,1986 年来台江,1994 年始在东山寺"守菩萨"。他的普通话让我听得并不轻松,似乎说他们那儿很穷,只吃苞米、洋芋,但鱼儿很多。

临走,我问老人年龄,答曰:"九十二。"我一惊,以为是七十左右呢,就夸他身体硬朗,他挺自豪,笑了笑。于是,又问其子女,他有些沮丧:"没得(没有)孩子,有就不在这里了。"老人健谈,我蹲着和他说话,腿有些麻了,站起来与他告辞。看他的锅了,有青菜,也有几块腌肉。

下山时,碰到三三两两上山的人,或是锻炼身体的,或是礼佛去的。苗族地区信佛者少,寺庙也比如今的汉族地区少。台江的经济状况并不好,东山寺,县城台拱镇唯一的寺庙,终是落寞。

春色已及花儿,草色依然如冬。在东山寺山门,近观远眺,一边是翁你河两岸新新旧旧楼房构成的县城,一边是起伏的山坳、坡地,那上面点点块块的油菜花事正盛,还有东一簇西一簇的梨花,如同未消的残雪。

春天来了,东山寺却在沉寂着。(记此浙华,3 月 15 日 15:50)

78　让我介绍余高的复习做法

黔东南州一模成绩的分析会,除了常规的成绩分析、复习建议外,因为教育局、教研室领导的与会,还安排了领导讲话。不仅如此,刘校还让我介绍余高的相关做法。我愉快地接受了,几天来零星地记录提纲于小纸条上,会上用了 15 分钟时间介绍。下面,就是讲话提纲的成文表达。

1.精心配备师资。余高的高三教师队伍,基本采用高一到高三的循环,但是每年每学科留任 1～2 位上届高三教师;注重团队成员的协作,兼顾高三教师的身体、教学水平等。

2. 确保复习时间。时间、金钱、研究,是如今各地、各校教学比拼的三大抓手,高三更是如此,利用尽可能利用的时间安排复习、检测。

3. 重视考纲和样题。每年三月前,浙江省公布新考纲和样题,余高各备课组就会组织研读、比较,结合第一轮复习、一模考试情况,确定第二轮的复习重点,寻找重点、难点的突破对策。

4. 优选复习资料。余高学生的资料,也征订各书商的资料,但高三备课组会根据学生、复习的实际,精心编制校本资料。余杭区教研室的各学科教研员,也会组织各校力量开发复习资料。

5. 重视考后分析。整个高三,杭州市安排两次模拟考试,一次在第一学期末,一次是四月份(通常是 4 月中下旬,这学期安排在 4 月 7 – 9 日)。两次模拟之外,就是月考和 5 月底的适应性考试。除适应性考试外,每次考后,学校教务处、高三备课组和各班,都会尽心分析考试成绩,每一任课老师既了解整体情况,又能找出问题点与需要辅优、补差的对象,从而在课堂教学、课外辅导中加以解决落实。

6. 加强内部调研。杭州市教研室对余高的调研,是应余高之邀,随机进行的。余杭区教研室的调研,则是每年列入计划的。除市、区两级调研外,余高的学术委员会、教科室、教务处会组织力量,在整个高三期间至少两次调研。调研通过听课、汇报、座谈、查阅文档等方式进行,最后形成调研报告,切实指导高三复习。调研很注重课堂 40 分钟效率,重视复习资料的针对性。

7. 重视届间传承。除了人员配置,还注重复习资料、复习经验的传承。新高三伊始,学校会组织高三复习研讨会,让上一届高三教师介绍复习经验;还会邀请优秀高三应届生在学生大会上介绍复习迎考经验。

8. 注重学生动员。高三学生的年级集会,最主要的有三类:一是进入高三的动员,二是重大考试后的表彰,三是"百日誓师大会"。其中百日冲刺,会安排各班集体宣誓,场面生动,充满激情。

9. 珍惜团队荣誉。高三的教师团队、各备课组、各班,都会非常珍惜高三这一年教与学合作,学校政策向高三倾斜,以激发高三团队的荣誉感。

10. 重视家长力量。高三的家长会、"百日誓师大会"都会邀请家长代表发言,学校所以这样做,是因为高三这场战役,需要教师、学生、家长三方力量的配合。

在当今的高考形势下,高三对于学生、家长和学校来说,都是一场"坚苦卓绝"的战斗,余高也不例外。几年来,余高的重点率一直走高,2014 年更以 74% 再攀新高,其间学校的决策、教师的投入、学生的善学、家长的支持和社会各界的鼓励,都有许多可圈可点之处。

其实,3月18日会议下发资料中,有"回归课本,重视双基""掌握高考新动向""加强考前心理辅导""做好培优辅临补差""加强集体备课"等实践证明了的有效措施,关键是台江民中各备课组如何真正落实。这也是台江教育局分管教学业务的杨再成副局会上特别强调了的。

当然,高三复习是一个系统工程,我之十方面的总结未必完整,会后他们给了我"这些都很实在,我们应该这么做起来"的回馈。能为台江做点实事,我自然是高兴的。(记此台江民中办公室,3月19日16:45)

79　第一次听高三教师的课

在台江民中,我还是第一次听高三老师的课。

上午第一节,高三(5)班,张胜红老师的英语课。听课是三天前约的,当时也不知道这个班的情况,昨天才知道,这个班22个高考指标,一模的模拟达标超出14个。这是一个第二层次的重点班。

张老师的教学内容是《英语周报》的两个"完形填空练习",课前布置学生做,课堂让学生小组讨论。除了坐我边上的两位英语是放弃了的,其他的学生讨论都很投入,顾业芝同学,还几次下座到前面的小组讨论问题,学生的互帮互助给我留下了良好的印象。

下课时,我打破常规,给学生讲了话。我的讲话,表扬了学生,更是借助他们教室墙壁上贴的四个条幅内容,说了下面的话:

> 我感觉这四个条幅挺好的。"不登高山,不知山之高也;不临深溪,不知地之厚也"出自荀子的《劝学》,我们课本只选前三段。"不登高山,不知山之高也",可以仿一句,"不读大学,不知大学之大也"。(学生笑了)李白《行路难》中的"长风破浪会有时,直挂云帆济沧海"是对你们的美好祝福。
>
> 如何实现呢?《礼记》中的"博学之,审问之,慎思之,明辨之,笃行之"则告诉我们,"学"有不懂要"问","学"而有效要"思""辨",还要学以致用,即"行",如本周升旗仪式同学发言所说的。(学生频频领首)如此,我们便能如《史记》所载的"不飞则已,一飞冲天;不鸣则已,一鸣惊人"。(学生掌声)

距离高考还有 80 天,期望我们高三(5)班的同学、老师团结协作,走好这80 天,走稳这 80 天,走进理想的大学。愿同学们好梦成真。

自然,我是在学生的一片掌声走出教室的。学生还齐齐地坐在位子上,意犹未尽,我便折身道一句:下课了,出来呼吸呼吸新鲜空气。

课间,张老师来我办公室,交谈了几句,肯定了张老师务实的做法。他是贵州师大英语系毕业的,毕业后即回母校台江民中工作至今,40 岁出头,周匝还有黑发,头顶和脑门亮亮的。他也住在浙华,下班常碰到一起,走路回家,经常聊一些专业发展的事儿。知他勤奋好学,是黔东南州中小学教师培训的导师,在凯里学院开设过多次讲座。上学期安排他在民中校内开的讲座,下周一就将亮相了。(记此民中办公室,3 月 19 日 17:20)

80 小小的告别

这是我们四人不曾想到的。总以为进入高二,我们任教的高一(1)和(8)班偏文的学生才会离开这两个班,高一时总是稳定的。想不到,这学期一开始,有高一班级要重组的风声传来。不久,这消息就证实了。

经过报名等程序,这一周周四公布了分班名单。两个班均设为理科重点班,偏理的大部分学生留在原班,个别成绩不好的去了其他理科班。(8)班,改为(6)班,原(16)班改为(8)班。如此,高一(1)(6)(8)为理科重点班,新(16)班为文科重点班。我们四人,任教高一(1)(6)班。

这一周,两个班都弥漫着分别的伤感,大家都不愿提起分班,怕彼此伤心。然而,那份伤感还是氤氲于课前演讲中。我让将要离开两个班级的学生演讲,谁知演讲者讲完正题,都一律地说上一段惜别的话。(8)班的李璇、杨胜芬还唱了惜别的歌。这颇让我感动,我用手机记录了这场面。

下周周一就按新班级上课了。这个周六,最后的一课,在两个班,我都说了同样的三层意思。一是寄语将去其他班级的学生,能尽快适应新班级的生活,凭借自己去年能进入民中重点班的基础,成为"凤头"。二是要珍惜时间,不仅珍惜高中三年的时间,也要珍惜人生的时间。三是 2017 年 7 月高考后,我会把我的联系方式一并告诉大家,如果到江浙读大学,或是以后到江浙一带工作,趁机会来杭州看我。

　　我说得并不煽情，但有高一（1）班的学生说："老师，我差点眼泪都要出来了。"苗族学生，一如这里的民风，纯朴极了。我相信，在我的退休生活中，他们会成为我的骄傲。（记此浙华，3月22日14:35）

81　红阳寨的敬桥节

　　农历二月初二，是台江苗族一年中最热闹的节日——敬桥节。

　　走在红阳寨的山道上，想起晚唐诗人王驾的《社日村居》："鹅湖山下稻粱肥，豚栅鸡栖半掩扉。桑柘影斜春社散，家家扶得醉人归。"当时，仅仅是看到山道两侧家家户户"豚栅鸡栖半掩扉"，还未见到"家家扶得醉人归"。料想不到的是，敬桥节未结束，我已成为被人扶归的"醉人"。

　　敬桥节，是我来台江支教体验的第一个苗族特有的节日。车去红阳寨的路上，车窗外不时闪过穿戴一新的男女老幼，儿童胸前一律挂着络子兜着的彩蛋，堪称苗族的"儿童节"。传说敬桥这天，桥神发配很多"阴孩"投胎，用蛋作祭品以接引"阴孩"，因而敬祭时的彩蛋是必不可少的。

　　一路上，我发现，敬桥节这一天，苗族百姓不独敬"桥"，大树、石头、水井等也在敬祭之列。在红阳寨，听台江非遗办公室龙金平老师说，这是因为小孩多灾，巫师占卜指点当以某一物为灵，敬祭之，可佑孩子长命富贵。

　　红阳苗寨，距县城15公里，来台江第一学期，我们去南宫、交宫、万亩草场，都能看到其高大漂亮的寨门。但是，这个敬桥节，才有幸走入这个寨子。汽车不能直入，只能停在公路边的停车场。让我想不到的是，从停车场走入寨门，前行十数步，转过一山嘴，山坡上的寨楼就扑面而来，三条小溪清澈见底，穿寨而过。从停车场到芦笙场，也就四五分钟步行时间。

　　寨子在雷公山北坡的峡谷中，海拔千二百米。在寨子的半腰，建有"观景台"。在那儿，可以俯瞰依山而建、层叠而上的吊脚楼，可以仰观雷公山的密林、密林之上的草甸，还有山顶静静矗立的七八架大风车。雷公山山顶，建有风力发电站。雷公山顶有"红阳万亩草场"，因红阳寨而得名。

　　我们去时，是中午。芦笙场上的人还不多，十几支芦笙靠在场边风雨桥亭上，有三两村民蹲在地上吹着浑厚的调子。我们一行的中饭,是在张老师家吃的,就在芦笙场的东头。整一顿饭,伴着阵阵鞭炮声。新桥桥堍燃放的鞭炮屑,都随风吹到我们的火锅里、酒碗里。

我身边坐的,是黔东南州党校的李家禄老师。他告诉我,每一拨客人来到,都要燃放鞭炮。客人,有从报效那儿来的,有从革一那边来的,其实都是同一个宗族的,应红阳寨的邀请来敬新桥的。

我们的中餐是匆匆的,长桌宴就要开始,我们不能占着那地方。才一顿饭工夫,芦笙场的四周已是拥挤的人群。村里没有太多的长桌,许多客人以地为桌,相对而坐。小小的芦笙场,挤了四五百号人。吃的东西,无非就是猪肉、糯米饭(有彩色的,是用花汁染的)和米酒。那一刻,不知怎么回事,我热泪盈眶。

拍了一通照片、录像后,我也坐进了长桌宴,没吃多少东西,却被一拨拨的苗族女子,灌了不知多少的米酒。匆匆逃离,又被台江民中物理部邰观花老师邀到她家,又是喝酒。苗族兄弟的情谊,全在米酒中表达。米酒绵柔,却能醉人;民风淳朴,让人醉心。

据说,我们是下午5点离开的,然而,直到次日凌晨4点醒来,这11个小时,我的记忆为零。一定是被老魏、温雅等"扶归"了的。这一天,我成了王驾笔下"家家扶得醉人归"的主角!(记此浙华,3月22日15:55)

82 杜威的深邃

近一周早晚,读杜威的《人的问题》,惊讶于杜威的明察秋毫。我似乎感觉,杜威对台江乃至中国的情况太了解了。

自然,这是错觉。约翰·杜威(John Dewey,1859–1952),五四运动前后他曾来中国讲学,台江是没有到过的。我所读的《人的问题》,是杜威20世纪30至40年代的论文合集,所谈是基于美国教育实际的。然而,在我看来,所论对中国的当今教育依然振聋发聩。我在台江半年多来面对的困惑或无奈,杜威似乎给了我极大的安慰。

在仅是教科书和教师才有发言权的时候,那发展智慧和性格的学习便不会发生;不管学生的经验背景在某一时期是如何贫乏和微薄的,只有当他有机会从其经验中作出一点贡献的时候,他才真正受到教育;最后,启发是从授受关系中,从经验和观念的交流中得来的。(《今日世界中的民主与教育》,1938,《人的问题》第6页)

台江民中学生的基础是薄弱的,如果因为其薄弱,就大行灌输,学生的智慧和性格将无以得到培养。在第一学期《聚焦课堂变革》的讲座中,我之教学应"基于学情,激发兴趣,组织活动"观点,仅是从教学效率的层面上思考,杜威则站在"民主主义"哲学的高度给以阐释。老实说,读到这一段文字,我是坚定我的观点的。

> 在很少有权力的地方,则相应地只有很少的积极责任感。只去做那些为人们所指使去做事情,这样便可以很好地掩藏错误。……在某些情况下,当不在一个监督者直接监督下时,漠不关心就变成了逃避责任;在另一些情况下,便产生了一种吹毛求疵的反抗精神。(《民主与教育管理》,1937年,《人的问题》第44页)

曾听来自北方的同事说,江浙确实是现代文明程度比较高的地方,无论是政府,还是学校,决策的民主、透明意识都超越他们曾经工作的地方。我没有在北方工作过,因而对同事的说法缺乏共鸣。而今,在贵州台江的生活,我确乎对此有了切近的体会。

> 不幸的是,教师有时喜欢听别人讲怎样去做,具体怎样做。……如果一个人不清楚为什么他要做这些事情,不清楚这些事情对于现实环境的影响是什么,不清楚它们所将达到的结局是什么,而只是做这一件事、做那一件事、做另一件特殊的事,这有什么益处呢?(《教师和他的世界》,1935年,《人的问题》第53页)

这一段文字,在台江也得到了印证。组织开过多个小会议,简单解说后,我总想听听不同意见,有时怕老师当面不愿提,还特别嘱咐可用书面的形式反映。然而,常常是"石沉大海"。我当时是归结为"不关心学校建设",而杜威在第二段引文之中,则一针见血地指出,这是因为他们不愿承担"所担负的职责"!真佩服了杜威!(记此民中办公室,3月27日11:40)

83 初读"苗岭"申请表

期待建立一个民间助学基金,是来台江不久就思考的。借助各方力量(台江民中资助办、支教四人团队、江林等朋友),寒假前起草了"章程",并将该基金命名为"苗岭"。寒假回杭后,设计了一系列的表册。期待寒假后正式启动,以尽快让有困难的学生得到爱心资助。

本学期开学,我将一应文字、表册材料给了资助办,资助办即行落实操作。昨天,张开文主任将一沓申请表(90多份)给了我,并将预选的资助对象8人的表格单独拎出了。

但我还是希望自己看看全部,并将其中最困难的申请对象分A、B两类,于是,就有A类15人、B类18人——都是亟需资助的,其他可暂不考虑。当然,这不是最后的名单,其中有些信息要核对。不能做到老魏所设想的逐一家访,只能安排时间逐一约谈,进一步了解情况,用这种类似"面试"方式来处理。我应以善良之心,尊重学生的书面申请和言说表达。

"苗岭"的援助对象,"章程"第五条作了规定。我审阅书面材料,也是对照第五条做的。每阅一份申请,总被感动。其中有一人,没有填写表格,但申请书中写道:"由于家里没有粮食来源,如今家里吃的米是爷爷逝世时别人送来的和以前的老米。米都是碎的,还有许多跳蚤和耗子粑。"

我没有见过有"跳蚤和耗子粑"的米,我估计是学生误写的,但我知道这"老米"该多难吃。上学期,我们去家访,学生做的饭真是老米,是有些难以入口,那似乎是已经没有脂肪、蛋白、纤维的那种感觉。

唉,怎么有那么多的孩子在困境之中?看这90多份材料,多子女、父母学历低、经济基础差,这在贵州是具有普遍性的。然而,最困难的,则是因为天灾人祸——车祸、重病、火灾、病故。

走到校门口那刻,突然想起老杜的"安得广厦千万间"。面对台江那么多贫病的家庭,真希望能有更多的爱心人士伸出援手啊。(记此浙华,4月3日23:15)

【补记1】让资助办协助通知,今晚饭后逐一面谈。33位学生都来了,发现许多学生远比申请表上所写困难,比如申请表未写父母情况的,一问多半是父亲病故、母亲离家未归的。其中高一某女生,当我询问其情况时,她泣不成声,断断续续才知道,她三岁(2000 年)时,父亲去世(她都说不清什么原因),母亲改嫁后从未照管,十多来与奶奶、妹妹生活。是啊,父亡母走,这是无限的痛啊。(记此浙华,4 月 9 日 22:40)

【补记 2】用了整一个周日,建立了"苗岭民间助学"QQ 群,将《章程》《操作流程》及四份空白附表,还有《第一批受助人候选名单(15 人)》《第二批受助人候选名单(20 人)》发至"群文件"里,还拟写了"本群须知"。此外,拟写了"广而告之",发到我加入的、预期有资助人的五六个群上。发出不久,即有余高政教处主任闫永吉老师加入,太棒了。但愿这 35 人都能有爱心人士"认领",把好事办好!(记此浙华,4 月 12 日 20:20)

84　方召挂亲

昨天,在施洞过的清明,更多的是踏青,远眺金钟山,见识清水江畔东西的村寨。江之东,有邻县施秉的枇杷六组、胜秉村(施秉老县城所在,现县城在潕阳江畔);江之西,则是台江县的平兆村、偏寨。

挂亲,即清明扫墓,台江全境皆如此称呼。应刘校邀请,4 月 6 日赴方召,刘校爱人——赵医生老家"挂亲"去了。这一回,我才体验到原生态的"挂亲"了。毕竟,方召是台江苗族风俗保存最完善的地方。

我们要去的是歹忙,汉语意谓"东寨(村)",与方召大寨(原乡政府所在地)东西相对。一年之中,只有"挂亲",家族全体成员才得以团聚。因而,在台江,清明节是家族团聚的节日。在赵医生的娘家稍事休息,一行近二十人便各自拎了大包小包,向着赵家坟茔而去。还拎那么多祭品,我心里犹疑,却始终未问,小心着下脚之处。实在的,从寨子到赵家祖坟地,都是两人相遇需侧身的小道,这天大雾,水雾之下滑滑的,一不小心准要摔跤。

赵家坟茔,在一片半圆形的坡地上,前有高坎,坎下半圆形的水田,去年的稻茬还在。一到地方,除了几位客人,各自都忙开了。刘校取出砧板,在切大肉准备下锅。年轻的,去坟茔后的树林里捡枯枝去了。有的还手握柴刀,砍来青枝条,削去青皮。更有一位赵医生的同辈女性,不一会儿,就采了一大捧蕨菜,我以为带回家吃的,这在我老家浙中,是习以为常的。开始,我还真不知道他们干什么,后来方知,他们要在这里煮食,先祭祖,后聚餐。那蕨菜,后来在稻田里洗洗,就放锅里涮了吃。他们还带了活鱼,就用削去青皮的树枝,从鱼嘴里串进去,在火里烤了。

在众人忙碌的间隙,我研究起墓碑来了。台江的坟墓,有墓碑的算是比较好的了。赵医生的爷爷、奶奶、大伯等四个坟墓,都是有墓碑的。爷爷的墓碑上,赫然写着生于1900年,殁于1937年。才在这世上37年!37岁正是风华正茂的年纪,却做了故人,我想象不出当时的状况,也没敢多问。正疑惑间,却见赵医生奶奶的墓碑,写着生于1903年,殁于1927年,24岁便去世了。看赵医生的优雅气质,我想象着她奶奶,年轻时也一定漂漂亮亮的,怎么24岁就作古了呢?

一个半小时后,足可供20人享受的野宴准备就绪了。先是祭祖,无非点上香烛,洒酒和菜肴,没有什么祝词祷语。祭罢,就在坟与坟之间的狭小平地上,一个个蹲着,或者蹲一会站一会,喝酒,吃菜,用糯米饭。

我生平第一回遇上这样的野宴。尽管因为地势高,又是雾又是毛雨,大家的衣服都湿了,但我感觉不虚此行——方召挂亲!

这个清明节,因为支教台江,未能回我浙中老家扫墓祭祖。这三天假期,第一天在住处整理些文档,第二天去施洞踏青过清明,第三天得以领略台江最具原生态的扫墓——"挂亲",真够充实的。

同来支教的另三人,老魏去黄果树瀑布、龙宫和织金洞了,李亮去张家界会驴友了,温雅老师则坚守浙华住处。相比之下,我感觉自己是最实在的。只是要特别感谢刘校的安排,感谢刘校、赵医生两个家族的热情接待。(记此浙华,4月6日22:20)

85　高三听课

台江支教,没有人要求我听多少节课,但出于对"校长助理"一职的理解,我还是抽出了时间,尽可能多听台江民中老师们的课。

第一学期听课,旨在对民中教师素养、学情学风的了解,因而选择高一、二各科听。这一学期,听课重点在高三,出于"救急"的需要吧。

开学的州一模考试,台江民中的情况并不好,如再无对策、措施,台江的高考将依然处于前两年州25校排名倒数第二的位置。我一介"校长助理",也是无可奈何的。然而,不能眼睁睁地看着2015高考的"落后"。建议教育局、学校想办法之外,我所能做的,也许就是走进班级,鼓励老师、学生了。

就这么简单的想法。这20天内,我听了10节高三的课,涉及语文、数学、英语、物理、化学、地理等学科,文科理科、普通班重点班均有。每一回听课,关注学生的学习状态,课堂学习的密度和效益,这是常态。

然而,第一次在高三(5)班听课,我就有表达冲动。一下课,就借教室墙壁贴的名句,给学生一番激励的话语。此后,每走进新的班级,我也总是"如法炮制",每每赢得学生的一片掌声,满足了些许的"虚荣"。即使刘宗华校长与我一起听课,我也依然这样做。非它,借此鼓励学生罢了。

"激励"的话语,自然是表扬、肯定为主。但今天,在高三最弱的文科班(14班)听课,我有"激励",也有"批评",当然是含蓄的批评了。我听的是地理课,一节课,后面两排男生都无精打采,如果不是我坐他们身边,时不时督促一下,也许他们早就睡着了。

这一情况,上课人谢明露老师课前就告诉我。她说,她教的几个班,14班是最不好的。我听课的重点不在诊断教师上课,自然就选择了14班。听课情况证实了谢老师所说。听了这样的课,我自然非表达不可。

原话无须复述。我只是说,从年龄上来说,你们都是我孩子辈的。如果我是你们的父母,看着后面男生上课的模样,我会心疼的。要抓住最后的59天(高考倒计时)时间,拼一个无怨无悔……如此一番,学生依然被我调动,兴奋地鼓掌。走出教室,电话联系了该班班主任,说了我的听课感想,希望他借此机会,给学生鼓劲。继续听高三的课,为高三教师、学生加油!(记此办公室,4月9日17:30)

86 感动不已的助学热

这两周是辛苦的,搭上了可以搭上的所有时间,差点头昏眼花。

这两周也是幸福的,63人加入"苗岭民间助学"QQ群,2个集体(余杭信达外国语学校802班、杭州四中国际部)、41位爱心人士资助了台江民中40位生活困难的学生,如全部到位,资助款达164400元。

　　幸福感不独来自爱心人士,还来自受助学生。4月9日晚的"面谈",我就被学生感动着,感觉能为这些困境中的学生做点事是值得的。

　　4月21日下午第四节召开40位受助学生会议,将整理好"资助意愿表"交与他们核对。他们阅读材料时,那份激动跃然脸上。作为"苗岭民间助学"的发起人之一,作为首次活动的组织者,自然是欣慰的。

　　4月22日晚,鉴于学生不会书写信封,不知书信格式等情况,又分年级召集受助学生,逐一加以指导。我让高三(16)班田雅同学朗读自己的感谢信以做示范(所以选她,是因为本周的升旗仪式,她的国旗下讲话很是不错),她哽咽了,我也听得差点流泪了。

　　4月23日18:00一过,办公楼安静下来。理齐装有感谢信等材料的信封,那一刻,我的腰似乎有些直不起来。推想"五一"前后,资助人和所在单位的领导打开信封的那一刻,照亮他们眼睛的不仅仅是感谢信的大红纸……

　　其实,我的幸福还来自爱心人士对我付出的肯定。余杭信达外国语学校吴敏老师,在读了我发群里的"苗岭民间助学"情况通报后,给了"林老师做事真细心啊,周到!!!"的留言。

　　余杭12355青少年热线,是我十多年坚持做公益活动的基地。4月12日晚,我将"苗岭"寻找资助者的"小广告"贴到热线群里,第二天"热线专号"给出专题推介倡议。4月20日,又及时跟进发布了"爱心跨区域,善举风雨同行"的报道。今天上午,我将感谢信发给"热线专号",他们又第一时间回应,向外发布了感谢信,并留言:

　　　　林老师,首先对您爱心之举表示感谢,"苗岭民间助学"的背后让我们看到了您的爱心发起与参与,精心的组织与服务,是因为有你,热线拥有了如此美好的奉献平台,谢谢您。祈愿孩子们都能顺利完成学业,永不放弃,阳光喜乐面对每一天!

　　余杭区第一人民医院的胡敏医师,入群那天,40位困难学生已被认领一空。当我告知第二次活动将于9月举行时,她给出"期待9月"的文字和两张笑脸的QQ表情。

　　首次活动降下帷幕,"苗岭"的征程就此拉开。期待后续的顺畅,期待更多"爱心涌动"。这种期待,也是一种莫大的幸福。(记此浙华,4月23日20:40)

87 "河湾水寨"的主人

三月底,贵州省英语听力考试,我没有参与监考,去了施秉的云台山。是从台江最北的乡镇——施洞过清水江走的。施洞镇的对岸就是施秉县马号乡。

因为要赶马号乡到施秉县城的车,脚步匆匆地走过施洞的老街,转入新街。在新街的北段,见到一处颇别致的院落——"河湾水寨"。探头瞧了瞧院内,没有人影,就折身离开。离开前,不忘拍照。只是,那时门前刚停了辆旅游大巴,我只是拍了个侧影。我知道,我会在支教期间再来的。

只是不曾想到,20 天后,我就走进院子,还认识了水寨的主人——"贵州河湾苗学研究院"的董事长安红女士。

就是与李亮老师家访登鲁上寨的那天。家访结束还早,李亮老师因为她母亲要回吉林,就用租了的轿车带母亲去一趟镇远,于是路过施洞。半路,她说施洞有一个博物馆,馆长她认识。半路,她打了电话,我说还是别联系了,我们要赶赴镇远,别中途停留浪费时间了。

然而,经过河湾水寨时,李亮老师还是将车停了下来。"嗨,就在这里啊。"她只知道在清水江畔,不曾想到就在镇上。那刻,我的心里则说:"唷,这就是博物馆啊。"因为去施秉那天,我以为是农家乐呢。

走进院子,一位知性的中年女子迎了上来。李亮老师为我们介绍了双方,原来对方是就是馆长。后来,我要来名片,名片正面赫然写着的不是"馆长"而是"董事长",背面则一系列的头衔。

"董事长"去书房取了钥匙,打开通往二楼展厅的门。生命平等厅,生命欢乐厅,生命神圣厅,生命平凡厅。对展出的东西,我没有特别大的兴趣,之前我在黔东南博物馆,在西江苗寨博物馆,或在书本中,或在实地的行走中,或与学生的聊天中,对苗族文化有一定的了解。确如安红女士所说,展厅只是建立了一个框架,为到这里来做课题的硕博生提供线索。

我感兴趣的,是她的文化情怀。深圳大学工商管理毕业,从商有成,转而搜集天下奇石。最终感慨于"人要那么多钱干什么",开始苗族文化传统的发掘、整理和展出。她的 QQ 网名"行走在山里",展厅里所有的图片,都出自她自己的相机。

其间,有太多的艰难(她说得最多的是与周围寨民的事),也有诸多的乐趣。她的QQ留言"兰生幽谷,不为莫服而不芳;舟在江海,不为莫乘而不浮;君子行义,不为莫知而止休",出自《淮南子·说山训》,最能道出她的性情乐趣。

参观时,她说苗族是良渚先民的后裔,她想联系余杭博物馆方面,举办一个研讨,她还说很想去余杭走走看看。被她的文化情怀打动的我,主动提出为她联系余杭博物馆。尽管因为"苗岭"的事很忙,我还是在一周内与余杭方面接上了头。

姊妹节开幕在即,她正忙着布展。我们谢过她,她却出乎我意料地说:"哪里,感谢你们听我说这么多。"

告别去镇远时,她在门口看着我们的车启动。一个成功的商人,一个富有情怀的文化人,一个知性的中年女性,远离省城贵阳温暖的家,远离喧闹的城市,来到200多公里外的偏远施洞,甘做"幽兰"。

这位外表看去有些柔弱的女性,有着坚强而丰富的内心。(记此浙华,4月23日22:50)

88　不亦乐乎的教学尝试

这学期,我的教学进度明显快于其他班级,教学完必修三,还有5节课用来复习。让学生看书、做题(导学教程,平时不要求做)、看作业本(基础本、默写本),我则利用这段时间面批学生的议论文习作。

其实,在台江,我有诸多的教学尝试。如背诵、默写,引入自改、互改、教师评改的机制,让学生在一次次的评改中明白错在哪,为什么错,从而减少错误。如举行课前演讲,第一学期介绍名著,第二学期欣赏名著、名文中的精彩之处。语文作业,"美点欣赏"是上学期唯一的随课作业,每课200左右。本学期安排三项:一是笔顺训练,每课五个,以我寒假从杭州带来的"规范手册"为准;二是字词整理,每课10个左右;三是"美点欣赏",每课300字以上,将读写结合起来。

运用评分规则进行作文训练,是上学期记叙文写作就开始了的。记叙文训练安排了四次,分别是:写人为主的,写事为主的,写景状物的,想象的。每次作文一题两写。本学期训练的重点是议论文,程序还是与上学期一样。用评分规则,一题两写,自改、互改、师评结合。

在作文训练中,我还安排了面批。不过,由于时间限制,面批只能每学期一次。上学期在第一次作文后,面批重点在行文格式、自改要求、记叙文点拨等,费时甚多。毕竟,台江民中学生基础差。

本学期的面批有些迟,因为教学进度的快速推进(本学期只有4个月教学时间),因为"苗岭民间助学"的事儿。到第四次作文,才拨出时间,逐一面批。议论文写作是要求学生先列提纲后写作的,因而面批的内容,从提纲、行文、自评、审题等方面一一说来,前后得用四节课。

这些教学尝试,于学生是新鲜的,他们很喜欢我的教学方式;于我则是深思慎行的,意在激发兴趣、培养能力。我之所为,于学生长远需要考虑的多,于眼前的分数比拼考虑甚少。幸而台江民中学生的勤奋,我的付出得到比较好的回报,上学期的成绩考核,还是比较满意的。

其实,教台江民中的学生,乐趣要多于沿海地区,加上各种教学尝试的稳步实施,我的教学生活也是快乐的。(记此办公室,4月24日11:35)

89　台江县城有了公交车

台江,离州府凯里才30多公里,在黔东南州下辖15个县中,算是离州府最近的了。然而,至今就没有公交车,也没有红绿灯。这不要说在东部沿海,就是在黔东南各县,也算稀罕的。

那天上街,急匆匆赶路,走过县医院,猛抬头,看到了公交车站牌。未经犹豫,就拿出手机拍了站牌。那天是4月18日上午。

过了几天,在萃文园(台江最热闹的地方)那儿,看到驶过的公交车。这又是一个"第一次",第一次在台江看到公交车,车上似乎没有乘客。

后来,多次遇到开行的1路公交车,总想拿出手机拍张照。奈何,车行快速不及掏出手机,想着要是带了相机就好了。

直到今天,来台江第一次晚饭后散步,为的是陪邹老师她们母女俩回萃文园住处。邹老师是去年国庆来这儿的,身体一直不太好,要回吉林调养去了。就走着聊着,公交车驶过,方才发现。急忙拿出手机,拍了一个车子远去的背影。

其实,这是很普通的事儿,然而,于我们支教者,却有别样的激动。李亮老师一语中的:我们见证了台江的发展!

这不,一高兴,就将拍的两张照片传"苗岭民间助学"QQ 群里了,与各位爱心人士分享我们的心情。(记此浙华,4 月 24 日 21:30)

90　凯里香炉山

凯里的香炉山,可不是李白笔下"日照香炉生紫烟"的"香炉"。诗仙笔下的"香炉"指江西庐山的香炉峰,我到过,因为庐山背景的遮掩,我以为不够形象。相比之下,凯里的香炉山,名副其实。

网络上"贵州香炉山"的介绍,也算简明:

> 香炉山位于贵州省凯里市西 15 公里,四面石崖绝壁,形如香炉,故名。仅一线小道盘旋而上,海拔 1233.8 米,方圆 15 公里,众山环列,若剑戟刺天,明清两代,苗族人民多次起义均以此为根据地。

贵州有十大名山,我已登临的,有台江的雷公山,江口的梵净山,施秉的云台山。这香炉山,是第四座。山在黔东南州府——凯里市的近郊。凯里苗都车站,每 40 分钟发一班车到香炉山,交通极为便利。

是一个周日,本来忙于"苗岭民间助学",是想做些事的。李亮老师凯里的夫妻驴友一早相邀,就耐不住了。早听说此"苗族圣山",每年农历六月十九的爬山节,周围二三十里的苗族百姓云集于此,举办各种跳芦笙、对歌、斗牛等活动。我不爱看热闹,早计划着在爬山节前亲近。有凯里"地主"、老牌驴友引导,怎能放过这一机会。

山顶巨石四面壁立,不同角度视之,皆为香炉,大小圆扁不同而已。在凯里通往余庆的高速上,远远就能看到。班车离开高速,就开始左拐右弯,"香炉"忽左忽右,或前或后。车到半山腰停住,游山的两拨人就急匆匆前去。奈何天有黑云压城,凯里的哥哥猪不让我们登山,说是香炉之上,曾有雷电伤人,要不得要不得。

上香炉山的路,其实不难走,就有一段路有些陡,但也只是三五十步陡峭的台阶。山上多奇石,在草树丛中隐现,一处处都是微缩的盆景。香炉之东,有一石兀然,远观似一小香炉。天色好的时候,在那可见凯里的高楼,这也是哥哥猪说的。

　　山顶看起来还平展,但行走不易。从香炉之东至西,或在草树丛中钻进钻出,或需攀爬嶙峋似铁的奇石。最惬意的,莫过于在山顶,崖边,以虚空为背景,摆出飞翔的姿势拍照了。

　　当然,就算不拍照,只需纵目远眺鸟瞰,便可豪情满怀。远处的路网,在山与山之间蜿蜒。远近的苗寨,放水待耕的梯田,都是"美丽黔东南"的最好注脚。田园诗意,有时需要距离。从香炉山顶看下去,看远去,迷蒙中有些清晰,清晰中有些迷蒙。这个晴日又无骄阳的周日,是最好的天缘巧合。

　　天缘巧合的,还是因为有了三位野外俱乐部驴友做伴。尽管我自助行走多年,但比起他们的野外宿营之类,我是"菜鸟"级的。更难得这一对夫妻驴友热心。出行多年,很少遇到哥哥猪这样热心为你拍照的驴友。他一路为我们拍了很多照。

　　哥哥猪还是一位乐于公益事业的爱心人士,给出的捐助不少。据他的妻子说,他还给一个寨子捐过新买的高档相机。前不久,台江方召小学缺课桌椅、水管什么的,就是他在 QQ 群里喊了一声,应者云集,但最后是一位老板捐助 8 万元一气解决了的。

　　在匆匆制作的《凯里香炉山》ppt 最后一张幻灯里,我写道:"这一天(2015.4.19),是来台江玩得最痛快的一天。回望香炉,意犹未尽。凯里驴友邀我们再登香炉。也许,我们会去第二次的。"(记此浙华,4 月 24 日 23:10)

91　"苗岭"爱心人士给受助人的信

亲爱的小玉同学:

　　你好! 你的来信收到了,对你的近况有了更进一步的了解。像你这么大的孩子正是受父母呵护有加、准备高考的时候,而你这么小就要为家庭生活而苦思冥想,真的难为你了! 你方方正正的中国字里透露出坚强、勇敢和自信,我相信你一定能战胜眼前的困难,顺利完成学业,爸爸疾病好转,妈妈过上更好的生活。

　　其实生活就是这样,过早体会了生活的艰辛,于以后的生活是一笔丰厚的精神财富:生活承受能力比别人强,能吃苦耐劳,会有更多的幸福体验。

　　小玉,与你分享一下我的早年生活吧。我家里有八个姊妹,八十年代初都在读书,我没条件上高中,15周岁考取医学中专。在学校,同学们看到我省吃俭用,曾给我捐款。爸爸是高中老师,记得我家卖粮食的钱不够用,就到学校去借。就这样,我们全家齐心协力,没有人叫苦。爸爸妈妈无怨无悔,仍然供我们读书。妈妈患高血压病,突发脑溢血,我中专没毕业她就去世了。姊妹们都考取了大学,而后陆续上班,就一个供一个继续上学读书,直到现在手足情深。我体会太深了,没有这个家的支持、周围好心人的支持,就没有我的一切!

而后我又边上班边读书,直到本科毕业,现在成为妇产科的一名专家,我有很多粉丝,除了专家门诊外,还开通了"可爱医生"网上咨询,业余时间为患者免费服务。我要感谢家人,感谢所有帮助我的人,感恩社会给我这个从业平台!

小玉,一个人的成长绝不是孤立的,人与人之间应该互相帮助!阿姨的一点帮助实属杯水车薪,不足挂齿。困难是暂时的,不要难为自己,做你能做的事,努力完成学业。祝好!

【补记】浓浓的爱意,深深的关切,热热的鼓励。第一次看到这封私信,我就被感动了的。然而作者却谦虚地询问:"林老师,这样写是否会让受助人有压力?"作者为余杭第一人民医院李秀琴副院长。征得其同意,收入记事,借此感谢爱心满满的李院长并所有的爱心人士。因为,这就是我所期待的"苗岭"爱心人士——既付出资助款,又能与受助人平等交流,从而实现"身心两助"。(记此浙华,5月1日12:05)

92　姊妹节印象

台江有六个国家级"非遗"的项目,姊妹节是其中之一。

苗族姊妹节,苗语叫"浓嘎良",它以苗族青年女子为中心,以邀约情人游方对歌、吃姊妹饭、跳芦笙木鼓舞、互赠信物、订立婚约等为主要活动内容。它被称为"最古老的东方情人节",喻为"藏在花蕊里的节日"。

姊妹节源自台江的老屯乡、施洞镇,每年农历三月十五日至十七日举行。1998年后,经官方策划运作,成为整个台江的节日。今年的姊妹节恰逢五一小长假,我便邀爱人来台江,享受这一台江最热闹的节日。一切如愿,爱人并我的岳母来了，与我一道儿见证台江县城节日的人山人海。

这一年的姊妹节，安排在5月1日-5日，前三天主要在县城台拱，后两天则在姊妹节的发源地——老屯、施洞。贵州有"天无三日晴"之说，五天中只有2日开幕式整一天的晴朗。天是如此的蓝，如同清水江、潍阳河的水。

名为"中国贵州苗族姊妹节"的开幕式，在县城西端新建的梅影广场举行。开幕式安排在下午3:30-5:30，加上之前近两小时的候场，观众席又面南而设，可想而知，高原的骄阳（只有最远处山头有几缕停云）、观众的热情，与舞台上苗族习俗原生态的生猛展示，该是怎样的"热上加热"。为了不影响后面大批观众的欣赏，我们前排的"贵宾"（我们支教教师都有"贵宾证"）只能不打阳伞，生生地将身体裸露的部分晒个油黑。

然而，我们还是大喊"值得"。大半年的台江工作生活、走村访寨，让我们对台江有比较多的了解，舞台上苗族盛装的展演、生活场面的重现、木鼓劲舞的跳跃、芦笙苗歌的滚动，我们无不感到亲切。如同看一出大戏，我们知道编剧的意图。

不用更多的文字描述。在台江邻县雷山县的西江千户苗寨，我曾两次见识"西江印象"的演出，比较之下，毕竟台江开幕式显得大气、宏阔、富丽，怪不得坐我边上一位来自雷山的中年观众，他也觉得"过瘾"。是啊，庞大的演员阵容、多彩的服装道具，激扬的音响效果，加之舞台天然的山野背景（梅影广场隔水面山），能不带给人们以震撼吗？

其实，2015姊妹节的活动极为丰富，有苗族歌舞大赛、十佳姊妹花评选、苗族盛装游演、民族商品展销、武术散打比赛、万人苗歌对唱，更有斗牛斗鸟斗狗斗猪、拦门迎宾、踩鼓飞歌等等。我所亲历的，仅限于县城台拱的书画摄影展、开幕式、舞龙嘘花、烟火展示和苗歌对唱。我的总体印象，除了开幕式，感觉更像个大庙会，5月2-3日两天，从不堵车的县城大道，车水马龙，要打个出租、乘个新开通的公交，都显得并不容易。

5月4日小长假结束，老屯、施洞的姊妹节无以亲历，只能从网络上、政府印发的资料图片中想象那拦门、踩鼓、飞歌、游方、摸鱼的场景了。即使如此，也觉三生有幸了。（记此民中办公室，5月4日21:20）

93 啼笑皆非的默写

台江民中学生的语文基础,是早就领教了的。他们的书写、语感、学习习惯等方面很是欠缺。大半年来,我谨慎地面对,耐心地调教,加上他们尽力地改善,这些方面进步还是很大的。但尽管如此,这一回宋词四首的默写,却还是让我啼笑皆非。

且不说《定风波》等,只说《赤壁怀古》吧。"千堆雪","有的将"千"写成"双",有的将土字旁的"堆"写成山字旁。"遥想公瑾当年",有的写成"瑾公当年",有的写将"瑾"左右偏旁互换,有的将"瑾"右偏旁的一竖不穿过"口"。"故国神游"的"游",平时就有学生写成三点水加一个"放"的,这回也是。这些与书写习惯有关,不能不说是小学教育的问题。

此外,"故垒西边"默写成"古垒西边","三国周郎赤壁"默写成"三国周朗赤壁","惊涛拍岸"默写成"惊涛拍崖","小乔初嫁了"默写成"小乔出嫁了"或"小娇初嫁了","樯橹灰飞烟灭"默写成"墙橹炭飞烟灭",等等,相当部分与学生的语感有关。而近百人中有 3 人,将苏轼的"轼"写成杖,则与文化常识缺乏有关。当然,有些字,如"一尊还酹江月"中的"尊""酹"则是我余高学生也易错的。

至于学习习惯的欠缺,在默写中最频繁出现的是订正。我让学生默写后先自改后同桌互改,最后上交教师批改,发现一个字错没有指出的,就减 1 分,满分是10 分。教师批改发回后,要求学生对默写中自改、互改、师改中出现的错误,先追问为什么,后逐一订正。

大半年来,没少提醒,然而每次总有学生"忘"了订正的。这一回,我在高一(1)即兴调查,问:"没养成订正默写错误这一习惯的同学,请举手。"刷地,差点没让我晕倒,一数,11 人。这个班总人数才 40 人啊。

上面说的是默写,学生笔画、笔顺的问题更是频频出现。寒假后回台江,我带了《汉字规范字手册》,让学生每课练习五个汉字的笔画、笔顺。期中考试一过,《手册》中特别列举的汉字笔画、笔顺,已练习完毕,但还不能得到较为理想的结果。打算从头再来,只提供易错笔顺的汉字,让学生分解笔顺,期望通过训练,能纠正一些特别离谱的写法。

我们四位支教老师教的是高一重点班,更别说是其他班级了。台江教育基础的薄弱,从中可知。在此,尽管揭了学生的"丑",其实我深爱着他们,他们是二十年后台江建设的主力军啊。(记此浙华,5月17日14:50)

94　余杭教育考察团来访

喧闹过后,复归宁静。

自来台江支教,余杭领导已两次来访。上年底,是教育局周建忠副局长率16校校长来台江结对。这一回,则是余杭区分管科教文卫的许玲娣副区长、教育局沈洪相局长并街道、乡镇分管教育的副职来访,一行8人,要旨有二:一是慰问援贵教师;二是考察台江、天柱两县教育,促进三地教育互助共进。

于是,我们四位支教台江民中的老师,又一次有幸成为双方关切问候的对象。在忙碌、宁静的日常支教工作和生活中,增添一抹亮色。

参与座谈会,陪同考察台江南宫、施洞等中小学,就成为这头尾两天(5月18日下午到5月20日上午)的主业。幸而,给上课、批改的影响尚小。

从座谈会上获悉,两地的对口帮扶,是基于党中央、国务院的要求,其中教育方面,涵括五个方面的内容:派出教师、学校结对、培训师资、助学、扶持办学。我们四人的支教,是其中一方面。座谈会后,或将落实新高一安排3~4科教师各一人支教。如此,并我们先行的4人,或有7~8人同时执教台江民中。

身处台江教育一线大半年,深切感受台江这一方是热土,对这两地的合作,作为普通教师,也有着殷切的祈愿。由我代表支教四人的汇报,也将这层意思做了重点的渲染。

这几天,我们4人是忙碌的,考察团成员也是马不停蹄。作为东道主的台江方面领导,从戚咏梅书记、李凤华副县长,到教育局龙峰而长等领导,一直到接受考察的中小学,也是紧张、忙碌的。毕竟,这是两地教育方面最高级别的互访。

尽管是"对口帮扶",是余杭帮扶台江,但其实两地教育各有所长。余杭沈局上午造访登交小学(4月18日我们家访登鲁时去过),我们没有陪同。但中饭见到沈局,他连呼"震撼",师生良好的精神面貌,学校管理的有序推进,营养午餐的精心准备,这个山腰上的小学,让来自这位杭嘉湖平原的教育局长"大开眼界"。

在他与龙局的交谈中,屡屡提及要向台江学习。

让沈局和其他考察团成员"大开眼界"的,其实还有台江县委戚咏梅书记"情怀"。一位来自江苏射阳的女性,四年的台江行政,对苗族文化的理解"比苗族还苗族",对台江教育的期待也极为殷切。

我们4人的支教工作,得到了台江方面的诸多夸奖。在考察团成员赴天柱途中,余杭高级中学所在地——临东街道的办事处陈菊美副主任给我短信,或可以作为考察团一行的心声:

> 这次慰问之行,也是我们学习和受教之行,让我们充分感受了你们的教育情怀。感谢你们4位用真心奉献教育,很好体现了余杭教育人的形象。祝你们平安健康、工作顺利、收获满满!

考察团离去。如烟花的落幕,我们依然归于忙碌、充实而又平凡的支教生活,只是感觉,我们的压力或会更大。然正如我多次告诫年轻的温雅、李亮老师所说的:"我们尽力而为,便当无怨无悔。"(记此浙华,5月20日22:50)

95 提前交付 PSA 申请材料

因余高同事张海燕老师丈夫盛焘先生的推荐,"苗岭民间助学"申请 PSA 基金项目。原定5月25日交付的材料,22日就全部提交,超乎预期。

有一份感动要表达,就借着传出申请材料的机会,表达出来了。下面是给盛焘先生的电子信件,不妨录之于下:

> 盛焘好! 将所有要上传的文本发给你,如果有时间,请做最后的审读,特别是英译的。
>
> 自5月4日张海燕老师告诉我消息,至今18天,你和我,还有许许多多的热心人士,为台江家境困难的学生争取 PSA 资助在尽力。一路走来,都与你混熟了,也习惯于你"林老师,加油!"的鼓励。
>
> 在你和众人的协助下,那些原本以为颇难完成的事,如介绍"苗岭"的PPT、视频等,居然漂漂亮亮地做出来了。甚而一直因为网络不畅而无望的合法注册,也因为台江方面的诸多努力,如期完成。

如今,赶在 25 日前将材料交付。于受助学生,我期待获得 PSA 资助的青睐,或将如愿惠及 10～15 名学生/年;于"苗岭",我欣喜于借此机会完成了升格上档——合法登记、行动口号、宣传 PPT 与视频、2015 年计划;于我自己,因此结识了新朋友,见证了困难中老同事、老朋友的热情援手,也证明了我还不乏创新的元素和"拼命三郎"的勇气。

特别要感谢你,感谢你将 PSA 资助信息通过你爱人张老师告诉我,感谢你在准备资料中一次次不厌其烦的指点。也特别要表达我的敬意,你为受助学生付出的爱心,你为申请材料倾注的精力,以及所表现出来的快捷、出色的英译水平!

谢谢,为我自己,也为受助学生! 祝愿你工作顺利,生活愉快!

在给余杭教育考察团的书面材料中,我曾列举各方参与人员,且在这里记录,以明"苗岭"的建设,非我一人之力。

LOGO 设计:台江民中温玉莎老师、杨光红老师设计初稿,凯里的专业设计师唐华军先生完成最后的友情设计。

行动口号:中文"苗岭:链接爱心人士与寒门学子"是我拟制的,获得了余高郎丽霞、任翼、王樱等老师的肯定,英译则劳驾了余高王樱、吕正清老师,还有与我一同支教的温雅老师,最后的"MNEA:A link connects caring people and needy students"则由远在洛杉矶的宋柔波老师翻译。宋老师还对 ppt 做了最后的审读和润饰。

申请材料之 ppt、视频等,参与的更多,大致有:(1)台江民中的温雅、邰通华、张武军等老师;(2)余高的吕正清、赵小武、潘观根、徐一珠等老师;(3)李亮老师的同学刘畅,不仅参与了 ppt 的翻译、视频文字的英译审读,还加入了"苗岭"QQ 群。

粗粗记录这一切,但以珍藏"苗岭"初建阶段奉献的人们,作为发起人之一,真心希望"苗岭"能资助更多需要帮助的学生,走得更久,走得更远。(记此浙华,5月 22 日 20:25)

【补记】7 月 8 日晚,收盛焘邮件,很简单:"林老师,十分抱歉地通知你,助学项目没有入选 PSA 基金,见下方邮件。"下发邮件是英语,借助"百度在线翻译",其译文如下:"标致雪铁龙 PSA 基金会感谢您的项目提交。不幸的是,它不符合由基金会设定的选择标准。我们祝愿你们在未来的努力中一切顺利。"我的回复是:"哦,完全理解。但我十分庆幸,因为 PSA 的申请,认识你,并借此提升了'苗岭'。多谢你的付出。此后多联系,多关注'苗岭'!"(记此临平家中,7 月 8 日 21:55)

96　有一个苗寨叫"乌羊麻"

　　幸有"黔车会"成员邀请,得以周末游麻江县的乌羊麻村。

　　"乌羊麻",行前特别感觉这名儿难记、难说。当晚听村主任的儿子、在乌羊麻旅游服务中心工作的 80 后龙涛小伙介绍,并第二天在旅游中心所见文字,方知大概。

　　"乌羊麻"苗语称"凹样麻",意译为水深天马化龙过河的地方。据卡乌《张氏族谱》记载,很早以前,卡乌大户出钱从卡乌古渡口铺设一米左右宽的花街路,途径乌羊麻接通龙山到达麻江,以方便过往客商运送盐米。在流经乌羊麻的羊昌河上,修river石蹬。客商到此,马帮过河,需要卸货放马凫水过河,而骑马的人至此必定下鞍过蹬。

　　这是资料上介绍的。但龙涛说的却是,羊昌河水流湍急,凫水过河的马儿,常有被水冲走的。"乌羊"就是"冲走"的苗语。如此,"乌羊麻"便是水急冲走马的意思。这一说法,虽是民间俚俗故事,我却以为然。

　　黔东南州为苗族、侗族自治州,侗族多集中于州之东、南地域,而苗族则分布甚广。乌羊麻苗族自称"乃尤""噶尤",意为我们是属于"尤"这个苗族支系的人。"噶尤"苗族以鸟为图腾,村寨壁画、庭院小品、路牌标志,不乏各种变形的百鸟图案,这与"苗疆腹地"的台江以蝴蝶为主体图案的风格迥异,我以为颇有云南丽江纳西族的风格。就是那儿苗族妇女的着装,也喜以鸟雀形状的银饰装饰。当晚篝火舞会,见跳舞的中年妇女,上衣为艳色粉红,而以鸟雀纹饰为小点缀;下着大块浅绿围片衣裙,也比台江、雷山、剑河的黑底彩绣更为艳丽明快。

　　来台江大半年,我们所到的苗寨不下十数,但整修最为大气而精细的,莫过于乌羊麻村。乌羊麻,隶属黔东南州的麻江县宣威镇。据龙涛说,开发自 2006 年开始,由政府陆陆续续投资,至今已逾 3000 万元。大气之处,见于沿羊冒河铺设的游步道,各家宽敞的庭院,羊冒河的码头游船,还有龙家寨外无土栽培的草莓、蓝莓大棚。精细之处,则可从在建中的路牌标志、河边护栏、砖墁石砌寨道等得之。就是房前屋后的花卉种植,一草一树,一架一石,都有江南园林之细腻,涉笔成趣,看似随意,却处处匠心。我以为,个中当有专业规划、设计者为之。

　　我是下午五点乘班车从台江到州府凯里,再搭凯里到丹寨的末班车到乌羊麻岔口的。待驴友"自在"接我入寨,寨子里已亮起如晨星点点的灯,天未全失黑,开阔、舒展的寨子面貌,依然清晰地展现在我的眼前。

　　次日清晨,"黔车会"的驴友依然梦中酣睡,我早已在羊冒河的游步道上徜徉,看远近缓坡山峦在晨气中苏醒,听寨子里传来的声声鸡鸣。羊冒河在这里作了"三道拐"。连续几天的中雨,河水如细乳轻融,温润轻柔。河之南为龙家寨,河之北为陈家寨。两寨绿树环绕,青竹(凤尾)遮覆,隔水相望,鸡犬之声相闻。

　　自羊冒河游步道折返,走入陈家寨,偶见正洗漱的村民,彼此以一个微笑如道"早安"。静静地感受那份恬淡,甚是惬意。台江也不缺依山临水的苗寨,但我从未在清晨如此从容地散步。更兼整修之后的乌羊麻,那种整洁的、清爽的日常生活姿态,恰是我所喜欢的。那份漫步苗寨的惬意,是我来台江大半年,第一次领受了的。

　　乌羊麻全面整修开放,大约尚需时日。据龙涛小伙介绍,过几天,他将随团前往浙江取经。离开乌羊麻前,也见到现场办公的宣威镇镇长一行。看来,麻江县、宣威镇、乌羊麻村都是下了决心的。我不知道黔东南乃至贵州的古村落开发情况,但凭直觉,乌羊麻将会成为苗寨开发的样板。这里位处凯里、麻江、都匀之间,客源虽不如东部沿海充足,但相信会吸引多方期望回归、体验乡村生活的人们。

　　车驶出村口,平整的柏油路,在缓坡上划出曼妙的曲线,两边是触手可及的蓝莓丛树。"神秘嘎尤""盐马古道""蓝莓基地"是"醉美乌羊麻"主打的三大招牌。乌羊麻,也许若干年后,我还会叫错你的名儿。但得机会,我还想重访。清晨或黄昏,在村道里漫步,在羊冒河里泛舟;夜晚,则与"嘎尤"们围着篝火喝这里的蓝莓酒,跳芦笙舞。(记此浙华,5月24日22:40)

97　下司古镇

　　从乌羊麻返回,归途又顺道一访下司古镇。

　　最初听到"下司"之名,是当初贵阳机场首赴台江的车上。因为高速出事故,车从下司的高速口下,穿镇而过。接机的龙峰局长,说这儿叫下司,盛产世界名犬——"下司犬",与德国牧羊犬齐名。

此行没有见到地道的"下司犬",却见识了大片业经修缮的清至民国时期的建筑。最先映入眼帘的,是古镇三开间的大牌楼,古色古香,雕镂精细,不知是古物还是仿古之作。进入牌楼,踏上青石条铺砌平整的街面,看两旁高低错落、黛瓦覆顶、棕色木板包裹墙壁的三层或两层楼房,320国道的喧嚣便远离我而去。就如进入时空隧道,心儿瞬间宁静下来。

早在嘉庆十三年(1808年),下司镇就辟为商埠,到民国时发展为闹市。作为清水江上的水陆码头,云贵两省的土特产品多集中于下司,赖清水江运到湖南洪江、常德,过洞庭湖直达武汉。湘、鄂、赣的棉花、土布、药材、瓷器等货物,亦用船载逆水而上到下司起崖,再运到贵阳、安顺等地。往昔,贵州与省外陆上交通闭塞,水上交通时兴,地处在清水江畔的下司,就成了黔东通往贵阳等地的重要通道,是黔东南重要物资集散地。

从牌楼走上百步,便有"大码头"的指示牌。抽身离开主街道,走下又宽又厚的大石阶,平展宽阔的清水江就在眼前。因是雨季,江水有些浑浊,但并不影响心情。这个由条石铺砌成的扇形大码头,修建于清乾隆四十四年(1779年),如今不再使用,但沧桑不见,健朗依旧。最有趣的是,有一立体石雕,状如蟊朌的兄弟,微闭双眼,懒卧于整齐砌石之中,形神毕肖。亏得下司人的"疼爱",竟没有将其视为"宝贝",藏匿于博物馆中,而让其在江边"酣睡"。

据搜集的有限资料显示,当时镇上商贾云集,马帮成群结队,商号、货栈、会馆、餐馆遍布街巷,彻夜营业,被誉为"小上海"。不像位于清水江下游的施洞,这里的江面开阔笔直,在此停泊的船只长达几公里,夜晚灯火辉煌,今日推想,当是极为壮观的。现在北岸大街,还保留着大片的古居民、古巷道,依然风姿绰约,风韵不减当年。

其中,最引人注目的,当为阳明书院东面的大片古建,最高的当为侗族鼓楼及其附属建筑。鼓楼正对的戏台,其台柱、围栏,皆为精美的木质浮雕,表现下司风情习俗栩栩如生。戏台与鼓楼之间的空地,足可以容纳千人观赏,节庆之日,这里当是人头攒动,热闹是必然的。

时值一天中最热的时段,时而穿巷过街,时而下行江边。左转右旋,居然不分东西。待回到主街,迎面是四层青砖的民国建筑,堂皇敞亮,当门之额是白底黑字、方正姚体的"中国邮政储蓄"。这么漂亮的民国古建,我只是在江苏南京的总统府旧址见识,想不到在偏远的贵州撞上,那一刹那,我是被震住了的。

一介外行游者,不懂古建,不晓更多的古镇历史,一个半小时实在连走马观花也算不上。古镇的古民居依然住人,古巷道依然连接着彼此,这"邮政"楼依然在使用,更别说镇外的清水江上,有中国皮划艇训练中心。这一切,让每一个游客感觉到,古镇依然鲜活!(记此浙华,5月25日22:45)

98　贵州西部掠影

高考三天,没有安排我们四位支教者监考。出行采风,自然是最好的选择。然而,贵州、广西、湖南,都是雨的天下,不知何处可行。搜索网络,还是贵州西部稍佳。得,那就去贵州西部吧,织金洞、草海诱惑着我。惜乎同来支教的其他三人,或是早已前往,或是身体不适,均不能同往。于是,只好独自一人,向西而行。

这一趟,因为贵州西部两地级市(毕节、六盘水)的县际,有的未通高速,旅行目的地(织金洞、草海)相距又较远,舟车劳顿是必然的。正应了"旅行真正的快乐不在于目的地,而在于旅途"的哲言,此行之乐,最大莫过于旅途的享受。

三天时阴时雨。雨未成势,不足以影响行车,反给贵州西部的冈峦、沟壑增添朦胧清韵。经平坝到织金,三个多小时,在山道弯弯、路面破损的省道上颠簸,减缓了行车的速度,却增加了欣赏的时间。刚插播的水稻田,水面的亮光条条清晰。山在水面的投影,因着犹如珠帘的行行新苗,平添许多诗意。在去织金洞的路上,透过玻璃车窗,用相机抓取烟雨迷蒙,虽是行车匆匆,但留存在相机里的那幅照片,那层层叠叠的连绵群山,因烟雨恰到好处的渲染,如同水粉画作,让我怜爱有余。

从草海到六盘水,乘坐的旅游专列,越沟壑穿隧道,蜿蜒而行。最美是从车窗看沟壑,或是喀斯特地貌的白石在葱郁中独立,是苏州园林的天然版;或是细细窄窄、长长弯弯的梯田沿山势层层叠叠而上,是一方百姓用坚忍写就的无名杰作;或是山间小坝子(贵州人称平地为坝),曲折的白色是路,不规则块状的绿色是田,点缀于绿色之上的是房,羡煞我一个游者,错认这就是陶潜笔下的桃源,只不见黄发垂髫怡然自乐。

这一路,马场、牛场、猫场、鸡场,这一串地名,令我窃笑不已。在牛场镇的入口,更见"宫保鸡丁的故里"招牌。这不是川菜吗?回后方知,那位晚晴洋务运动重要人物、智杀慈禧宠臣安德海的名臣丁宝桢(1820－1886)，就是贵州平远(今织金)牛场人。丁宝桢曾任四川总督，每遇宴客，他都让家厨用花生米、干辣椒和嫩鸡肉炒制鸡丁，肉嫩味美，很受客人欢迎。其人由于戍边御敌有功被朝廷封为"太子少保"，人称"丁宫保"，其家厨烹制的炒鸡丁，也被称为"宫保鸡丁"。不是这一趟行走，这品尝过多次的川菜，还真不知道有此出典呢。读万卷书，不如行万里路者，乃此类也。

织金洞与草海，是此行两个重要的目的地。这里，只能吝啬笔墨了。

这近二十年的行走，去过溶洞不少，织金洞没有给我什么惊喜。已探明的织金洞长达 12 余公里，但开发游览的近三分之一。100 分钟的行走，有景区彝族导游小姐的介绍，也轻松自在。印象最深的，是"倒挂琵琶""霸王盔""婆媳情深""掌上明珠"，都是无须三分形象七分想象的。至于专家结论——织金洞规模体量、形态类别、景观效果都比誉冠全球的法国和南斯拉夫的溶洞更为宏大、齐全、美观。我是信的，只是无法领会。

威宁草海，是国家级自然保护区，其保护对象包括高原湿地生态系统及各种珍稀鸟类(特别是黑颈鹤)，紧挨威宁县城。要说威宁县，全名为威宁彝族苗族回族自治县。行前，我总以为自治州、自治县的名儿，最多是冠两个族名的，更以为贵州少有回族。见到街道上清真的小吃店，包了头帕的回族女子，蓄须白帽的老者，还有草海路两侧的回族建筑，重温着几年前宁夏之行，收获着行走之乐。

去草海，我原本是安排半天行程的。进入西海码头，走上岸边通向湿地的木栈道，想象泛舟草海的曼妙。可是，到得码头，游人稀落，等半小时，搭讪多人，总无由拼足一船六人，无以进入草海深处，只能踮起脚尖，怅然眺望远处的一线明澈，然后怅然转身。

幸而，我是从威宁县城的中心街道走上草海路，翻过坡顶那刻，尚见远处草海的大片水面，兼有 2007 年洱海、泸沽湖的行走经验，还有记忆中徐志摩"青草更青处漫溯"诗句，便安慰自己，旅行总是有遗憾的。或许，我该找来 2000 年诺贝尔文学奖获得者、法籍华人高行健写草海的文字。据说，在他的获奖作品中整整用了两万字来表述草海的美。

写着上面絮叨文字时，时时闪过"毕节四兄妹自杀"的新闻。就在我返回台江的那天，6 月 9 日晚 11 点半，贵州毕节市七星关区田坎乡 4 名留守儿童在家中喝农药自杀，最大的哥哥 13 岁，最小的妹妹才 5 岁。新闻报道称，四个孩子生前穷得只吃玉米面，具体自杀动机未明。

听到消息是在昨天，我们四位支教者说起，都是唏嘘不已。而我，唏嘘之外，感觉这错在我，咋不在他们离去前探望安慰。我一个匆匆行者，似乎一味地赞美贵州西部之大美，而不用一些文字提及这则新闻，是冷漠冷酷。且以此作为结尾，愿此类悲剧不再发生。（记此浙华，6月11日24:00）

99　五十年一遇的雨

端午第二天(6月21日)，我在黔西南兴义，游览马岭河、万峰林，小雨转多云的天气，可以尽享行游之乐。

然而，在黔东南，则是大雨滂沱，山洪暴发，台江县城街道成河，通往州府、乡村的道路阻断。当时，在昆明回凯里火车上的老魏，给我发来短信，道是"万亩草场雨量125毫米"之类的。继而，又有"到台江去看海"的调侃。台江是典型的山地地貌，"去台江看海"的说法，最是生动。然而，生动的背后，则是台江人痛苦的现实。

连续五天，我们喝的、洗的都是浑水，真让我们受不了。不由得佩服台江人的坚毅。不说他人，学生似乎从未埋怨这浑黄的水。言谈里没有，随笔里也没有，他们写这场大雨，或是描述汪洋的场景，或是感叹自然的威力。

昨天，余杭区政协阮文静主席一行五人，来台江看望我们。我与戚咏梅书记、龙峰局长陪同考察红阳寨。但见城南翁你河上的铁桥，硬生生地被转身90度，倒伏在东侧的河岸上。进入南宫森林的公路，坍方处处，或是滑坡淹没了半幅道路，或是公路半幅坍塌入河，更有一整段的路面，变成沙滩一片的。惨不忍睹啊，要全部修复，不知该多少时间多少钱啊。

听戚咏梅书记说，这是五十年一遇的水灾，水灾毁损无以估量。有一所小学，围墙、大门被毁，师生无法上课，亟待修复。余杭一行听说，就提出马上汇款帮助恢复重建。感慨于余杭对台江的一腔热情，有记于此。

顺便提一笔的是，一月前，邻县雷山县城被淹，那时台江幸免于灾。而这一回，与台江一同遭灾的，还有雷公山另一侧的西江千户苗寨。从央视播放的镜头看，大量泥沙进入西江的街道，也是一片狼藉。景区被迫关闭数日，也是需要投入大量的时间、人力、财力才能修复开放的。

其实,这个半年,遭受水灾的不独是黔东南,湖南、广西等多地受灾。幸而人员伤亡的报道不多,是不幸中之幸。(记此办公室,6月27日11:10)

100　树林理发店

年纪一大,适应能力就差。

来台江支教,让我痛苦的事多,理发就是其中之一。

第一个半年,是就近解决的。离开浙华小区不远,是一家名为"顶头尚丝"的理发店,店面装潢挺讲究的。第一次走进该店,几位帅哥靓妹很是热情招呼。但剪发动作忒磨蹭,重一剪,轻一剪;左一下,右一下,让我觉得很是别扭。然后,让我仰躺着洗头。我好生奇怪,就问哪儿学的手艺,对方告诉我,是广州。我又问,广州都躺着洗头吗? 答曰:是的。

花了我在杭州理一个发两倍的时间(也许没有,我心里感觉而已),总算理好了。戴上眼镜一照,嗨,那个高高低低的,像是刚出师的徒儿干的。也罢,看他们这么热情,这么尽心。我还是道谢着出了门。

曾经去台拱镇的老街转悠过,那儿有很多理发店,但总是不放心。于是,这第一个半年的"理发业务",就全交给了"顶头尚丝"。

寒假回杭州,一个月理了两次发,享受给我理了二十年的理发师傅轻快、流畅的手艺,爽气极啦。

回台江50天,我都没有理发。终于,有一天,问了同事,说是"树林理发店"最棒。于是,找着去了。门面"树林理发店"是彩色制作的,店内两把理发椅,有一把老旧老旧的;另一把,也是半旧了的。等候时,发现其动作极为麻利,估计十分钟就搞定一个。待我坐上椅子,嗨,果然又享受到在杭州理发的感觉了,而且比杭州的师傅还利落。

一回生,二回熟。今天是第三回去了,彼此都熟悉了。等着理发的时间,与师傅的妻子——管洗发、收钱——聊了很多,聊房价,聊天气。师傅偶然插几句,极斯文,极优雅的。

抱着"探秘"的心理,我问出师傅的一些"理发史"。师傅姓王,一家三代理发,他是第三代。他长我3岁,前额已很光亮,剩余的头发乌黑发亮。我说,看起来您比我年轻,我头发都这么白了。

我顺便问,有没有什么染发的苗药,无副作用的。师傅说,纯天然的染发剂是极少的,多少总有一些化学成分,否则效果出不来。

我说,低劣的染发剂,副作用太大,我的一个同事,染了一二十年发,最后得了脑瘤不治而亡,都是染发剂惹的祸。

他说,未必。他说他的一个顾客,也染了一二十年,至今好好的。

我惊讶:哦,还有这样的事?

他说:一家饭,百种病。

我问:什么意思?

他说:一家子吃同样的饭,但生的病并不一样,身体素质各异的。

我豁然。

如同第一次理发出门,师傅和他的妻子,叮嘱着走好,下次再来。

暑假后,我还有第三个半年的支教期。这理发的事,就无须像第一个半年那么操心啦。这不,我还会向新来的支教老师推荐这位理发师傅,我想,他们也会遇到理发不如意的事儿的。(记此浙华,6月29日23:00)

101　有无限的希望给台江

支教第一个学期,因为家事匆匆回杭;这第二学期,总想做好监考、阅卷等事儿再回的。但事有凑巧,台江县委戚咏梅书记、政府李凤华副县长带队访问余杭,让我们四位陪同,一起回杭。

回杭的时间是7月5日。其实,真正陪同的只有我和老魏。温雅老师7月2日下午就回去了,因为自3日到11日考试结束,教学时间只有两天,也无非考前辅导,其他或是学业水平考试,或是期末考试。而李亮老师,因为13日有她派出单位的同事20多人来贵州旅游(其中包括"苗岭民间助学"的捐赠人家访学生),自然回杭的时间只有延后,而不是提前了。

似乎早有预感,或是我一向的行事作风。7月1日,在教科处主任刘跃富来我办公室,邀我参与第一支部活动时,我直言不讳地批评了他本学期教研活动的不作为,耐下心来与他详细分享了下学期校本研修的打算。我边说边写纸条,说完后,他要走了我写的。

从教学常规到课堂变革,从课堂观察到论文写作,从教学到班主任工作,两个学期,组织了9次校本研修讲座、2次观摩(课堂观察、主题班会)。原定本学期安排的教研组建设、课题申报、教师读书,第一项因为主讲吴江林老师无法来台江而延期,后两项主讲人为台江民中的张忠豪、刘跃富老师,因为期末考试事务而被耽搁。

初到台江,我的校本研修计划,想涉及教育、教学、教师专业发展的主要方面,将近几年来我在各地所讲的毫无保留地奉献给台江。后来不断调整,或者说压缩,但还是希望支教第三学期应有教研组建设、教师专业成果(如论文、课题立项、读书体会)分享等内容的,让民中教师更多参与到校本研修中来,特别是发挥导师团队作用。但是,第二学期三个研修项目的拖延,将迫使第三学期校本研修任务很是吃紧。

不过,只要民中领导、教师重视校本研修,研修时间要挤总是有的。嘱咐年轻的刘跃富主任在暑假制订好计划,以便于下学期更好地开展研修。(记此浙华,7月4日18:00,补写于7月5日9:00,G1484高铁上)

102　台江的期盼

这一回,戚咏梅书记、李凤华副县长所以亲自率队赴余杭,最主要是奔教育援助而来,尽管一行7人除书记、县长并教育局龙峰局长、民中刘宗华校长外,还包括县委办公室2人,红十字会1人。

台江方面提出一系列教育援助的事:(1)办台江民中2015级余杭班,希望余杭派语文、数学、外语三科教师;(2)援建一所幼儿园,冠"余杭幼儿园"之名;(3)台江8所幼儿园能与余杭的幼儿园结对;(4)台江的中小学教师能到余杭跟班学习;(5)让台江教师有机会获得余杭区区级培训的机会;(6)建立"余杭—台江"爱心助学基金会,帮助贫困学生;(7)加强已结对的32所中小学骨干教师之间的交流;(8)帮助建立"留守儿童之家"。

余杭方面很重视,7月6日上午安排了座谈会,下午安排了考察临平一小、余杭高级中学。参加座谈会的,余杭方面有李红良副区长(他负责协调结对台江事务）、分管教育的许玲娣副区长、发改局杨金水局长、教育局沈洪相局长、卫计局韩峻局长、农业局丁少华局长等。在区政府食堂中餐时，余杭区委徐文光书记、政府朱华区长也与台江客人见了面。

台江方面最急切的事，当数"余杭班"了。那天座谈时，戚书记反复夸奖我们四人的教学业绩，起座将刘校准备的教学成绩送递余杭领导，啧啧连声，后又急切地传递了台江百姓对"余杭班"的期待。

实在的，由于黔东南州严控凯里一中、州民族高中、振华民族中学、凯里学院附中等四校招收择校生，台江的优秀中考生源，将无其他去处。台江民中继续办"余杭班"，这是百姓的愿望。对近年来处于困境中的台江民中来说，2015 年 364 分的录取分数线，是近年来最高的，如继续拥有"余杭班"留住优秀生源，或许能尽快走出困境。

那天下午的两校考察，给台江方面的触动是很大的。临平一小精细的空间布置，丰富的科技活动展示，余高开放的图书馆，气派的矿石陈列馆，戚书记屡屡点名龙局、刘校，"你们看看，我们为何不去动动脑筋？"

支教台江一年，我为台江教师、百姓的纯朴感动着，也为台江教育、台江教师的提升空间而焦急。正如我在余杭教育考察团访问台江时所说，台江最需要在教育情怀（想做）、制度创新（能做）、"教育技术"（会做）这三方面下大力气，否则台江将错失"乘势而上"的时机！幸而，台江人已表现出足够的期盼。（记此临平家中，7 月 8 日 9:40）

103　2015 的这个暑假

2015 年的暑假，在临平山麓的小书房里，就着老旧的联想手提电脑，先是 30 天《基于标准的语文教学》的写作，后是 4 天《"渔场"：中小学德育的新视野》的校对。明天就将再回台江，继续最后半年的支教。

谢却多人的饯别宴，但携着亲朋的祝福，向那块热土奔去。其中《渔场》一书编辑王冰如的回复最值得记录——

> 想到您马上要回到大山的怀抱，做那些有意义的事情，和有趣的小朋友一起学习玩耍，很羡慕，也很敬佩！万望保重！

　　这最后半年,我们还将感受台江的夏末、秋日和初冬。然而,有亲朋的关注,"夏日的清凉、冬日温暖都不缺啦!"这是我给冰如的回复!(记此临平家中,8 月 21 日 21:35)

在台江支教的一年半,享受高铁速度,也是幸事。

我感觉认识林宏孝先生是幸运的。

这种幸福感受,是随"苗岭"的每一细小动作而行的。

张秀云教授23日离开后,我一直在忙碌教授此行留下的事。

不过,荔波真是美的,大七孔、小七孔美其所美!

让我又一次体会到,台江民中在默默地改变着。

The
third
semester

2015.8.23-2016.1.14

第三学期

听窗外雨声滴沥,想莫特一行将在雨中前往高铁站。

由我爱人邮寄的5箱250本《心随笔动》到达台江邮局。

只要"苗岭"继续,这样的感动还将继续。

边喝边聊,是一种酒逢知己不在酒的舒坦。

证明着我们的行动,在台江留下了好口碑。

翁你河水必将入我之梦,诉说彼此的思念与祝愿。

104　再回台江,听到好消息

黔东南自7月1日进入高铁时代。我和温雅老师,早上7点出门,晚上6:00到台江的浙华小区,11个小时(其中在高铁上7小时40分钟),使得原本需要24小时(其中在火车上就需20小时左右)的行程缩短一半多。在台江支教的一年半,享受高铁速度,也是幸事。这是昨天的事!

想不到再回台江处理的第一个文档,居然是魏则然老师的《一路行来,满满的收获》。他通过QQ发给我,说是让我"帮忙修改一下"。这个文档,是一个word文档,将用于他派出学校新学年第一次教职工会议。老魏将与他的同事分享他一年支教的故事。

于是,这一天的午后,便拜读这个文档,时不时为老魏的激情、深情、真情感动。我的修改并不多,稍大一处是在"台江民中今年高考成绩非常好,一本上线18人,本科上线94人"之后,加入下面的文字:

> 排在黔东南州第7位,由原来的第15名升到第7名,这个进步很大。台江民中新高一的录取分数线比去年高出100多分,估计在余杭的支援和台江自身的努力下,台江的高考成绩会一点点好起来的。

黔东南州16县市的高考排名,我是从台江民中办公室欧阳光俊主任那儿知道的。他与另三位老师到凯里南站接我们,上车不一会儿我就打听,他给我这个好消息,我始则惊讶,既而欣喜。

高考排名,台江民中连续多年在黔东南州的排尾(倒数第二)上。尽快摘掉这个帽子,是台江教育局、民中领导和教师的期盼。支教的这一年,我见证了民中领导的忍辱负重,高三教师的艰难前行,迎考学子的奋力拼搏。高考前的三个月,我听了十多节高三的课,每到一班听课,我总会在刚下课那会儿,讲一两分钟话以鼓励学生;与任课教师课后交流,也是鼓励有余。

我知道,我的听课、交流不能起什么作用,但作为校长助理,我心确乎是到了的,真诚地期望2015届的高三,能在州里上升1~2个名次,排在13或14位的,而今却喜出望外!

尽管我是台江的"过客",但心牵着台江。开始最后半年的支教,听到如此好

消息,幸甚!(记此浙华小区,8月23日20:25)

【补记】本则记事中,2015高考成绩数据是传闻数据,与台江县2015年基础教育质量分析会(10月23日召开)上的数据有出入。正式的数据是不计算历届生,州下达一本、二本指标分别为10人、86人,实际完成为15人、90人。按报考地统计口径,排名在全州第14名(比2014年上升1名);按户籍地,为全州第8名(比2014年上升2名)。如此看来,只能说是"稳中有升",而不能说"进步很大"。(补记于浙华,10月24日17:25)

105　深感自己的弱小

三赴台江一周了。如同前两次到台江,难以入睡的痼疾,依然困扰着我。

第一次到台江,第一周住和天大酒店。酒店后面就是寨子,子夜的鸡鸣声总把我生生地唤醒,让我直埋怨那不知时辰的公鸡。小时读《半夜鸡叫》,想周扒皮真够坏的,为了让高玉宝早起干活,竟然自己钻进鸡窝学鸡叫,让纯朴的少年对周扒皮恨之入骨,从而树立了阶级意识。想不到,这鸡儿本是深夜12点一过就叫,很为周扒皮"鸣冤"了。

第二次到台江,则是因为不能如意的人事纠结。大约也有一周的时间吧,每晚入睡是快的,不到一二小时,总是莫名地醒来。

这一次,第一晚是听到鸡鸣的,但后来让我不能安睡的,似乎不是鸡鸣。大脑比白天还清醒,就像高清的视频。连续几天,都不是鸡鸣,而是超清醒的大脑。到底是什么原因?我一次次地问自己。不是因为离开家的孤独感(这早就不再有了),不是因为不愿投身支教的事儿。貌似强大的我,在三个学期初都表现出让我羞赧的软弱。同行四人,唯有我,与台江人民医院打交道。失眠,扁桃体发炎,感冒,颈部外伤,这一年,我已五次与医院打交道了。

离支教结束还有半年,睡好、吃好,是我多大的理想啊。嗨,第二批支教者3人过一周将首赴台江,但愿他们一个个能睡好、吃好。于此,我不需要"同病相怜"的伴儿。(记此浙华,8月30日8:43)

106　幸福的教师节

这一天,微信、短信、QQ,都收到了来自杭州学生的祝福语,这里略过不记,回谢之言均已一一回复。这里但记台江学生的祝福。

去年的教师节,我们与任教的学生还不相熟。一年的交往,情感就非同寻常了。且不说收到的礼物,高二(1)班的一只银制小勺子,(6)班的一个塑料小假山、一枝鲜花,就说那附的纸条:

高二(1)班纸条上写道:"林老师:您辛苦了。您上课是那么有趣,让人佩服。做您的学生,是我们的荣幸,受您的指导,我们不会忘记。感谢您,祝您节日快乐!"

是班长王天堂的笔迹,不知文辞是他一人拟制,还是集体讨论的。这样的文笔表达,在语文老师看来,不仅是情感美,还有文辞美。

高二(6)班的则很实在:"林老师,您辛苦了。祝您节日快乐!"

上午第三节,去(1)班上课,不知谁喊了句"林老师",全部接着喊"教师节快乐"。我就借机说:大家快乐! 你们快乐了,我们当老师的也快乐了。

不意学生说:不以物喜,不以己悲。

我道:我非圣人,做不到。

彼此,就在笑声中上课了。(记此浙华,9 月 10 日 23:15)

107　帮助安顿第二批支教者

昨天下午,因为英语听力考试学生放假,我便带第二批支教者 3 人去台江县城最大的超市佳华购物。近两千元的货物,让超市派电动三轮车送了。只是恰遭暴雨,不便让超市员工一一派送,阴差阳错,我们 4 人便全去了台江民中新租房,台江水利局后背的宿舍。

这套住房,是新来两位男老师——余杭中学熊春晖(数学)、余杭高级中学吕正清老师(英语)住的。余杭实验中学苏莉萍(语文)老师则与李亮老师住萃文园那儿。冒着大雨,吕老师下楼买了菜——苗疆商贸城菜场离他们的住处不远。

一小时后,熊老师和吕老师合作,准备好了4人的饭菜。主菜是一只火锅,配菜是花生米、盐水鸡,喝的是用吕老师从杭州带来的果汁机制作的苹果汁。我一再抱歉自己不会做菜,没能招待他们,反美美地享用了他们来台江第一顿自己做的饭菜。然而,彼此都是十分开心。如同我们第一批,他们也连吃了几天街上的小吃。

拍了他们做的饭菜和他们吃饭的照片,传给他们,他们又转发给他们在余杭的亲友。我也将其中的一张发给我爱人,告知"今晚与三位新支教老师一起吃饭"。我爱人回复:"另两个很年轻嘛!"欣喜之情就在其中。想必,三位新支教者的亲友,见到这些照片,也是欣喜的。

这于我便是心安。作为第一批支教者的领队,这一周,忙碌于安顿他们的工作、生活。他们是9月6日抵达的。之前,我就去语文、数学、外语教研组,委托教研组长为他们准备四类工作用品:桌椅,课本与教参,备课与听课本,课表与文具。

9月8日上午,送走了陪同他们来台江的领导后,就协助民中将他们三人送到各自的住处。下午,又去接他们参观我们在浙华小区的住房,然后去学校,与他们任教的高一(4)(5)班学生、三个教研组的老师见了面。如此等等,只为尽半个地主之谊,让他们尽快适应支教工作和生活。

真如苏老师感慨的,我们7人是有缘的。除我和吕老师彼此相熟,其他人彼此并不认识。因为贵州台江的教育,我们相遇于千里之外。不说"前世的五百次回眸",单说从私下的点滴传闻,到8月31日完整知道三人的学科、性别、大名,前后就长达半个多月,足见余杭教育局的选派工作并非易事。而于支教者来说,一年半的支教生活,奉献的不仅自己一人,还有其身后一大家子,要下决心来台江,谈何容易!

贵州的天气,真个是"天无三日晴",然倾盆大雨也不多见。巧的是,9月6日在凯里南站与他们见面,是倾盆大雨,浇湿了接站的和被接站的;而9月11日到台江第一顿自做的饭菜,也是倾盆大雨催生的。嗨,如余杭实验中学许希伟校长所说,贵州人热情,洗尘洗得真够彻底的。

护送第二批支教者到台江的,有余杭区教育局王铮副局长、方俊科长,还有三位支教者派出学校的校长,除许希伟校长,还有余杭高级中学俞建中校长、余杭中学王书力校长。

今明两天稍事处理,下周他们三位将能走入正轨。他们的支教工作、生活顺顺当当,快快乐乐,是乃吾愿。(记此浙华,9月12日10:40)

108　遵义之行备忘

从遵义旅游返回,已隔一周。这一周,忙碌于第二批支教者的接待,忙碌于教师节和迎新活动,这纪行的事儿便延宕至今。

是借纪念中国人民抗日战争暨世界反法西斯胜利70周年的三天国定假日出行的。9月2日深夜火车抵桐梓,之后是坐班车走遵义、赤水、习水、仁怀及茅台镇,再回遵义坐班车,9月5日深夜返回台江。

这一趟遵义之行,是红色之旅,也是美酒之旅。说是红色之旅,是因为我们所到的娄山关、遵义会议会址,均与红军长征那段世界文明的壮举有关。两地游客甚众,欣喜于年轻的人们,或在娄山关上指点江山,或在会址陈列馆用相机、手机拍摄展品(这是被允许的),但知烈士鲜血不会白流,历史不会因为时间推移被人遗忘。未能守在电视机前欣赏天安门广场的阅兵式,来自各地的游客,如我,用这种方式重温历史,也别有意义。

说是美酒之旅,是因为我们所行之赤水河。赤水河发源于云南省镇雄县,逶迤于云、贵、川三省接壤的群山之中,至四川省合江县汇入长江。"上游是茅台,下游望泸州,船到二郎滩,又该喝郎酒。"这在赤水河流域流传甚广的民谚,就已巧妙点出了"茅台""泸州老窖""郎酒"三种名酒。遵义之行,董酒的产地遵义市汇川区董公寺镇我们擦身而过,习水县城我们曾住一宿,茅台镇的"中国酒文化城"流连甚久。

这次遵义之行,同行的是老魏。我们只三天的时间,加之班车倒腾,这红色之旅、美酒之旅,毕竟太过匆匆了。然而,我还是满足的。于我,自2007年初入贵州到这回支教台江,遵义是贵州九大地(市、州)中,我最后走的一个地市。(记此浙华,9月12日16:30)

109　参加贵州省校长会议

到台江支教一年又一个月，这是第一次"公出"走出台江，参加贵州省教育厅和民族宗教委员会的会议。会议的名称是"贵州省民族高中校长专题培训班"，听说原本是两年一次的，近年则一年一度。

我是带着新奇与会的，贵州教育人怎样组织会议，与会人有怎样的学习精神，都是我所好奇的。

议程排了四天(9 月 21 日到 9 月 24 日)，其实，头尾两天是报到、返程。贵州省面积 17.6 万平方公里，是浙江省(陆域面积 10.2 万平方公里)的 1.7 倍，各地赶赴贵州最西面的地级市——六盘水，是需要留出这时间的。据天柱县(毗邻湖南)二中校长说，他们的车开了 8 个小时，全程高速。

台江民中去了 5 人，专车前往。先走沪昆高速，经省城贵阳一路向西，在镇宁(就是黄果树瀑布所在的县)境内，转西北而行，走的是都香高速(黔南州首府都匀到云南的香格里拉)。都香高速并未全线贯通，我们在双水站下高速，当时细雨迷蒙、路牌标记也不太清楚。

真疑惑间，瞥见道旁"贵州省民族高中校长专题培训班接待点"的大红标牌，那一刹那，有一种大海航行见到灯塔的感觉。我们的车停下，一位胸前挂着"工作证"的中年男子，就凑了过来，交代了左行右行的事儿。那一刻，感动了我们，同来支教的苏莉萍老师迅速拍了标牌的照片。

会议在六盘水市的盘江雅阁酒店举行，上半年自助游时就见过这气派的酒店。会议资料中，有印制精美的《工作方案》，议程安排精细到几点到几点，还有参会人员详细信息。我记得，这些信息是行前三天才报出的，这么快就印好了，承办学校是够尽心的。只是，在"民族"一栏，我的信息填了"苗"。哈哈，这么快就"苗化"了，不知是谁的"臆测"。

会场外的走廊，满是六盘水市民族中学的介绍展板，有学校总体介绍的，有各教研组的。看他们语文组的情况，学历、职称、成果等都还平平。只是，他们为了这次会议能如此精心准备，我还是被感动了的。

两天的议程，主要由两部分组成：一是三个主题讲座，一是贵州省五个学校的办学经验介绍。前者,邀请了江苏省靖江高级中学陈国祥校长(《精神·视野·情怀:校长非权力影响力的三维构建》)、山东省青岛第二中学孙先亮校长(《超越自我的追求》)和上海真爱梦想公益基金会培训总顾问刘国俊教授(《改变思维,面向未来》)。

每一会议单元,均按议程准点举行。会场纪律极好,聆听、笔记、拍幻灯片上的呈现,一个个都很专注,没有人随意走动、聊天、打瞌睡。于我,这省级的讲座、安静的会风,也算是享受了的。

作为一位贵州教育的匆匆行者,我打内心里期待,贵州省的教育,特别是少数民族的教育,能有聆听之后的理性反思、本土构建与扎实前行。下面三句讲座人ppt上呈现的文字,我以为是对贵州教育的真诚指点:

> 坚守,不屑任何形式主义的打造。坚守不是墨守成规,我们坚守理想,就是要在传承中坚守,坚守中创造。(陈国祥)

> 一所好的学校不应当规定别人的发展道路,而应该是一个能够让教师和学生实现梦想的地方。(孙先亮转引[美]罗兰·巴特《如何提升学校的内力》语)

> 如果你做事的方法与以前一样,那么得到的结果一定与以前一样。(刘国俊引犹太谚语)

这一次与会,满足了我的好奇心,也让我看到了贵州教育人"后发赶超"的可能。一个字:值!(记此浙华,9月26日12:00)

110　他,闯劲无限

高中毕业,没有考上大学,于是做一些贩卖小鱼小虾的事儿。八十年代初,他这行当叫个体户。他说,他很讨厌收税的,好不容易赚几个子儿,就被收走了一个两个。

公职人员招考,他当上了税务员,吃了公家饭。步步高升,成为乡镇税务所的负责人,后来从乡镇调到县城,还是税务系统负责人。

因为打五角钱的麻将,他被领导约谈。虽没有什么惩处,他感觉窝得慌。于是,他调查贵州省哪儿最开放。最后,他径直奔赴千里外的城市。

因为面试,他见到了县委书记。三言两语,老书记感觉这小伙子脑子好使,给了他两张公文纸。他,三下五除二,不半小时,刷刷地写了个满。

待他回到偏远的小县城不几日,商调函来了。小县城的领导着急了,要留他。他说,开弓没有回头箭。他,独自一人,闯进一个人生地不熟的所在。

有一回,与同事在街道上执行公务。有美女袅娜着从眼前飘过,他的目光被吸引了,问:这是谁家美女? 同事道:县委书记的。

打听了美女住处,就找上门去了。开门的问,你找谁? 他说,我找谁。你怎么认识她? 她让我来的。一问二答,门里走出了面试他的县委书记,将他让进了门。县委书记说,见到你的那一刻,我就知道我的女婿该是你。

这样,这位县委书记就成为他的岳父,开门的就成为他的岳母。

他,一米八的个儿,穿一件深色的夹克,挽着袖子,神采飞扬说着他的故事。知道我们来支教,又是在他的高中母校,频频敬我们酒,他自己也爽快地喝。他说,这是他的私酒私宴!

高中毕业,没有能考上大学,这是遗憾。但托国家的福,通过断续的脱产学习,一路完成了中专、大专、本科的学习。树高不忘根,每次回到老家的高中母校,他总要让司机停车。下得车,站在校门口,三鞠躬!

他说,回报,这是人的良心。为此,他曾几次回老家的税务局,义务培训税务干部。他说,几年下来,老家的税务工作大步发展着。

后来,话头就停在老家的高中教育上了:应该开设各类学生喜欢的社团,举办辅优补差的班,要让青年学生看到学习的广阔天地,而不仅仅是课本、作业和考试……

是司机小王送我们回酒店的。小王说,下属都很"怕"他,但又很"敬"他,工作上,他严要求、强管理;生活上,他关怀下属,同情弱者。强将底下无弱兵,我发现小王,一个年轻的小伙,也了得。

搜索枯肠,似乎从未与税务干部有过接触。两三小时的酒来杯往,让我大开眼界,见识了传奇的他,情义满怀的他,闯劲无限的他。见面多天了,时不时想,贵州的教育,要有他的闯劲该多好啊。(记此浙华,9月26日15:00)

111　韭菜坪之行

　　贵州省最高峰叫韭菜坪。韭菜坪在六盘水大湾镇,离六盘水市60公里,沿途需经水城、威宁两县的地界,是六盘水市的一块"飞地"。

　　去韭菜坪的路并不好走,我们的别克轿车,需要小心翼翼才是。然而风景不赖。时当秋日,阳光从厚厚的云层中漫射。山峦起伏,缓坡连绵。坡上坡下,草地黄牛,间着庄稼地儿。地儿多玉米,杆儿已是枯黄。时有农人背着云贵常见的背篓,满筐的金黄,沉甸甸的收获。躺在坡上树下的房屋,外墙一律粉白,侧墙都有彝族风情的水彩画。整一个画面,宁静而美。

　　上山的路,弯多而急,路面还是很平整的,陡坡的外侧,有黄黑两色相间的水泥护墙。看得出,政府是花了代价的。一路抬升,到得一个垭口,远处迎面坡上用树栽种出的"韭菜坪"三字映入眼帘。这一笔风景,很是大气。在贵州行走多地,这样的人工大气,似乎还是第一次撞见。

　　韭菜坪景区入口,不是大片的野韭菜,而是一片白石林。这石林,许是将石间的土扒拉后的作品。景区入口处的建筑,在一片高而陡的坡上,层叠而上。拾级而上,是一片铺了水泥的平台,有简易的大红遮阳遮雨食摊,以青翠的山野作背景,也是一道风景。

　　平台的高处,便是大片的高山草场,野生的韭菜,有开花的,有打着花蕾的。先是稀稀疏疏的,往上走不几步,成片的韭菜花儿,在迷蒙的雾气中绽放。这儿的韭菜,叫多星韭菜。每一颗"星",都是六条飘带,均匀从似绿豆还小的中心底部飘出,绿豆之上还不忘插上粉嫩的两三玉簪。"星"与"星"以飘带相触,几十颗"星"组合成一个圆形的花球。其实,每一颗星已然惊艳,而几十颗星构成的圆球,那便是若天仙玉手相牵下得凡间了。

　　啊,上帝啊,你何时遗落你的尤物,在这贵州屋脊的草甸子上?遗落的她们,失去你的规矩,在草甸上四处狂奔,脸色都变得紫红了。那一刻,我们进入了梦幻,想在那儿躺一会儿。不意景区巡山人的手提喇叭响起,硬生生将我们从梦幻中叫醒!

　　沿着缓陡、宽狭顺随山势的步道,上行再上行,雾气越浓,风儿越劲。峰顶有一高出人头的三角巨石,正中"韭菜坪"三个大字,左有"乌蒙之巅,贵州屋脊",右有"海拔 2900.6 米"的小字。五岳之尊泰山主峰(玉皇顶)的海拔是 1545 米,这不,高出近一倍呢。

贵州十大名山,乌蒙必列其中。晴日之下,在乌蒙之巅,可远眺近观。我们也幸,山顶无以远眺,然从主峰下到景区口,即可享受"一览众山小"的豪情。毛泽东《七律·长征》有"五岭逶迤腾细浪,乌蒙磅礴走泥丸"的对句。怎个"走泥丸"?或有多种说解,以我实地观之,当是山峰如泥丸点点。泥丸点点者,喀斯特地貌之孤峰点点也。真佩服了诗人的毛泽东!

韭菜坪分大、小韭菜坪。或曰"大韭菜坪最美,小韭菜坪最高"。我们去的是小韭菜坪,景区集高山草场、石林溶洞、彝族风情为一体。

匆匆登临的我,回到支教地,做了《贵州最高峰——韭菜坪》的 ppt,在中秋的前一晚,与杭州的亲友分享。杭州四中语文教坛新锐刘群杰老师赋诗一首,贴在了"莫银火工作室"的 QQ 群里了:

> 曾登云南玉龙山,至今才知六盘水。
> 险峰因有白石在,清溪缘得古风存。
> 农妪老树玉米地,盘山公路黄牛村。
> 天地三人大境界,满山韭花入梦魂。

"天地三人大境界"是不敢当的,但真喜欢其对 ppt 图片的诗意描述,特别喜欢末句"满山韭花入梦魂"。想有一天,我会梦回草场,静静躺在韭菜花丛,看轻云在天上缓缓行走。(记此浙华,9 月 26 日 17:00)

112　温州商会的林先生

上学期临结束,同来支教的李亮老师给我说,找 12 位寒门学子,有人要资助。我有些惊讶,哪来的人物,这么大手笔啊。

后来,就见到了他,黔东南州温州商会的副会长,林宏孝先生。70 后,一米八的个头,快人快语。9 月 14 日,他越野车的后座,装满了商会爱心人士捐赠的衣物。我随车送到了台江县的番省小学。

从县城老大桥上坡,越过台江民中的后背,翻过一个垭口,一路下坡,在谷底走四五公里,再一段小上坡,便是番省。也就半小时的行程,我们一路轻快地交谈。知道他是温州乐清人，要资助12名学生的，就是他。

一到番省小学，林宏孝先生亲自卸下捐赠物品，展示了温州商人的勤勉风采。几乎不需要什么客套，卸完捐赠品，他就查看校园，主动向吴志杰校长询问办学的困难。吴校长有些犹豫地提出，学校缺体育器材。

于是，我作为"中间人"，给吴校长说，你开个清单吧，我来协调。从番省回台江县城，我与他聊起体育器材的事。他依然很爽快，"你将清单转过来，我们商会来采购资助吧。"

过了一周，他告诉我，体育器材已采购。再过一周，他的越野车又一次出现在番省小学的校园。这一回，送的就是吴校长请求的体育用品。依然风风火火，停车，下车，开后备箱，动手搬那三大纸箱。

我让他一旁歇歇，让跟随我们而去的第二批支教领队熊春晖老师打开纸箱，与吴校长一起核对捐赠清单，并让吴校长签收。这批物品包括：小山羊2付、体育垫4块、篮球10个、羽毛球拍10付、羽毛球5筒、排球网1付、排球10个、足球5个、秒表4块、哨笛5只。

来去台江县城与番省的车上，我们聊得比第一次还多。他说，这批体育用品，是她妹妹捐的。从他的话里知道，其实她妹妹家也并不富裕，妹夫早年车祸去世，有一度还申请过低保金呢。

回台江县城后，他提出要见一见已经资助的4位困难学生。这下，我又知道，4位中有3位是他自己捐助的，有一位是他朋友捐助的。他特别强调，最想见的是朋友捐助的，要给朋友一个稳妥的交代。

于是，他在我的办公室，见了其中的一位，另三位下课不知去哪了。他与那位受助对象的交谈，不再是快人快语，而是和风细雨："冬天的棉被有吗？需要些什么？尽管说啊……"

他，现在是黔东南州鸿昊商贸有限责任公司的董事长。都说"为富不仁"，但我却分明窥见了他的仁爱之心，多年来，他曾资助广西、贵州多名贫困学子。近年来，又积极组织温州商会的爱心人士开展帮扶活动。

老实说，为了"苗岭"的发展也罢，为了结识一位仁爱的商人也罢，我感觉认识林宏孝先生是幸运的。（记此民中办公室，9月29日19:20）

113 顶代课的日子

同在台江支教的苏莉萍老师,因为新婚,这国庆前后,就由我来代课。她是第二批赴台江支教的,教高一,我教高二。尽管不同年级,但感觉高一的内容刚上过,备课俭省很多,近来的体力和精力也还行。要不,她的教学进度将拖延,也会让她所在教学班的其他老师忙乱无措的。

这顶代课的日子,是辛苦的,也是快乐的。

这不,国庆前的四天,每天上午四节课,感觉还行。但是,我得坐着上课,否则双腿就有些僵僵的。国庆后的顶代课,又过去了四天。毕竟年龄不饶人,这一回感觉有些累了。其实,我顶代的,不独是苏老师课表上的正课,还有早、晚自修。自然,我自己任教班级的早、晚自修也得去,且不能与苏老师的相重。这已过的八天,每天上午四节课,下午便批改作业、备课,晚上是隔三岔五的晚自修辅导。如此,每天的工作强度,就不是已过知天命之年的我所能轻松应付的。

幸而,这顶代课也是快乐的。快乐的一头,是因着能为同事扛一些活儿。苏老师的婚宴,似乎都是以她为主操办的。她和男方各一场在家里办的宴席,一个小女子能扛起来,着实不易。同为支教老师的我,替她的课,让她能静心操办婚事,我想,于她,于我,都是快乐的事。

另一头的快乐,是苏老师的学生,高一(4)(5)两班80多位学生带给我的。开始的一两节课,学生似乎不习惯我的教学,颇有些紧张的。《记念刘和珍君》一课,用了三个多课时,课堂推进并不顺畅。

大约是国庆前的最后一节课,我应高一(5)班谢明露班主任的要求,给两个班学生说了课外阅读,将我在余高研发的"推荐书目"介绍给了学生。也许是我的"潇洒"介绍,国庆回来与他们课堂相遇,学生在课堂便"活跃"了很多,特别是被任课老师认定为比较沉闷的(5)班,那个"活跃",远出乎我的意料。

有一回,我和他们的任课老师撞课了。我识趣地从这个班退了出来,又去另一个班,结果还是撞课。谁知两班学生,都大声地嚷着"上语文课",也不担心其他任课老师的情绪。嘿,于我的小心眼,则明显感觉到,他们接纳了我。我仅仅是顶代课,能享受这份恩遇,真个是种快乐!

"新娘子,你订了何时回台江的票? 嘿,不是催你,只便于我安排教学内容。新婚快乐!"这是我今天下午给苏老师的微信。她告诉我,她将于16日返回。如此,我还可给她可爱的学生再上5节课。掐指算来,我能完成必修一第三、四单元,进度是没有问题了。(记此浙华,10月11日18:40)

114　幸福的"苗岭"

"苗岭",是这一回来台江支教的副产品。尽管是副产品,它带给我的幸福感受,实在不逊于"正事儿"——教学!

这种幸福感受,是随"苗岭"的每一细小动作而行的。

"苗岭民间助学"QQ群的成员,每增加一人,我都欣喜不已。昨天,又一位新成员加入,我禁不住回复:欢迎若惜加入苗岭,您是第99位群友! 带着欣喜,又萌萌地期待第100位群成员。不知哪位爱心人士会成为"苗岭"的第100位。我傻傻地想,我是否该为他/她准备一份"薄礼"。

"苗岭"在等待这学期国家助学金事儿的结束,以便开始第四次"一对一"助学行动。这等待的间隙,是"苗岭"的淡季。然而,淡季并不寂寞。

这不,余杭高级中学邵慧俐老师寄来冬衣,我让四位学生来挑自己喜欢的,用手机拍了那小场面,发到群里。邵老师在群里给了回复:"哦,非常感谢林荣凑老师和红十字会杨会长! 在你们的大力帮助下,我才得以做好了这件事。"她在QQ"私聊"却道:"林老,看了你拍的照片我感觉还是捐少了。因早先我和你联系时你说这个事以后再说,后来六月份时恰巧我们社区有党员捐衣物活动,我就去捐掉了一些,就剩下了厚重的冬衣了。"

她做了好事,还带着歉意,这就是爱心,可贵啊。我回复道"多少无碍,这几件衣服,学生很喜欢,我看了很开心哈",这是真的。

正与邵老师聊的时候,余杭五院沈连相副院长登录了:"林校长,我们准备在医院成立余杭区医路公益第五人民医院分中心的当天,发起一个为贵州贫困儿童家庭捐赠过冬衣服的活动,你看是否合适? 根据你的观察,当地最需要的捐赠是什么? 另外图书和文体活动用品是否需要?"

台江红会杨千慧副会长接了招"据我了解非常需要"。因为个中的情况比较

复杂,通过"私聊",我们聊了很多,我这方面的意见主要有:

> 捐助事儿,分两类:一是捐钱,这最简单,一对一的资助;二是捐物,衣物、图书、文体用品都可以。只是,捐(旧)衣物,最要慎重,必须确保卫生。现在,台江民政局不收旧衣物,因为有过污染事件。

> 捐钱的事,一是"苗岭"平台,主要捐助台江民中困难学生的;二是台江红会与余杭红会,捐助对象为区江县全县困难学生。两个平台,都会适时公布受助学生情况,爱心人士从中选择即可。

> 捐物,一般先有捐助物,然后由两个平台联系台江各校。建议与红会联系比较好,他们的面广,且是专业操作! 台江红会,我去过了,也见杨会长多次,好人!!!

最后,我提议他能在我支教期内来一趟台江。他也很想,只是要看时间。后来,他提到刚接待了一位戒毒后留下心理问题的病人,是在临平打工的凯里人。我道:"哦,我们在台江的帮扶,从某个角度,就是为了减少这类事情。"沈院道:"你我不谋而合!"

沈副院长,我是多年前在余杭 12355 热线当咨询员时认识他的。那时,他在余杭卫生局工作,不知道何时调余杭第五人民医院做领导了。他牵头组织余杭区医路公益第五人民医院分中心,将受惠于贵州台江,因着"苗岭"的平台,于我也算是"苗岭"的幸福啊。(记此浙华,10 月 11 日 19:40)

115　课题研究跟踪两年

借着台江民中教师申报贵州省教科研课题之便,我提议设立校级课题,引导教师走入教育科研。为这事儿,让教科处业已退休而返聘的张忠豪老师开设课题申报的指导讲座。我自己则作为副手,设计了台江民中的课题申报表,为张老师的讲座配发文字资料,印刷下发。

可惜,张老师讲座那天,我去六盘水参加校长会议。回来后,我浏览了张老师的讲座 ppt,并教师提交的课题申报材料(31 个课题,其中 13 个申报省级)。无论是申报的课题数,还是填报的格式规范、内容完整性、表述清晰性,都显示了民中教师积极参与教科研的态度、行为。

当然,也存在问题。比如,课题的名称不规范,"中学化学基础性小测有效性的研究"缺少"研究方法"的元素,"高脚竞速体能训练方法浅析",将论文题目作为课题名称。在核心概念的操作性定义表述上,无一份是规范的,或写"为什么研究",或写"研究目标",或者采用抽象性定义等。"研究指向与内容"一栏的填写,则详略不当,将"研究方法"作为重点絮叨,而未能将"研究内容"细加拆分。

这些问题的存在,将极大影响课题的后续研究。我的支教期仅有四月,对此我是睁一只眼闭一只眼,还是当回事儿认真对待?看课题材料时,我是有过犹豫的。选择前一种态度,也无人会批评我,毕竟我来台江,没有人要求我做教师专业发展的事儿。选择后一种态度,我势必要管很多,比如修改课题,课题研究,课题结题……

犹豫是短暂的,很快我就下了决定,跟踪这些课题两年。自然,行动当从修改课题申报表开始。就这31份申报表做讲评,让课题申报人修改,有个别指导、小组讨论、集体讲座等方式。哪种方式最有效率呢?我犹豫再三,最后还是选择先做集体讲座——讲评课题申报情况,后作个别指导。毕竟,教师已有一定的基础,讲评后可自悟,自悟有困难,可以面询和网络交流。

这些思考的结果,便有了《申报课题的讲评》的讲座ppt,建立一个QQ群(民中科研287461378)以供交流,告知我的邮箱便于联系,等等。在讲座上,我主动提出"跟踪两年"(当然我不敢自负说"指导两年")。

"用课题凝聚常态性问题,引导教师做反思型教师,鼓励开展小课题研究,营造合作研究的氛围。"这是我对民中教师、教研组的期望,写在了ppt的最后,真心希望民中老师认同、践行。(记此民中办公室,10月13日18:50)

116 三门塘

三门塘,是一个侗寨,在天柱县,清水江边。

随刘宗华校长去天柱参加天柱民中百年校庆,同行的还有去天柱二中教研活动的高三生物、化学老师。办正事儿的空隙,就去了三门塘。

车出天柱县城东行,走的是县道,坑洼不少。过远口大桥后,公路沿着清水江南岸上行。因为下游建了白市水电站,这一段的清水江更像浙江的千岛湖。秋阳已将江面的薄雾驱散,对岸散落的侗族民居,缓坡起伏初染秋意的青山,倒影在蓝汪汪的江面上,岸上水中都是风景。就在我静静欣赏风景的当儿,一段砌石整齐的河岸,河岸上一片靓丽的建筑跳入眼中,车行迅速,但我还是拍了照。五分钟后,我便知道,那就是三门塘了。

三门塘是侗族四十八寨之一。这寨名儿,有两种说法,一说从湖南迁入的严、谢、王三姓,各立门户;一说寨中东、西、南三面各立有寨门。我以为,两说可并存,如今寨中有19姓,但最早落户于此的,大概还是那三姓。北依青山,南濒清水江,这北面的寨门是用不着的。

三门塘,自明朝开始就是清水江上重要的木材交易码头。天柱盛产的杉木,就是从这儿起排下放,出贵州进入湖南沅水,再到长江中下游的。而今寨内保存完好的28幢古建筑,有多半与木商有关,可以想见当年的繁荣。为我们做导游的村主任,一口贵州方言(西南官话),我难得听懂几句,但走在寨中的青石板巷子里,停停看看那具有徽派特色的建筑,特别是那构思巧妙的门墙防盗设计,也能屡屡惹我惊讶的。

我们的车是从西寨门进入的。一下车,不远处便是一座家祠,很是气派。走近一瞧,是王氏太原祠。不明白"太原"何意,墙上的文字介绍却告诉你,这一家祠始建于乾隆年间,后毁于战火,光绪三十四年(1908年)重建,占地面积430平方米。外墙用青砖砌成,白灰勾缝。白粉刷的墙体上,用水墨画绘制各种花卉,色彩清丽淡雅。

太原祠已让我惊讶了,然而相隔百米的刘氏宗祠,则不独是惊讶,而是驻足良久了。我到过江西婺源,看过不少的家祠,曾惊讶于徽州文化区家族文化的发达。实在没有想到,贵州这个西部省份,天柱这个我原以为没有什么旅游资源的所在,有这么精致宏大的祠堂建筑。

刘氏宗祠占地250平方米,始建于清乾隆初年,民国中期重新修葺。我们是从祠堂后背转向正面的。从后背看,高耸的山墙,起伏的墙脊,已显示出与周围建筑颇不一般的气势。转至右侧面,你的眼前便是一片亮闪。转至正面,你便只有瞪大眼睛了:刘氏宗祠,如同一座水晶宫殿,在阳光下,在你的眼里,发亮发光,辉煌壮丽!

宗祠大门没开,但三面可以细细地欣赏。正面、侧面墙上,布满人物、花草、禽兽等各式泥塑和水墨画,不但有龙、凤、麒麟及各种花草鱼虫,还有历史人物。不论是画是塑,均惟妙惟肖,逼真传神。大门上方,雕塑一只展翅飞翔的鹰,两根高耸的墙柱,对称地塑有44个拉丁字母。一面彩塑的时钟,把时间定格在早上九时十二分这个充满晨曦的时刻。

从外观看,这是一座西洋风格的建筑,但从天柱民中获取的《天柱民族建筑博览》一书告诉我,祠堂正殿和两个厢房,均为木质结构的中国传统建筑。如此保存完好,集中、西建筑风格为一体的建筑,是清水江流域绝无仅有的,列为全国重点文物保护单位,当之无愧! 我并未去过澳门的大三巴。我猜想,要是将两座建筑搁在一块儿,大三巴是要逊色几分的。

三门塘还有许多名人故居,如今都还住着人家。这些名人,恕我孤陋寡闻,无一知晓。其中有"王泽寰故居",门旁介绍曰:

> 王泽寰,字济民,曾任北伐名将、国民革命军第十军军长王天培部军需官。善丹青,为天柱县五大画家之一。解甲归家后帮助乡亲调解矛盾,名声响亮,县里特许开"八字门"。

王天培(1888－1927)的名字,天柱民中百年著名校友的第一人。我也是在天柱民中的校史陈列室首次看到的。要不是这一趟天柱之行,我还真不知道天柱民中有百年的校史,不知道大山连绵的贵州如此有壮观的宗祠,更无以见识与苗族一样热情豪爽的侗族朋友。(记此浙华,10 月 17 日 23:00)

117　斯人已去

从天柱回台江,匆匆晚饭,便匆匆赶往唐忠平副校长家,吊唁去了。

得悉他去世是 16 日赴天柱的车上。我与刘宗华校长一车,10:25 分,刘校接了唐校爱人欧老师的电话。搁下电话,刘校说,唐校走了。

一车的人唏嘘,太年轻了,50 周岁的生日刚过啊。然而,无力回天啊。食道癌,去年年底在贵州省人民医院(他们习惯叫"省医")动的手术。上半年,手术后唐校戴上帽子,几次出现在校园里,感觉大风就可以吹倒他。病魔无情啊。曾几何时,首次见面座谈会,他给我的印象是短小精悍,说话儿中气十足的。

我与他在同一楼层,办公室的门斜对着。他是负责德育这线的,我则与负责行政的李校对坐办公。时不时的,唐校会到我们办公室,记忆中他会像学生那样敲敲门。走近我的桌子,喊声"老哥",话音未落,便会递上一支烟,紧跟着便是掏出火机要给我点烟。

　　我不习惯于在办公室抽烟，后来他就在门口喊："老哥，出来抽烟咯。"他是音乐老师，那声音极好。他的烟瘾似乎比我还大。于是，在走廊东头的"吸烟处"，我们两人抽上了，也侃上了。

　　只是，这样的日子过了似乎不到三个月，他给我说，喉咙里似乎堵了什么，抽烟不舒服。我说，抓紧去检查检查，没事最好。

　　竟然有事了，先说是良性的，但还是要手术。手术在我寒假回杭前几天。我因为赶姨姐的事，学校派车送我到贵阳龙洞堡机场。在近贵阳的小碧服务区，看登机时间还早，我和送我的刘康司机说，你知道省医的位置么，要不远，咱们去看看唐校。小刘说："好啊，我也长久没有来贵阳了，好不容易来一次，去看看。"然而，电话一直没通。

　　未能在省医见唐校的我，却在一个半月前（8月30日），在凯里医院见到了他。那次去凯里，一则就去看唐校，二则去接暑假后回程的李亮老师。在贵阳医学院第二附属医院的门前，买了花篮和牛奶，在病房见着他时，他显得很高兴，但我即时想到了"风烛残年"这词。幸而，那时他的言语还流畅，行动还方便。

　　那一次，见到了他的爱人欧老师，还见到了他在上海读大三的女儿。欧老师说，余杭的老师真好，都几次看望了。我当时有些迷糊，后来想起，寒假后，我送了一只煲汤的锅，是让李校送他家去的。欧老师似乎就算我看望了一次。聊了一个小时，我怕影响病人休息，告辞出来，他执意让女儿送我到医院门口："成斯，送送林伯伯。"他将"伯伯"念成 bǎibǎi。

　　他是离世前三天转到台江医院的，不能言语，也不能进食。学校的同事，都第一时间去看他了。唐校离世前的一晚，我、老魏，还有新来支教的老吕，已走到住院部的楼下，但犹豫再三，没有上楼。怕影响他和陪护他的爱人休息。不意这一犹豫，在凯里医院的分别，就成为永诀。

　　他的家在小城之东，台江汽车站的后背。他家房子的小弄内，尽是一桌桌的麻将。在台江，我愿这是第一次也是最后一次参加丧礼。见到了欧老师，也见到了他的女儿。他的女儿是与他父亲一起回台江的，我还以为她今天才从上海的松江校区赶回的。她在上海的重点大学读法学。

　　斯人已去，只愿他一路走好！（记此浙华，10月18日7:10）

118 "苗岭"QQ群拥有100名成员

热烈祝贺北京东方国际教育研究院副院长、中国心理学会常务理事、中国青少年研究中心委员、享受国务院特殊津贴……的张秀云教授成为"苗岭民间助学"QQ群第100位成员！！！

2015年10月19日,10:55,在台江民中的办公室,在我自己创建的"苗岭民间助学"群里,发布了这一消息。

群内成员余高庞仁甫老师、信达学校吴敏老师、泰顺苏雪莲女士,都在群内用"表情"或文字表达祝贺！

谁将是第100为位员？这是我期待的。之前一周,窗口跳出"申请加入群"的提示,嘿,看这名字很是熟悉,一查果然是台江民中一位正受助的学生。自然,我拒绝了她,也说明了理由。她远不是被我拒绝的第一位。所以如此,是担心正受助的学生受QQ的干扰。

凡事都讲机缘。邀请张秀云老师来台江,是李亮老师暑假后回台江时的提议,进入操作后,我也只是基于师德师风讲座、感恩励志演讲等的考虑,从未将"苗岭"与"张秀云教授"勾连起来考虑过。

我是18日到贵阳龙洞堡机场接了张教授,然后带她到西江千户苗寨游览了两小时的。其间,用相机拍了些照片,当晚就导到电脑中。次日课间,因为聘书中张教授头衔的事,用微信联系了她。之后她留言"有空把你照的照片发给我",我便冒昧地回复:"您上QQ吗？'苗岭民间助学'的群号为451473274,您马上加入,可成为第100位成员。照片嗣后发微信或QQ。"

张教授爽快地答应了！在我发出"热烈祝贺"这条信息后,她在微信里也祝贺自己:"祝贺成为支教团队100号！"还连发9张图片表情:"敬礼""太好了,真棒！""哇！真的啊！""给力""加油""我们一起努力"等等。

我也一时兴起,在QQ群里直发两条留言:

张秀云教授昨日抵达台江,开启"苗岭民间助学"的知识助学之旅,预祝张教授在台江的支教助学活动圆满顺利！

"苗岭"将以此为契机,探索"苗岭民间助学"知识助学之路,期待各路爱心人士群策群力！中西部的孩子，也是中国的！

余高特级教师庞仁甫老师，也倾情表达："经历过黑暗的人知道阳光的温暖，经受过饥饿的人知道食物的珍贵。……个别人富有，个别地区富有，不是真正的富有。"

我向不善于赞人，也禁不住回复庞特："庞特所言极是，'苗岭'的爱心人士正为中西部均衡发展尽力，尽管绵薄，但依然是一种极为可贵的力量！"

距离2015年4月12日——"苗岭"QQ群建立的日子，是6个月零7天。谨慎的接纳，默默的呵护，迎来本群第100位成员。嗨，我还来不及考虑"薄礼"呢，权以该记事代之。（记此浙华，10月20日7:40）

119　要了五分钟发言

应邀参加"台江县2015基础教育质量分析会"，会议在县政协大会议室举行。龙峰局长主持会议，议程有杨再成副局长做全县质量分析、刘龙书记通报秋季开学检查结果、李凤华副县长讲话、龙峰局长总结。

大约是李县讲话时，我心潮澎湃，刷刷地就在记录本上写下只言片语。16:47分，此时龙局正做总结，我给刘龙书记发短信"能否给我5分钟发言"，不见回复；16:51又给杨局长同样的短信，又不见回复。

谁知，刘龙书记外出片刻回来，恰逢龙局总结结束，两人倾身交谈，我知道是我请求的事。大约不过20秒，刘书记跷起大拇指，用眼神招呼我上主席台，我便带了记录本从容地上去了。

下面是我的发言，字句不做什么修饰：

各位好！我们首批来台江的余杭老师，到明天是14个整月，离开支教结束只有三个月了。有幸参加这个会议，我要了5分钟，谈五点感想。

第一，早就听杨局说过质量分析的事，今天亲历现场，深感台江教育人明白"评价是杠杆"之理。只希望各校能在会后做到三个方面：成绩问题明，措施方法当，权责奖惩清。"清"就是领导清楚，教师也清楚。

第二，听秋季开学检查通报，深知学校无小事，事事当谨慎。做了台江民中刘宗华校长一年多的校长助理，切身感受刘校长工作的艰苦。

第三，听李县、龙局讲话，联想到这一年多与咸书记、李县长、教育局班子成员的交往,深觉他们都是明白人,不做糊涂事。只是觉得,教育是合作的事业,他们需要在座各位的支持、落实。

第四,有四句话与各位共勉:教育情怀——需要有这种情怀来经营咱们台江的教育;实干精神——反对形式主义的作为乃至不作为;主动探索——主动有比被动应付更多的快乐体验;问题意识——好的学校,不是没有问题的学校,而是能正确认识、分析并解决问题的学校。

第五,表达我的敬意。有幸两度列席台江的教师节表彰会,聆听两位校长、四位教师的发言,深为感动。在民中工作期间,又得知诸多班主任以自己微薄的工资帮助学生。我曾在一篇文章中写道,中西部教师是平凡而伟大的,是他们托起了中国教育均衡化发展的大半个蓝天,在座的各位乡镇分管教育的领导和校长,请接受我由衷的敬意。

支教期满,我将会把支教的经历成书,届时赠送台江同行,以表达我对台江百姓和台江教育人的谢意。

参加会议的大约不到两百人,掌声不算热烈。但在我,拥有这宝贵的5分钟表达一个支教者的心声,足矣。归途,第二批支教的领队熊春晖老师几次说:"太棒了。"其实,我走下主席台时,他就夸了我的。席间,刘书记告诉我:"讲得很好,肺腑之言啊。龙局当时给我说,5分钟多点也没有关系的。"我们约定,将即兴讲话稿整理成文字发给局办。(记此浙华,10月23日21:45)

120　张教授离开后的忙碌

张秀云教授23日离开后,我一直在忙碌教授此行留下的事:整理照片,制作ppt通报,收发教授发来的材料,并就网络教学、传统美德、播音主持等后期教授要做的事,与各方交接。

这一天,拟写了《"苗岭飞歌"活动设想》,印发给有关人员:

"苗岭飞歌"的成员以台江民族中学播音站学生为主体,包括县城各中学的播音主持编导爱好者,旨在丰富校园文化、培育传媒文化人才。

【首席指导】张秀云教授

【指导教师】杨玲老师、杨宗杭老师

【学生联络人】杨金卉、潘鑫媛

【成员】王朝君　余霜玲　张天蓝　杨亚芳　杨杰　杨金卉　杨胜英　杨磊　邰伟　周敏洁　欧月　欧佳佳　唐娜娜　董欣妍　潘鑫媛

【活动设想】

一、建立模拟电视台

1. 安排一个场地,设计、布置一个背景;

2. 添置一台摄像机、一台台式电脑;

3. 若干桌椅。

二、定期活动

1. 一般每周安排一次活动,可利用学校规定的社团活动时间;

2. 活动应提前通知指导教师、组织成员;

3. 做好文字、影像记录。

三、"苗岭飞歌"群

1. 作为资源库,上传下载音频训练材料等;

2. 作为信息发布处,联络指导教师和成员。

其他未尽事宜,祈望群策群力。

这是上午的事。从未如此高效,下午,刘校就告诉我好消息,我一时高兴,将消息贴于"苗岭飞歌"的QQ群内:

各位好!民中刘校长已同意,将原五楼的团委办公室作为模拟电视台活动场地,有关场地的布置我已交付团委书记杨宗杭老师。

张教授的播音教材,放在"文件"里,需要打印、使用的,自己处理。因为版权是张教授的,使用时注意保护哈。

兴奋之情溢于言表。然而,这一天,我却不意想起柳宗元的《蝜蝂传》。蝜蝂(fùbǎn),《尔雅》中记载的一种黑色小虫,背部隆起部分可负物。柳宗元据此演绎为一个寓言作品,以讽刺聚敛资财、贪婪成性的官僚。

报名来台江,无有他图,仅为台江做点教学的事。我知道,我的身体并不允许我像过去那么"拼命三郎",亲友也屡屡劝我注意身体。我怎么也不会知道,会给我一个"校长助理"(20年前就曾做过),且自己居然像蝜蝂,将事儿不断往自己身上搁。如今,那个辛苦,知我者也多,我的爱人算是一个。你瞧,昨天早上给爱人发了《张教授台江之行》ppt,她回复:"很不错,很有成就感吧,能为台江做点事,也不枉此行支教的辛苦了。"

张教授在 QQ 里多次回复了"辛苦了"之类的。其实,张教授如同神人,这不,刚才她留言"林校,我去实验中学上播音主持课刚回,晚上是中远播音主持课,这几天辛苦你了"。我只道"您要保重,这课太多了。敬佩!"

哦,对了,下午,我在 QQ 上给教授留了言:"张教授辛苦啊。在台江还有三个月,有关播音主持、网络教学、传统美德的,我只能搭把手,更多更多的,还是需要台江的师生努力啦!"

这是我想到蟪蛄时给自己的定位。台江有许多可做之事,但我确乎"只能搭把手",这是实话。(记此民中办公室,10 月 27 日 19:25)

121　荔波之行纪略

荔波,贵州黔南布依族苗族自治州下属一县,与广西接壤。2007 年云贵之行,我是安排了荔波之行的。人已到黔南州的州府都匀,在火车站徘徊再三,终因交通不便而怅然离开。

从黔东南州首府凯里到荔波,坐汽车也就三小时,其中 2/3 走的不是高速。一出荔波汽车站,但见高耸的行道树,一律是棕榈科植物。荔波不是贵州省纬度最低的所在,但颇有亚热带的风情了。

匆匆午餐,即赴小七孔而去。小巴司机问明我们的安排,却道下午先游大七孔,明天再去小七孔。在贵州行走,无须设防。我们便在大七孔下了,后来的行程证明,这是最合理的安排。

"水皆缥碧,千丈见底""夹岸高山,皆生寒树",这是吴均描述富春桐庐山水的文字,借用来描述大七孔的水与山,甚恰。用手机拍了几张水的照片,即时传给亲友,他们也一个个都点赞。上海冰如编辑,还说恨不得冲出办公室呢。

大七孔有恐怖峡、天生桥等景点,都在一条峡谷内。那天天晴,亲水之后,便登山——天门坳。虽有梯阶,但我们还是气喘吁吁,后背湿漉漉的。一路上,浆果艳丽,秋花点点,山石丛丛。山野之趣,俯拾皆是。小巴司机说大七孔可玩两小时,我们却用了四小时。

当晚住瑶山古寨,其实古寨的房子没有半点古意。次日小雨淅沥,我们在雨中享受小七孔的风景。小七孔桥、拉雅瀑布、68 级瀑布、水上森林、翠谷瀑布、翠谷湿地、卧龙潭和卧龙瀑布、鸳鸯湖、古莱里花海，我们没有漏过一个景点。小巴司机说四个小时，我们足足用了五个小时，还不过瘾。

水，依然是小七孔最美的。深潭里的水，皆呈艳丽的蓝绿色。同去的老吕，一路行走一路赞叹的，都是水。水是精灵，将小七孔装扮得如同仙子。树在石上长，水在石上流，处处皆景，步步有趣。应景的小雨，更增添了小七孔的美。"翠谷湿地"的栈道，在细雨中闪亮。湿地中的秋林，是小七孔最富秋意的所在，让我想起元明画家笔下的风景。

回荔波县城，去了邓恩铭故居。邓恩铭，荔波人，水族，中共一大的山东代表。贵州偏僻，却有革命之先行者，到此方知。匆匆一过，便赶往黔南州首府都匀住下，次日游览了斗篷山，湖南省第二大河沅江的源头。

风景如人，各有其面。不敢轻易许诺荔波有天下最美的风景。不过，荔波真是美的，大七孔、小七孔美其所美！（记此浙华，11月8日 16:40）

122　会议上的哽咽

离开支教结束只有两个月了，倒计时似乎开始了。

周五，参加高二年级的期中考后分析会。本不打算发言的，但主持人刘泽掌副校长在开始就明确说："这是林校长他们四位专家最后一次参加这样的会议，我们安排他们说说高二教学的意见和建议。"

听各备课组长的发言，感觉明显地比去年细致、认真了。有了"多项细目表"的命题基础，兼之阅卷、分析及参加会议都有明确的要求，就不像去年那样，是即兴直觉的、隔靴搔痒式的言说。特别有几位，能从答题情况与学生基础、教学策略勾连分析，肯定教师、学生的付出，同时揭示进度安排、教学定位上的问题。近十个备课组长发言部分，占了45分钟。

如此，让我又一次体会到，台江民中在默默地改变着。

我的发言，以三个关键词为纲：一是"欣喜"，欣喜于各备课组对期中施考、考后分析的重视，欣喜于分析质量的提升；二是"感谢"，感谢民中的同事，特别是同备课组、同班执教的同事给我们四人的关心爱护；三是"期待"，期待在黔东南州教育三年行动中，本届学生在重点大学的人数上比历届有较大增量。

也许从"感谢"开始,我的表达就有太多的情感因素,说到"期待"更有些语塞。说最后一句——"真心感谢这一年多来各位的关爱,真心期待民中的蒸蒸日上",语调有些沉重,声气有些哽咽。会场第一次出现了掌声。

老魏说到了分析参数的问题,建议引入"模拟一本"的概念;温雅老师说到了高考题型、分值等命题存在的问题。这些问题,我们到的第一个学期,就曾提出过,也为此忙活过。这层意思我没有在会议上再说,我倒是解释了李亮老师今天去黄平做"苗岭民间助学"的事儿,鉴于备课组分析中多次提到"学生怎么怎么"的,又一次强调李亮老师常说的"台江民中学生,学习的主动性很不错",我说:"这里的学生,与我们老师一样的朴实,我们应当视他们为我们的弟妹和孩子……"

这不,我又一次哽咽了,只以摆了摆手作为结束。

"为什么我的眼里常含泪水,因为我对这片土地爱得深沉!"我只能用艾青的诗句,来解释这会议上的哽咽。(记此浙华,11 月 15 日 17:00)

123　未来学校台江示范区

建立未来学校台江示范区,这可能我所见的,台江最迅速的行事了。

是张秀云教授 10 月 18 日来台江的第一两天说起的,张教授未离开台江,台江教育局已与教育部在线教育研究中心达成意向。之后便是紧锣密鼓的筹备,其间,我就会议议程、接待事项略略参与讨论。一个月不到的今天,"未来学校成长计划台江示范区签约授牌仪式"如约举行。

仪式在台江教育局会议室举行。北京方面来了四位:教育部在线教育研究中心外联部主任陈伟,基教部主任、爱学堂教育总裁汪建宏,爱学堂未来学校教育研究院常务副院长刘平,爱学堂创课事业部总经理刘斌。四位客人都很年轻,最长陈伟主任 1993 年清华大学毕业,最年轻刘斌经理是 80 后的。如从泉州赶来参会的张秀云教授所言,羡慕他们年轻。

台江方面,参会的是台江县中心完小以上学校的校长、教导主任和学校信息化管理员,代表县政府出席的是台江县杨胜林副县长,分管安全的,我们第一次见面。分管教育的李凤华副县大约出差了。

原定一天的议程,半天便结束了。议程依次是:签约,授牌,杨副县长致辞,陈伟等北京方面客人讲话,龙峰局长、张秀云教授讲话,播放爱学堂的推介视频,刘斌、刘平做平台使用培训。最后一个议程我未能参与,陪陈伟、汪建宏两位客人去红阳苗寨了。

中餐,是在新搬迁至翁你河边的"张老里"用的。台江方面的陪同者,以其一贯的热辣劲儿,让四位北京的客人兴奋着。两位饭后即经凯里赴贵阳,另两位留下次日离开。晚饭我依然陪同张教授等,得到的消息是,其中三人都醉了,吐了。你瞧,这就是台江!

这个项目的意义,如各位发言人所说,可以让台江三年免费享受国内最好的网络教学资源,有助于学校文化的建设、教师队伍的成长、学生学习方式的转变,缩短与发达地区的差距。作为该项目的见证人,如同今天与会的所有来宾,对示范区和台江未来的教育,有着太多的期许。

同一天,第四批18人受助学生名单公布,一天内9人被认领。爱在台江集聚,台江的明天将会更好!(记此浙华,11月17日21:45)

124　幸福的黔东南相遇

连续一周,参与"莫银火名师工作室"在黔东南的活动,既是东道主,又是参与者,真个不亦乐乎。

22日下午5点多,在凯里高铁南站接上大部队,尽管多位首次见面,却有一见如故的感觉。当晚,在凯里的金泰元酒店,彼此便全熟悉了。此后,先是陪同走朗德,后是在凯里一职、凯里一中、台江民中连续三天的高强度、高密度活动,最后一天(27日)陪同走施洞、镇远。

杜国平、朱红群两位老师,因为要赶株州的全国职教系列赛课,是27日下午在镇远与大家别过的。是日晚8点,在和天大酒店送别莫特等九位。他们两车去凯里住宿,以便第二天8:45乘高铁。我因为身体疲乏不堪,没有送他们到凯里。这一晚,是睡安稳了,但却发现感冒了。

次日7:45,听窗外雨声滴沥,想莫特一行将在雨中前往高铁站,便在微信群里发了"老天以蒙蒙细雨表达缠绵,愿各位归途顺利"。不意获得诸多回馈,如"舍不得阿凑,舍不得凯里"(莫特)、"感谢林老师"(徐雪斌)、"辛苦了,我们会想你的,一定要保重噢"(王虹)、"致敬林老师"(屠立勇)。我不得不再道"感谢莫特及工作室核心成员送教黔东南、慰问支教人,祝愿各位归途顺利,一切安好! 咱们浙江再见"表达感动。

因着这份感动,这周六的上午,便加工了几张合影,然后发到群里,结果收获的,又是一串"感谢林老师",永超更是发了9个跷拇指的QQ表情。然而,那一刻,我只能以"恍如梦境,独守清冷"回复,那是真感觉啊。

28日晚,除在株州的两位,莫特等陆续返家。我则在浙华的居所,强忍着感冒、咳嗽的折磨,在子夜写成给"爱链杭黔"的第三个报道。因为感冒,这一晚睡得很不踏实,屡屡醒来,睡去时却又梦见艰难的改稿。

29日,株州方面传来罗丽华老师获全国赛课一等奖的喜讯,微信群内一片欢腾。这一天,我修改了报道,发给了挂职黔东南的姜永柱秘书长。将我拍摄的照片,逐一分派给浙江、黔东南方面的15人。照例,得到浙江方面的诸多鼓励,王虹老师又一次以"林老师,谢谢,一定要保重身体"回复。

人之相与,俯仰一世。五天多的黔东南相遇,实在是刹那中的刹那。核心组12名成员,许多彼此都是首次线下见面。然而,因着共同的学科背景,彼此都一见如故,相聚甚欢,相离甚难。

为此,略费笔墨,淡笔之中有浓情。(记此浙华,11月29日16:25)

125 编辑了《心随笔动》(第九辑)

11月30日,指导学生为自己的随笔本写前言(或后记)、自荐1~3篇、写一句话随笔写作感悟等"作业"。12月2-3日最后一次批阅台江民中学生的随笔,并择选入集作品。12月4日晚,让学生到学校电脑教室录入。此后,便是紧张的校订、编排,终于在12月9日交付印刷。

选用203篇随笔,近200页的篇幅,这就是自2004年来,我指导学生编选的第九本《心随笔动》。与前几本最大的不同,这本的印刷费全由我掏,至少得五千元吧,前几本我是只贴补零头的。看着学生平时勤勉写作、积极互评的状态,看着学生为结集表现出的激动,一切都是值得的。

下面,是我为《心随笔动》(第九辑)写的后记:

　　来台江，我带来了余杭学生的《心随笔动》结集，为的是鼓励苗疆的孩子也用笔写自己的生活与学习，现实与梦想，欢乐与忧愁。

　　只是，对基础薄弱的苗疆孩子，我给出的要求比余杭学生低点，每周一篇（逢写大作文那一周不写），每篇不少于600字，写后同学两人以上评点再上交。淳朴的他们，便不负所望，一直没有懈怠地写作、交流，这让我很是感动。一年半不到，他们便每人写了近40篇，粗略计算每人2.4万字。2015年12月初，便让每人选自己最得意的1~3篇，我再从中选择结集。

　　在信息技术组杨德泉、姚伦清老师的协助下，学生自己敲打着键盘，一字字地输入电脑。多数同学的动作几近"鸟啄"，但谁也不会怀疑他们的认真。正是因为他们的这份投入，结集时便不敢轻易删去。如此，在全部9辑的《心随笔动》中，这算是页数第二多的了。其实，个中有标点、用词、造句等的诸多问题，但我私意揣测，每一个读这本结集的成人，都不会也不该笑话他们的。

　　感谢缘分，让我和一同来台江的三位老师，得以亲近这些蚩尤的后代。他们的个儿长得结实，心底儿也长得结实。与结实的他们交往，我们都倍感踏实。在与他们的日常交往中，我们感受着师生情感的"原生态"，一如我们之感受台江自然、文化的"原生态"，这是最值得庆幸的。

　　自然，值得庆幸的，还有目睹他们书面表达能力的增长。要是翻看他们个人的随笔本，从第一篇一路看下去，你可以真切感受他们的喜怒哀乐，你还可以触摸到他们表达话语、抒写方式、思维姿态在流畅、灵活、丰富性上的潜滋暗长。这一点，本辑《心随笔动》无以呈现，只能借此机会略做说明。

　　让聪颖的韦志秀同学写序，多才的宋强同学设计封面，开始他们都有些惴惴，但都愉快而顺利地完成了。印刷之事，又劳驾了我余高同事——李建松老师。在此，谨向助力《心随笔动》(第九辑)问世的所有人表示感谢。

午休后，与李建松老师QQ交流了印刷的有关事宜。下午，再一次审读稿子，调整书中部分插图，最后发出定稿，一身轻松，只愿成品能如设计的理想。眼前仿佛见到学生拿到集子时的欢呼场面了。（记此浙华，12月9日12:30）

【补记】2016年1月3日，由我爱人邮寄的5箱250本《心随笔动》到达台江邮局。第一时间赶赴邮局，在台江红会杨千慧副会长、方召乡人大郇胜光主席的帮助下，取件转运到台江民中。第二天，书发至学生手中，兴奋之情在预想之中。

126　完成第四批结对，感动着

三天内 18 名寒门学子被认领资助，让我兴奋，其间细节又让我感动。

暑假回杭，就有同事嘱咐找家境困难的学生结对的。我答应，待第四批吧。9月开始，就等着国家助学金事落定，谁知这一等就等到 11 月初。"苗岭民间助学"针对领取了国家助学金后尚有生活困难的学子。

等待了两个多月，尽管有些着急，但还是美好的。时不时有同事或者新加入"苗岭"QQ 群的爱心人士询问"何时可以认领"。待"苗岭"副秘书长秦洪涛老师下发"受助学生申请表"，这交表的速度，是比我想象要快的。这，自然表明班主任是很重视的。

只是上交的申请表有些多，三个年级 80 多份，其中高二、三占近一半。这有些出乎我的意料，高二、三的困难学生，是在第 1~3 批时就梳理过一遍的。后来审读表格发现（高一让第二批支教领队熊春晖老师负责了），这高二、三的申请表，新增困难的并不多，多的是原本在江苏射阳读书、新回台江民中的——原来他们也很困难，去射阳读书靠的是政府、学校的奖励（当然，他们的成绩首先要好）。

反反复复地比较申请表，最后在高二、三的申请人中初定了 18 人。在逐一的面谈中，是不见了第 1~3 批那样泪流不止的学生了。但问到家境困难的细节，他们忧戚的表情，还是让我心有不忍。每一个面谈完毕，我总是说一句"一旦联系到了资助人，我会告知你的；但无论如何，这学习是一定要坚持下去的"，他们无一例外地道一声："谢谢老师！"

第四批就这么确定了 18 人，将 18 人的信息挂到"苗岭"QQ 群，我是有些惴惴的。毕竟，"苗岭"群内多数爱心人士认领了困难学生，潜力不是很大。然而，三天，仅仅是三天，18 人认领一空。新认领的爱心人士，心还特别着急，催问着何时可以汇款。因为接待莫银火老师一行，后续的程序只得推迟一周。这些后续的程序，包括召开受助学生会议，给学生介绍资助人情况，指导学生写感谢信及信封；而我自己，则需代表"苗岭"拟制给资助人个人和所在单位的感谢信。这样，直到12 月 7 日，我才将有关材料交寄。

第四批受助学生，其实是 23 人。除 18 人之外，包括之前温州商会林宏孝副会长提前认领的 4 人。还有一位，高三的，则是我在制作《受助人候选名单》当天才接触的。那天一早，秦洪涛老师就找到我，说有个孩子，10 年前父亲去世，母亲今年 4 月得了绝症，11 月医治无效离世，留下他孤苦一人，据同学反映，他已多日有一顿没一顿过日子了。说着，秦老师哽咽了。

听秦老师的诉说，我一则同情这位学生的遭遇，一则欣喜于我遇到了秦老师这一位富有人文关怀的好老师、"苗岭"的办事员——要知道，作为"苗岭"的发起人之一，我担心的是我支教结束后，"苗岭"无以为继。

如何帮助这位高三困难生找到资助人，我从"苗岭"群、从我的记忆中反复寻找。突然灵光一闪，我想到了我余高同事俞建中校长。于是，冒昧地（除非同事，我还真不会这么做的）给他发了短信："俞校好，有一困难学生，刚成孤儿，高三的，您有意资助到高中毕业吗?"

45 分钟后，俞校的短信来了："林老师好! 我愿意资助，具体怎么操作?"兴奋，激动，感谢，那一刻，我成为最幸福的人。我将这一消息，第一时间告诉了与我同一办公室的"苗岭"会长李封祥副校长。

也许我多事，我在告知俞校长怎么操作时，居然在 QQ 里"画蛇添足"说了这位高三学生近期有一顿没一顿的事。这一下，俞校回复道："我先给他点钱吧，要不您把卡号给我，我转账给您您再给他。"我推说"不用"，他又道"没事，要不您先帮我给他 1000 元救急，吃饭的钱都没怎么行"。一来二去，最后将这位学生的资助款升到 400 元/月，资助期延长一个月。

每一批的结对，都有太多的感动故事。我相信，只要"苗岭"继续，这样的感动还将继续。（记此浙华，12 月 10 日 19:50）

127 "苗疆大舞台"

在台江县城，时不时耳畔就会飘来苗歌声，悠长，高亢。这不，今天午休，就是被一阵嘹亮的苗歌吵醒的。开始以为是小区内的小广场唱的，因为我们住的，就在小广场附近。

待上班走到小区的广场，却发现只有大小十来人，老人和孩子，都在晒太阳——这一周来台江难得的太阳。走出小区,方知苗歌声来自隔了梅影寨子的县城梅影广场。上班,近一年我是习惯走梅影大桥的,从那儿去广场,只有百米,只是路还是泥路,正修着呢。

主持人的开场词——"苗疆大舞台,有才您就来,第××期苗歌旬赛开始,第一个节目是……"传来,我想,巧啊,下午事儿不多,正赶上这还是第一次听说的"苗疆大舞台",去瞧瞧吧。

待走到梅影广场,发现听众寥寥,孩子们是在排练呢。得,晚上非得挤出时间一窥风采,尽管我听不懂苗歌,但那旋律,我喜欢。

因为写《完成第四批结对,感动着》,我去迟了,16 个节目,我只看了最后四五个。挎着老旧的尼康 D50,在台下拍了几张,效果不是很好。看到了台江电视台张奎台长正在台上忙乎,我便大着胆子到台上。最后,连颁奖的场面,也给我近距离拍到了。

其实,那场面不是很大,台下的观众多是老人和孩子。老人静静地坐着,投入地欣赏,孩子则不安分,跑东跑西,他们图的是热闹。而我,除了拍台上的,还特别拍了梅影广场五彩的灯,洁白雕镂的石柱。那个兴奋,不愿独享,就用手机传微信上了,不意朋友圈呼应极快,不到半小时赞了十多个了,其中最多的,是半月前来过台江的莫银火名师工作室成员。

走回住处的路上,与台江民中同事、深爱苗歌的杨昌福老师同行。他,可是上下班,也是怀揣录音机听苗歌的。这下,一见他,我便打趣:"你咋不上台参赛?过去有没有参赛过?"他道:"没有参赛过,嗓子不行,这种比赛,赛的就是嗓子。"

他说,比赛不超过 6 分钟,仅仅是一个很小的选段。真正的苗歌演唱,一晚上只能唱一组的小部分。一组一个主题,送亲迎亲的,劳动生活的。从前苗族的孩子,从小就学唱,熟记很多传统苗歌,要不青年"游方"(对歌找对象)时,就无法找到理想的人生伴侣。

会喝水就会喝酒,会走路就会跳舞,会说话就会唱歌,这是我一来台江就知道的。但是否所有的婚姻都是"游方"来确定的,我问过我的学生,学生都说不全是,许多是父母之命、媒妁之言。我将同样的问题抛个杨老师,毕竟近五十的人了,且是台江的知识分子,他知道的更多更准确。

杨老师说,是所有的婚姻都是"游方"来的。我急忙追问:"是否可以说,传统的苗族婚姻都是自由恋爱的结果,而不像汉族父母包办的?"

他明确告诉我"是的"。接着说:"苗族的对歌类似广西刘三姐的对歌,既要有好嗓子,又要熟记传统的歌曲段子,更需要临场的应变。女方如果对歌对输了,就是理输了,就要嫁个对歌的男方。"

"要是男方输了呢?"我问。

"女方可以选择输了的男方,只要喜欢。"杨老师答。

刚到台江不久,我们四人便去过南宫,见到过山坡上的小游方场,不大的一个平地,两个木桩上铺一块木板就是一长凳,总共两长凳,面对面的。

"游方是否每天举行?"我问。

"天气好,每天都有。那时,寨子里晚上没有什么娱乐活动,年轻人就到游方场对歌,小孩子就到处乱跑。有时,还跑到其他的寨子呢。"

"到其他寨子,就得打火把了吧?"

"是的,火把,还有手电筒。还没有手电筒时,那就用马灯。"

与杨老师聊着,我神往于苗疆的往昔了。只是,杨老师带着浓重的遗憾说:"现在,游方少了,青年多外出打工了。"

是的,据我所知,会唱苗歌的年轻人越来越少了。看今晚上台的选手,都是四五十岁的了。我在台江民中的学生,能唱几首苗歌的,也很稀罕了,更别说能一组一组唱的了。

今晚在梅影广场的旬赛,中间穿插了知识竞答,比如"被称为'东方情人节'的是哪个节日,什么时候举行的"(答案是"姊妹节,农历三月十五")"台江苗族有几大支系"(答案是"九大")等,我多半是知道的,毕竟,我看过一些资料,且还算好问。只是,现场观众回答并不热烈,回答不出的问题也比较多,难道丰富深厚的苗族文化真会走向式微吗?

台江民中的办学方针是"重民族文化育人,办适合学生教育"。然而,为了高考升学率,有关"民族文化"的课程除了体育尚有一二,艺术节有木鼓舞比赛,其他课程的"民族文化育人"几成空白。

难得空闲,见识台江县城的业余生活,欣喜于台江浓郁的民族风情,但以一个教育人观之,也不无殷忧啊。(记此浙华,12月10日23:30)

128　又一次去南刀小学

六一前,"苗岭"接收了一批捐赠物品,民中的同事与我们一起送去了南刀。不意半年后,临支教结束,我和李亮老师又去了。是协助台江县红十字会送达东莞精恒电子公司捐赠的冬季营养餐去的。

南刀苗寨,在雷公山深处一个山坳里。上半年,从排羊乡到南刀寨的路正在铺水泥路,我们是先上万亩草场,然后下到南刀的,晚饭后从原路返回县城。这一回,排羊到南刀的路通了,但我们还是从草场去南刀,从排羊回城的。两条路,据说还是走草场近,我们走的感觉也是如此。

南刀小学是由东莞精恒30万元捐建的,有学前班、1~3年级,大约50多名学生。这回去时,原来三年级的学生已升入排羊乡中心小学。雷公山深处这一苗寨的孩子,依然让人动心。上次去时是初夏,孩子穿着冬衣。这一回已是深冬,冬衣却是单薄的。也依然开心,孩子们欢呼雀跃,接二连三从教室跑出来。也许见多了爱心人士的慰问,他们没有半点羞涩。

上半年去时听说,仅有的三名老师,龚德安校长、毛志发老师行将退休,我颇担心后继无人。这一回,终于释然。特别是看到一位年轻的男老师,言语亲切地招呼孩子集队,没有半点看着孩子闹嚷嚷就训斥的,更是欣喜有余。

这次慰问,其中有一只宰杀好的全羊和三个羊头。这位年轻老师听杨千慧副会长的吩咐,转身做菜去了。在农家的伙房间,他熟练地添柴、搅拌。乘隙,与他聊了天。他叫刘澄,天柱县人,凯里学院刚毕业就来这大山深处。

我问他:"感觉苦吗?"

他说:"还行,自己就从农村出来的。"

"与孩子打交道,乐意吗?"

"乐意,他们更需要教育。"

我留了他的电话,当着李亮老师的面,我说:"希望若干年后,我们能在全国优秀农村教师的光荣榜上见到您的名字。"他呵呵一笑。其实,他颇善于言谈,只是一直在忙碌。做好菜,他用农家的两只塑料桶,往扁担两头一扣,挑学校去了。我跟在他身后,拍了他的一个背影照片。

到学校的小厨房,他就忙乎给学生分菜、装饭。我发现,他的脸颊红红的,有点高原红的样子。这里海拔1500米,如果天气好,在某个理想的角度,可以望见雷公山顶的风电。

所有孩子用餐后,我们一行并从乡里赶来的几位干部,将孩子未吃完的菜用电磁炉加温,和着只有余温的米饭,草草地吃了中餐。就在我将饭碗放下那刻,一位老年妇女进来,一迭连声地感谢我们,是苗话加点普通话的。小刘老师对我说:"这里的老百姓很热情。"

这位妇女,似乎已经吃过中饭,让她坐下来一起吃饭,她只是象征性地动了动筷子,却居然三次重复"下定决心,不怕牺牲,排除万难,争取胜利"。毛主席语录这么熟悉,我猜是长我不多的。然而,艰苦的生活,已让她门牙全无,我以为是老年妇女了。

一旁的南刀小学杨胜忠老师,是我上半年就认识的。他轻声地告诉我:"她的孙子是孤儿,在凯里读高中,也是得到爱心人士资助的。"莫非,她是听说有爱心人士来学校,特意从家里赶来的?

下半年新来的另一位老师,是一位中年人,从台江县城关二小来这儿支教的,姓杨(补注:后来知道是我台江民中学生杨子宜的父亲)。我们一去,就不见他休息过,卸物品,剁全羊,与小刘老师分发饭菜。他是最后一个吃饭的,当时已是下午3:30了。临走,我握了他的手:"来这儿支教,很伟大。"他笑了笑,轻声说:"没啥。"尽管南刀离台江县城并不远,但他们三名老师也是难得去一趟县城的。这里不通班车。

这一回去南刀,最感动我的,大概就是这小学里新来的两位老师了。来这儿支教的杨老师将在一年后回县城,年轻的小刘能否坚守,我是担心的。

但愿这是杞人忧天,我更愿相信,总有爱心如小刘的人在。远方的爱心人士如精恒电子的杨明龙先生,近旁寨子里的纯朴百姓,还有可爱的孩童,都将温暖坚守在大山深处的老师们。(记此浙华,12月11日20:25)

129　给射阳回来的学生补课

2012、2013、2014学年,因着台江县委戚咏梅书记的牵线搭桥,台江每年选送最优秀的高一新生三四十名,到戚书记的老家江苏射阳就读。开始两批学生,高二结束回台江了,最后一批则读完高一就回台江的。

尽心于这种帮扶形式,不仅仅是戚书记,还包括台江、射阳两地的教育领导、教师。学生也是辛苦的,离开熟悉的环境去外地就学,有学习的、生活的、情感的等多方面的困难。

我们接触的是 2014 年 8 月去射阳的学生。他们中,有的读了一个学期就回来了,大多数则在高一结束回台江的。多半学生插入我们四位支教者任教的两个班。我们四科,数学、物理两地同是人教版,语文、英语台江用的都是人教版,而射阳语文用苏教版、英语用牛津版。

这学期开始,老魏就给射阳回来的学生补课,为的是不是教材差异,而是因两地考试(特别是高考)方式差异造成的教师处理教材方式不同,需要补课衔接。而我的语文,其实更需要补课,其中尤以文言文为重。

比较人教版、苏教版必修 1~4,我发现文言文的选文差异很大,加上学生回台江的时间不一,需要补的文言散文 8 篇、古代诗歌 14 首,至少安排 10~15 课时才能补完。然而,颇为不妙的是,据我调查,射阳的老师基本不教教材中的课文,只给学生讲、练课外的文言诗文。如此,补习的范围要拓宽至更多课文,否则射阳归来的学生将无以面对贵州的学业水平考与高考。

为他们补课,这是本学期早有意向,奈何诸事匆匆。今天下午,周六的课下午四点结束,我便用一小时为学生做了首次补课。幸而,学生是认真的,接受能力也比较强。我将尽力于此,而不把这一事儿留给下任语文教师——他/她多半不太熟悉人教版。(记此浙华,12 月 12 日 20:45)

130　给"爱链杭黔"第四个报道

支教第一年临结束,我组织了四篇文章,以表达我们四人的支教感受。后来,李亮老师和我的两篇发表在《杭州教育》2015 年第 5 期上了。前些日子,稿费已打入我们的银行卡,只是样刊未收到。

昨天(12 月 14 日)订了回程票,今天就有一种别离在即的感受。为此,征得另三人的同意,改写原稿,配图发于微信平台,以纪念我们四人不平凡的一年半支教生活、工作。发给了"爱链杭黔"的创办人姜永柱(挂职黔东南州政府副秘书

长),他立马回复了"OK"。(记此浙华,12月14日21:50)

16日,在黔东南州首府凯里,应约见到了杭州挂职干部陈晔。他告诉我,"爱链杭黔"具体是他在操作。我即用手机将稿子发了他,一小时后,报道在微信平台露面。各方亲友好评纷至:余高同事庞仁甫老师的"为余杭同仁的壮举点赞",杭州十四中寿淑燕老师的"向六三兔致敬",爱人的"胜利归来"。

学生郑轶、沈慧霞做了转发。郑轶道:"一直以来都觉得林老师是个很有想法的老师,之前我也看过林老师微信里不少有关台江师生风情的内容,原来他已经奔赴台江支教。"沈慧霞道:"这里有我的老师,向他致敬!"鸿雁班的QQ群内,把我当"英雄"让我脸红。我只有回复于微信平台:"感谢各位亲友,是你们的关怀,让我们走过这不平凡的一年半!"

今天一早,又通过短信将微信文章的链接,发给我文中写到的"台江教育人"。戚书记第一时间回复:"谢谢,永远的朋友。"真情,在这个冬天让人温暖。(记此浙华,12月17日14:50)

【补记】12月23日,《黔东南日报》第4版,以整版的篇幅发表了四篇文章,正题为"爱链杭黔",副题为"听,来自杭州支教老师的心声"。记者杨勇做了编者按。在发稿前的电话中,杨记者说,还将安排深入采访。

131 "苗岭"的跨年行动

2015年阳历的最后一周,忙碌于"苗岭民间助学",一是家访,二是物色第五批受助学生。物色的途径,一是台江红会的杨千慧副会长,二是南刀小学、台盘中学、南宫中学的"苗岭"志愿者(都是近期聘用的)。

通过材料审查,确定了21名受助学生,将于"苗岭"QQ群发布,以期所有孩子都能得到资助。这一过程是艰苦的。材料未必如我所期待的,需要一次次打电话或通过QQ催补。所以如此,不是因为不信任素材提供者,而是给资助人一个尽可能详尽的推介。艰苦还在于,每接到一个材料,时时被学生的家境所感动,悲悯之情萦绕心头。"苗岭"力量有限,想压缩第五批的受助学生数,但实在于心不忍。

艰苦之中,也有欣慰。在准备材料的过程中,同来支教的老魏、李亮老师都给予诸多协助。曾经的余高同事吴寅静老师,瓶窑中学涂海英、董秀英、王晓琴三位老师,李亮老师的堂嫂都有明确的认领意向,余杭中学全校师生的集体募捐也到了。其间,温州商会林宏孝副会长刚成立的"黔东南州之江爱心帮扶会"也给予了大力协助。

但是考虑与台江红会、"之江"的联手运作,发布渠道、信息处理、操作流程等几经倒腾,2015 年最后一天,也未能做完第五批名单发布的事。这 2016 年的第一天,早上六点就开始做"苗岭"的事儿。马不停蹄,终于将 18 名待认领学生的信息以图片方式发"之江"林宏孝先生;将新开发的《资助人意愿表(义务教育段)》和第五批名单上挂"苗岭民间助学"群。

真心地期待,能得到爱心人士的大力支持,让 2016 年的这个冬天,这些困难孩子身暖、心暖!(记此浙华,2016 年 1 月 1 日 11:00)

132 神秘马家寨

马家寨,隶属黔东南州岑巩县的水尾镇,距县城 37 公里。

刚到台江支教的那会,就听台江民中温玉莎老师说起,她曾在岑巩为陈圆圆墓的景点开发画过壁画。当时一惊:"一代红颜陈圆圆的墓在贵州?!"未及多问,后来也未查考。到台江后,一直想着趁支教多走走贵州名胜古迹,却从未将岑巩列为行走目的地,马家寨、陈圆圆就此是心中淡去。

要不是第二批来支教的老吕屡屡说起,这一次台江支教,我将错过马家寨。老吕说,吴三桂、陈圆圆墓在岑巩马家寨,岑巩离台江不远,马家寨九宫八卦阵,又未开发,原生态,值得去去,应该去去。老吕每回说起,总少不得讲一通吴三桂遭康熙猜忌、树反清大旗、死后疑棺、考古发现等的掌故,极尽渲染马家寨神秘之能事。

对明之亡、清之入关那段历史,多少有些了解。吴伟业《圆圆曲》"恸哭六军俱缟素,冲冠一怒为红颜"两句,也颇为熟悉。真正让我走进马家寨的,是行前通过网络查知的有关陈圆圆碑文的种种解读。下面的文字见于杨政权的《解读岑巩马家寨》:

"故先妣吴门聂氏之墓位席"……"吴门"一语双关,明指吴姓族人,暗指太婆祖籍苏州;"聂氏"用她人之姓代用,"聂"由"双耳"组成,讲明太婆出生邢家,后寄养到陈家,因为"邢""陈"二字均有"耳"旁,"双"繁体字由"双佳"组成,"佳"又有"好""圆"之意,"双佳"即是"圆圆"的意思;"位"指帝王、诸侯之位;"席"大的意思。

果然神秘! 有清一代,陈圆圆墓地该是绝世秘密,陈圆圆的后人为掩人耳目,以避祸防盗,用心良苦。这么神秘的所在,就在与台江同属黔东南州的岑巩县。我心蠢蠢欲动,于是,借元旦三天假期,与老吕前往岑巩。

台江没有直走岑巩的班车,更别说直接到马家寨的。这样,少不得倒很多趟车。中午 12 点台江出发,转州府凯里,到岑巩县城,已是华灯初上。次日一早匆匆赶去水尾镇的车,再转马家寨。将相机镜头对准"马家寨景区旅游示意图",摁下第一下快门,已是 9:30。

进得寨门,抬头远眺,狮子山耸立于寨之北面,气势非凡,俨然如守护着寨子的大将。威严之地,好大气魄。想吴三桂军师马宝将军当年,在匆匆奔走中,何以找到这天造地设的所在,禁不住感叹连连。

一路寻问,"陈圆圆墓地在哪?"得热情村民的指点,穿过马家寨内的主干街道,在寨之西头,偌大一片墓地就展现在眼前。墓地在狮子山下,大而圆的山坡,称之为"绣球凸",是形神兼备的。

想象中,绝代佳人的墓,该是独立而气派的。站在坡下,眼望绣球凸上密密簇簇、层层叠叠的墓碑,有些惶惑:这是陈圆圆墓所在吗? 幸而,有旅游标志牌的确认,眼前就是马家寨的女性墓地,便不再疑惑。然而,又该怎么寻找陈圆圆墓呢? 多亏行前网络检索,大脑中还留存陈圆圆墓碑的模样,便没有犹豫,走向那密密丛丛的墓碑群。无须一一细看碑文,只需顺着墓碑间硬实的土路走。陈圆圆墓,是 20 世纪 80 年代考古发现的,造访者远不止我们两人。果然,几个之字形小盘旋后,硬实土路的尽头,陈圆圆墓到了。

墓有四柱三石,飞檐碑帽,前置香炉,皆为白石。中间碑石书"故先妣吴门聂氏之墓位"(无"席"字),左右碑石小于中间碑石,各书墓志铭。中间两柱狮头底座,蟠龙纹饰而上。两边石柱为对联,道是:

神州佳人倾城震国惊寰宇,狮山宝地隐恨寄爱藏香身。

一番欣赏,一番眺望之后,我们便下移脚步。正待出寨而去,偶遇后来知道是解说员的黄琴女士,正送客人离去,便问她吴三桂墓在何处。

她粲然一笑:"就在老太婆墓之上方。"称陈圆圆为"老太婆",我心刚觉是大不敬,她就看出我的疑惑,笑着说:"村里的人都这么叫的。"她说,她是这个村的媳妇。经她这一解释,我便以为亲切。于是,又折身走向墓群。

果然,从陈圆圆墓上行三五步,便是吴三桂之墓。粗看碑石形制,与圆圆墓相同,四柱三石,飞檐碑帽。细看则见中间碑石为黑色大理石,其面积是左右碑石的三倍,中书"先祖考吴三桂号硕甫之墓"("号"字略小),左右为墓主的生卒、子孙的姓名。左碑石为吴三桂生平简介,右碑石为张鲁原之题诗。中间两柱对联,书曰:

敢为天下难为之事独创历史,不计身后成败荣辱任人评说。

两边石柱对联,书曰:

明末最后爱国名将,清初一统中华英雄。

墓前无香炉,置一石碑,正文为"受皇恩颐养一次八十五岁吴公号硕甫墓",侧文为"雍正元年岁次癸卯季春廿七□旦"。该是 2010 年 12 月后,根据清史专家滕绍箴等教授潜心研究、考证的结果而立。据滕绍箴教授考释,其中,"受皇恩颐养"指的是"受皇天之恩眷顾,颐养天年";"一次"指的是大周太祖高皇帝,暗指创业之主,因为康熙十七年(1678)十一月,吴三桂之孙吴世璠在云南昆明即位时,追认吴三桂为大周太祖高皇帝;"八十五岁"指的是吴三桂卒于康熙十七年八月十五;"硕甫"为吴三桂的字。

在吴三桂墓前,黄琴女士为我们详细解说。下得绣球凸,她又带我们走马家寨的九宫八卦。一幢幢古旧的建筑,一堵堵篾编泥糊的墙壁,一处处丁字路口,在她的解说下,都鲜活生动起来。要不是遇到她,马家寨的小巷僻道我们是不敢进的,在寻找陈圆圆墓地的那会,我们走过多个死胡同。

马家寨的人并不是姓马,而是清一色的姓吴,取名马家寨是为了纪念吴三桂的军师马宝,他一路保护陈圆圆逃难至此,历经千难万险。同时,也是为了掩人耳目,躲避清廷的追杀。有知于此者,莫不对马宝将军肃然起敬的。

为赶龙鳌河之游,时间有些匆促,马宝将军墓所在的男性墓地,我们未及前往,男性墓地在寨子另一头。冬日游者少,龙鳌河的售票处无一人,我们悻悻而返,直奔贵阳而去。次日游青岩古镇后返回台江。

其实,这一趟马家寨之行,神秘的马家寨在我心中依然神秘。比如吴三桂墓及右侧的三世祖吴世龙、吴世俊之墓,不知为何入女性墓地;世传吴三桂、陈圆圆之墓葬处,也是众说纷纭,马家寨是否为确解,鄙意仍是持疑。不过,我还真信了

《圆圆曲》"全家白骨成灰土，一代红妆照汗青"的。

这是我在台江支教的最后一次出行，值得花些笔墨补记，不独为神秘的马家寨……（补记于临平家中，2016年2月19日）

133 资助款发放仪式

超乎预期，"苗岭"第五批受助学生从原来的21人扩展到24人，原本以为十分艰难的资助认领，1月7日上午九点悉数完成。

更让我自己惊讶的是，我居然能在回程之前，在苏莉萍、秦洪涛老师的大力协助下，将第四、五批受助学生的首笔资助款下发。1月10日下午举行的发放仪式，台江教育局王荣副局长、"苗岭"李封祥会长、红十字会杨千慧副会长、电视台张奎台长与会。第五批受助孩子、孩子的老师或亲属，不少是从偏远的寨子赶赴现场的。"苗岭"的发起人之一魏则然老师、温雅老师，第二批支教者苏莉萍、吕正清、熊春晖老师都到场协助。

这是"苗岭"成立以来最宏大的场面，亲见受助学生，让我又一次两眼酸涩。是的，在审核他们的申请材料时，我何曾少了这种酸涩啊。

这半个多月来，忙碌的教学之余，我都沉浸于"苗岭"。其中有太多的感动，都无法挤出时间来记录，只能等回余杭后再叙了。有关这次资助款发放，"苗岭"的通讯员邰通华老师、台江红十字会、台江电视台都将为此做报道。（记此浙华，1月10日22:50）

134 我们留下了好口碑

这是在台江支教的倒数第二个夜晚。张贵生校长请客，边喝边聊，是一种酒逢知己不在酒的舒坦。从头到尾，聊的都是有关专业发展的话题，没有半点旁枝横斜逸出。尽兴，却无半点醉意，在台江，这是唯一的一次。

回到住处，打开电脑，在"苗岭民间助学"QQ群里，键入下面的两段文字，真情的告白，只为"苗岭"画个小小的逗号——

第四批23人、第五批24人首笔资助款,今天下午举行仪式下发了,感谢各位爱心人士的倾情相助。

作为首批支教老师,34小时后,我们四人将离开台江这一方常让我们流泪的热土,但我们将情牵台江,心牵"苗岭",继续为爱心人士与寒门学子牵线搭桥。

这之后,群内短时间的热闹,如同每批次受助学生名单放出认领时的情景。下面只摘引部分,所有表情符号、零碎赞语从略。

牡丹江铁路疾控朱立云:感谢你们,让我们找到了献爱心的地方。

福泉刘文翠:感谢各位爱心人士!

牡丹江疾控朱立云:@台江电视张奎,谢谢你让我们看到了孩子的面容。

双金机械丁春梅:@余高林荣凑,最美支教老师。

台江红会杨千慧:这群里的心灵都是最美的。

贵州杨仁海:我们永远铭记杭州大爱,我们永远爱杭州支教老师!

台江曾祥尧:你们温暖了寒门学子的心,给他们带来了光明和希望。

余二高李亮:感谢一起支教的同志朝夕相伴并肩作战,感谢林老耐心教导悉心栽培,感谢台江父老厚爱,感谢各界人士大力支持无私奉献,身在一载,心念一生,爱永存……

台江电视张奎:我和林老师只有几面之缘,却一见如故。人长得好,善良,有一张博学的面孔。

塘栖中学邹卫刚:敬佩我们的老师,你们是我们的骄傲!

实验苏莉萍:真的感谢第一批的陪伴…爱你们…

台江红会杨千慧:林校长、李老师、魏老师、温老师,你们扶智还扶贫,你们的无私大爱,孩子们会想你们的,我们会想你们的,你们的笑容永远留在这山、这水,这里人们的心中……愿好人一生平安,永远快乐、幸福!

台江民中邰通华:谢谢你们给台江人民的爱!

对我个人的夸奖,我受之有愧,其实,之所以有"苗岭",是因为我们四人集体;之所以有"苗岭"的闪亮,是因为来自全国八省二市的爱心人士,特别是余杭教师、医生的倾情呵护。

我愿摘引这些"赞语",因为它彰显了余杭首批支教人的最佳质地,证明着我们的行动,在台江留下了好口碑。(记此浙华,1月10日23:30)

135　归途的送迎

2016 年 1 月 12 日,结束支教一年半的归途,台江的送,余杭的迎,皆是情意绵绵。特选若干短信与微信,且为"支教记事"画一个句号。

这天一早,我在清华街与苗疆西大道的西南转角,正吃在前一天约好的小馄饨。这学期才作为我学生的李珍珍来短信:

> 可爱的林老师,一路平安! 要照顾好自己哦,话不多说,我会想您的!

还在赶赴凯里南的途中,"苗岭"得力的办事员秦洪涛老师发来短信:

> 尊敬的林校,千言万语道不尽内心的感激,感谢您给大山孩子无私的关爱,感谢您带给我们工作的激情,谢谢您! 祝你们一路顺风,幸福安康!

在高铁上,李封祥副校长发来短信:

> 谢谢您为民中所做的一切,辛苦您了! 祝一路平安!

这一天,台江民中的高一、二正举行期末考试。当晚 21:50,晚自习下课,"苗岭"的受助人发来短信:

> 林老师,您好! 我是高三(2)班的杨再兴。非常感谢您对我的帮助,特别是知道了您为更快地缓解我经济上的困境,连夜帮我联系资助人,这让我非常感动、感谢! 我事后也知道了当初秦老师以学校名义给我的 300 元其实是您和秦老师你们两个拿的,又因为考虑到我的自尊心才以学校名义交给我,真的非常感谢您! 今天才听老师说:你们已经回浙江了! 不知道以后能否再见面,不过我一定会记得,在我遇到人生中最大的困难时,有一个林校长曾经无私地帮助我,我一辈子都不会忘记您! 最后再给您说一句:"林老师,谢谢您!"最后祝您:身体健康,万事如意!

此等短信,一一回过,也是礼节必需、真情所在!

凯里方面,因着"苗岭"与浙江在黔东南的爱心人士有诸多交往,临别之际,我是主动在"之江"微信群里道谢的:

> 姜秘、林总、陈主任并各位"之江"朋友,首批余杭支教老师在返杭途中。在黔期间,各位给我们诸多关心与支持,非常感谢!保持联系,给力之江!!!

这三位用表情符号并言语——回复于我,另有"高人"还道:"早就听姜市长和林宏孝秘书长说起你们了,一直没有去拜见你们,惭愧。"

"之江"群里,正号召大家响应黔东南州"购年货、送温暖"活动,一直忙碌没有时间回应。返回杭后的第二天,就在工行营业网点,认领了5份,林宏孝秘书长(又是黔东南温州商会的副会长)谢过我,且道:"今后有时间常回来看看,台江民中的孩子们想念你们!"

我的回复率性:"那一定,看孩子,也看朋友,看山水……"这是真的。我们首批四人所任教的两个班学生,早两周,便在"我们的故事"的赠言册上忙碌,1月8日又与我们合了影,赶在返程前都交给了我们。

就在此刻,今天一早才加QQ的高二(1)班张红梅同学,在10:39分就发来一首苗歌MP3,留言是"老师,这是我们唱的苗歌,送给您"。下载听了,是几个孩子的清唱,曲调那么熟悉,却不懂半句。打开支教时向学生收集的苗歌(本来想做个校本课程的,时间太紧、难度太大,未成)对照,发现并不在其中。大约是一首送别歌吧,要不怎么那么深情款款,缠绵悠长。

这一天,台江方面,是民中校领导李封祥、刘泽掌、欧阳光俊等领导,亲送我们赴凯里高铁南站。与他们三人并开车的欧明凯、秦兵老师别过,匆匆上了G1322次。余杭方面,我们没有惊动派出单位、教育局的领导。临近期末,他们的工作很忙。台江教育局龙局曾约过教育局沈局,能否派人来接,沈局就道事多,待我们回后再开座谈会等的。

然而,令我和同去支教的吕正清老师欣慰的,是早两周,余高同事就约返回次日的聚会。返程当天,他们就短信告知聚会时间、地点。返程第二天,16人大圆桌聚会,品味久违的杭帮菜,我心欣然,老吕微醺。

节序在小寒、大寒之间,在一住近20年的陋室,写着最后一则"支教记事"。一年半台江支教,匆匆而过。生活之水依旧东流,但翁你河水必将入我之梦,诉说彼此的思念与祝愿。(记此临平家中,2016年1月14日12:10)

【附录】

为让读者更多了解"苗岭民间助学",这里收入张奎台长的《贫苦三娃早当家》,以及本书作者发表于"爱链杭黔"(由杭州帮扶黔东南州办公室创办)微信平台上的6篇通讯稿。

贫苦三娃早当家
——记者蹲守跟拍三孤儿震撼画面
贵州省台江县电视台　张奎(台长)

眼泪总是垂青于贫苦之人。镜头里的"事实孤儿"三姐弟,一串串的泪珠震撼着记者的灵魂。她们是贵州省台江县方召乡基甲村一个穷苦家庭的三个孩子,大的叫刘世秀12岁,中间的叫刘世优10岁,小的弟弟叫刘世宝8岁,母亲多年前离家出走至今下落不明,父亲伤心过度于2015年9月生病而死。爷爷奶奶也去世,留下三个孤儿相依为命,生活自理。

灾难偏偏降临在这三个漂亮可爱的孩子身上。上面这张照片,没有出现三个孩子的身影,因为她们伤心,没有勇气站进来抢镜。虽然如此,在记者拍摄整一天中,她们一直很坚强没有哭,晚上做饭的时候,两个姐姐终于控制不住思亲之情和艰难之心痛,两行泪水像珍珠般不停地滑落。由于孩子家的房子十分破旧,她们暂时与伯伯同住,然因为生活困苦,伯伯一家不久前都外出打工。

还好,孩子们中午在学校有营养午餐,下午放学后,她们就去打菜,生火煮饭。家里几乎一贫如洗。在微弱的灯光下,她们炒了一盘洋芋,煮了一碗白菜。饭后三个孩子在做作业,一起朗读古诗。

据了解,学校和村里也非常同情关心三个孩子,给了她们一些帮助。在我们采访当天,台江红十字会和余杭区在台江民中的支教老师也带着好心人捐助的2000元和衣物,来到深山里的基甲村看望这三个可怜的孩子,并承诺帮助她们寻找爱心人士资助,每月至少300元以上,一直到初中毕业。方召乡政府有关负责人也表示,要给她们争取一些政策照顾,比如危房改造等。

愿她们能够得到更多好心人的帮助,希望她们学有所成,长大了成为国家有用之才!实现中国梦不能丢下一个贫困孩子。

加油孩子！加油台江！加油中国！

【补记】2015 年 1 月 5 日,我和一同支教的魏则然老师带着资助款,与台江红会杨千慧副会长等去了方召乡基甲村,慰问孤儿三姐弟。台江电视台张奎台长先于我们到达,后于我们离开,拍摄了孤儿三姐弟生活的大量视频素材。当晚,张台长即于其 QQ 空间发表了图片与上面的文字新闻。不久,又制作了《等爱的泪水》的专题片,引发爱心人士对孤儿三姐弟的热切关注。那几天,一直忙碌于“苗岭”第五批的结对,未有记录那深入心底的感动。这里收录其文字新闻,以补其缺。(记此临平家中,2016 年 2 月 19 日 19:00)

“苗岭民间助学”首届秘书处工作汇报

“苗岭民间助学”全名为“台江县苗岭民间助学会”(MIAO LING Nongovernmental Education Aid,简称 MNEA),2015 年 5 月 21 日在贵州省黔东南州台江县民政局注册成立。组织依托“苗岭民间助学”QQ 群(群号为 451473274)开展活动,因着各方爱心人士的真诚呵护,运作九个月来取得不俗的成绩,首届秘书处现向您郑重汇报。

一、入群情况

“苗岭民间助学”QQ 群建立于 2015 年 4 月 12 日。截至 2016 年 1 月 29 日,入群总人数 171 人。其成员的省市分布为:浙江 139 人,贵州 18 人,江苏、上海各 3人,福建、北京各 2 人,江西、广东、吉林、黑龙江各 1 人。

二、运作情况

九个月来,“苗岭民间助学”探索了三种助学形式:一是“点对点”的定期资助;二是物质捐赠;三是智力送教助学。

(一)资助 127 人,预期资助款全部到位 71. 38 万元。

1. 资助台江民中学生四批次共 75 人,预期资助款全部到位 27. 12 万元,如下:

第一批:资助 20 人,资助金额 10. 53 万元;

第二批:资助 20 人,资助金额 6. 25 万元;

第三批:资助 12 人,资助金额 1. 6 万元;

第四批:资助 23 人,资助金额 8. 74 万元。

2. 资助非台江民中学生两批次共 52 人(次,两人重新建档),预期资助款全部到位 44. 26 万元,资助期最长至 2025 年 6 月,单人资助额最高 21600 元。其中:

第五批:资助 30 人,资助金额 21. 26 万元。

第六批:资助22人,资助金额23.00万元。(与台江红会联合操作)

(二)物质捐赠

"苗岭"接收的12宗物品,估价3.5万元,均遵照捐赠人意愿按时下发,接收捐赠物的有:台江县南刀小学、排羊九年制学校、九摆小学、番省小学、台江二中、台江民族中学、台盘中学、革一中学、南宫中学。

(三)智力送教助学

由"苗岭"牵线搭桥,成功组织了三次智力送教助学。

第一次,2015年10月19-22日,北京东方国际教育研究院副院长张秀云教授在台江县面向教师、学生、公务员、播音主持爱好者讲座各1场;

第二次,2015年11月17-21日,张秀云教授二进贵州。在台江县面向学生3场,面向公务员、家长、播音主持爱好者讲座各1场;在施秉县开设2场师德报告讲座、1场家庭教育讲座、1场感恩励志教育演讲。

第三次,2015年11月22-28日,浙江省特级教师、杭州四中莫银火老师率12人组成的"浙江省网络名师工作室"核心组成员送教凯里一中、凯里一职、台江民中,开设10堂公开课、4个讲座。

三、第二届秘书处的工作展望

"台江县苗岭民间助学会"第二届秘书长,将由浙江省余杭中学在台江民族中学支教的熊春晖老师(挂职台江民中副校长)担任。秘书处的成员也将重新配置。

第二届秘书处将继续践行"苗岭:链接爱心人士与寒门学子"(MNEA:A link connects caring people and needy students)的行动口号,吸引更多的爱心人士,让更多的寒门学子受惠;继续做好三种形式的民间助学活动,探索和丰富爱心人士、寒门学子之间的交流方式,让"苗岭民间助学"永葆活力,为国家达成2020年贫困人口全部脱贫尽绵薄之力。

谨代表"苗岭"组织机构,代表贵州省台江的受助学生及家长,衷心感谢各地爱心人士的大力支持!让我们继续合作,为西部山区寒门学子的身暖、心暖!

黔东南州有个"苗岭民间助学会",是余杭支教
老师发起成立的——

这个组织,2015年5月21日在贵州省黔东南州台江县民政局注册,全名为"台江县苗岭民间助学会"(MIAO LING Nongovernmental Education Aid,简称

MNEA）。组织依托"苗岭民间助学"QQ群（群号为451473274）开展活动，截至2015年10月底，已有来自全国各地的101名爱心人士入群，共资助家庭困难的学生58名（资助款20多万元），接收并下发捐赠物品11宗（估价3万多元），并尝试邀请专家学者送教送学实现"智力助学"。

缘起家访

发起"苗岭民间助学"的，是余杭高级中学林荣凑老师、余杭第二高级中学李亮老师、瓶窑中学魏则然老师、塘栖中学温雅老师等四位支教贵州省台江民族中学的高中教师。

他们2014年8月24日到达台江，开始为期一年半的支教生活。在繁忙的教学之余，安排业余时间深入村寨家访，学生贫困的生活现状深深打动了他们，用半年多的时间筹备成立"苗岭民间助学"。为确保助学活动取信于社会，得以长期、顺畅的运作，筹备期间制订了《章程》和《操作流程》，采用"点对点"（一对一或二对一）资助方式，旨在让全国各地爱心人士与家境特别困难的学生对接，让受助学生得以更好地完成学业。

成立经过

能否吸引更多的爱心人士力助台江，曾是发起者担忧的。2015年4月12日，发起者建立了"苗岭民间助学"QQ群作为探水之举。出乎发起者意料的是，仅仅10天，入群人数63人，首批40位受助候选人全部被认领。其中余杭高级中学16位教师认领资助到了16人，资助额达6.2万元。爱心涌动，让发起者感动不已。

为确保"苗岭民间助学"运作的合法与规范，在各方的支持和配合下，发起人于2015年5月6日向台江县民政局提交注册申请。台江民政局高度重视，以最快的速度审核材料，2015年5月21日给予社会团体法人的合法登记。自此，"台江县苗岭民间助学会"正式成立，台江民族中学分管行政、德育的副校长李封祥老师为会长，发起人之一林荣凑老师（挂职台江民中校长助理）为副会长兼任首任秘书长。

迄今资助概况

"苗岭民间助学"QQ群的101名群成员，覆盖浙江、福建、江西、江苏、上海、北京、吉林、广东、贵州等七省二市，主体为浙江杭州教育、卫计系统的工作者。其中，第100位群成员为北京东方国际教育研究院副院长张秀云教授。

截至2015年10月底，"苗岭民间助学"已先后组织三次"点对点"资助活动，受惠学生包括台江民族学生52人，其他学校（含台江的中小学、黔东南州民族中学)6 人,预计全部资助款到达为 20.59 万元。现有的资助额度根据学生生活困难程度,参考台江的生活消费水平,分每学期每生 1500 元、1000 元两档。一经结对,一般资助到受助学生高中(或初中或小学)毕业。某些资助人还采用跨学段资助的方式,直至受助人进入大学学习。

除"点对点"的资助外,"苗岭民间助学"还尝试组织物资捐赠活动。现有接收的 11 宗物品,均遵照捐赠人意愿下发,接收捐赠物的有:台江县南刀小学、排羊九年制学校、九摆小学、番省小学、台江二中和台江民族中学。迄今为止,11 宗物资捐赠中,最大三宗捐赠分别来自上海 Olivier 夫妇、浙江乐清林宏女女士、杭州挂职黔东南的姜永柱等干部。

探索智力助学

在资助、捐赠之外,"苗岭民间助学"酝酿送教送学活动,张秀云教授成为该项活动的第一人。

2015 年 10 月 18 日,张教授莅临台江,短短三天做了三场报告(给台江县副级以上干部、台江县中小学教师、台江民中全体师生)、一场培训(播音主持人培训),还牵头教育部等高端组织让台江成为网络教学示范区、"中华传统美德研究"课题组成员。张教授本人还受聘为台江民中名誉校长,并建"张秀云教授工作室"于民中,以期长期智力支持台江教育。

"苗岭"未来展望

不管是以 2015 年 4 月 12 日 QQ 群建立还是以 5 月 21 日合法注册起算,"她"都还不满周岁。此间,承蒙各方爱心人士(远至美国洛杉矶,中至浙江余杭区,近至台江民中)的鼎力协助,探索出三种助学方式:资金援助、物资捐赠、智力助学。为此,发起人和组织者借此机会,深致无尽的谢意。

如何不忘初心,把好事做好、做长,发起人和组织者有着更多的期待。按照"苗岭民间助学会"的《章程》,"苗岭民间助学"的援助对象,为已享受各类助学基金,但依然难解生活困难、无力完成学业的台江民族中学(高中)学生,一般需符合下列条件之一:

1. 孤儿等无经济依靠的;

2. 父母丧失或基本丧失劳动能力,又无其他经济来源的;

3. 家庭因天灾人祸等造成严重经济困难的;

4. 享受最低生活保障待遇家庭的子女。

在力所能及的情况下,符合以上条款的非台江民族中学学生,也可享受"苗岭"的资助。为满足爱心人士的资助意愿,"苗岭"与"台江县红十字会"联手,可代为物色义务教育阶段家境困难的学生进行资助、捐赠。

如果您要更多了解"苗岭民间助学",可加入 Q 群。需要提醒的是,该群为实名制,入群需有熟人推介。宁缺毋滥,精准帮扶,身心两助——"苗岭:链接爱心人士与寒门学子!"(MNEA:A link connects caring people and needy students!)期待您的关注,期待您的加入!

情系苗疆满是爱:
这个初冬,黔东南州频刮"张秀云风"

张秀云教授,北京东方国际教育研究院副院长,北京清大育博国际教育研究院副院长,新思维家庭教育创始人,中华民族传统美德课题负责人。

今年 67 岁的她,是"苗岭民间助学"QQ 群(群号为 451473274)第 100 位加入者,也是该群最年长的爱心人士。应"台江县苗岭民间助学会"(MIAO LING Non-governmental Education Aid,简称 MNEA)、台江县教育和科技局等单位的邀请,前后相隔不足一月,两次(10 月 18 日、11 月 16 日)走进贵州省黔东南州,在停留台江县 7 天的时间里,高速运转,总计举办义务讲座、演讲、培训 10 场。在 2015 年初冬的台江,"北京来的教授"掀起阵阵旋风——且名为"张秀云风"吧。2015 年 11 月 20 日,此风又向黔东南州施秉县刮去……

感恩:成就精彩人生

感恩励志演讲 4 场:台江民中、台江一中、台江二中、台江施洞中小学。

受惠师生:7600 多人。

张教授以真挚的语言、饱满的情感和一个个极其动人的案例,创设了一个学生、教师和家长心灵互动的感人情境,通过发人深思的真实事件,唤醒孩子"感恩祖国,感恩社会,感恩老师,感恩亲人"的情感,引起在场听众的强烈共鸣。

特别是"感恩父母、感恩教师"互动环节,台江一中、施洞中小学的同学们失声痛哭,泪流满面,从内心深处真正感受到了父母和老师的爱。听讲的学生深深懂得了父母的艰辛、教师的奉献,心灵受到了强烈的震撼。

为官:当为百姓谋幸福

公务员讲座 2 场:台江县副科级以上干部,施洞镇乡镇干部。

受惠听众:450 多人。

第一次走进台江时,张秀云教授在台江县第 23 期"苗疆讲堂"暨第 16 期"道德讲堂"以"传承和弘扬中华优秀传统文化"为主题做讲座。张教授通过本人几十年教学、生活的心得体会,用朴实的语言、生动的例子,从爱岗、敬业、奉献、爱家等方面入手,围绕如何看待自己的职业、怎样做好人民的公仆、如何成为优秀的公务员、如何履行政府服务职能等话题,提出"博爱＋坚守＋创新＋超越＝成功"公式,谆谆告诫公务员要树立"为官当为百姓谋幸福"的服务理念。

这场讲座,给挂职台江县副县长的贵安新区谢中华处长留下了深刻的印象。这一个月来,他与张教授经常保持联系。张教授二进台江,他就和施洞镇党委政府联合发出邀请。11月19日下午,张教授为施洞镇的全体干部作了"传统文化与创新"的精彩宣讲。

教师:内强素质,外塑形象

师德师风讲座1场:台江县城教师代表、全县2013至2015年新入职教师。

受惠听众:近500人。

2015年11月19日下午,张教授以"内强素质,外塑形象,做人民满意的人民教师"为主题的讲座,在台江县政协五楼大会议室举行。

讲座中,张秀云教授与听课的教师,分享了对教育热心、爱心和责任心的思考,分享了她的奉献、成功和幸福。让与会者感悟了"爱与责任"的美好,体验了高尚师德所包蕴的人格魅力。临讲座结束,张教授现场解答了10余名听课老师的提问,场面温馨,气氛热烈。

父母态度,决定孩子命运

家长讲座1场:台江县城中小学家长。

受惠听众:700余人。

张秀云教授,作为新思维家庭教育创始人,她提出的一系列的教育观点受到广泛关注,如"教育的核心不是传输知识,而是学会做人""即使是普通的孩子,只要教育得法,也能成为非凡的人""世界没有坏孩子""教育的秘诀是真爱"等等。

11月18日晚在台江影剧院的讲座,张教授以生动的事例、通俗易懂的语言,与台江县城中小学的家长做了两小时的讲座。她从"做一个品学兼优的学生""感恩老师""感恩父母"等方面入手,剖析了孩子成长中出现的厌学、沉迷网络、品质不良、不知如何感恩父母、自我约束能力差等现象,深入浅出地阐述了"父母态度决定孩子命运"的命题。

讲座次日,很多家长与张教授建立了台江家长微信群。这将使家长在轻松愉快的氛围中领悟人生智慧,消除教子烦恼,学会走进孩子心灵,体验成功快乐。

智力助学,放飞梦想

播音主持培训2次:台江县城中学广播室、台江民中有志报考播音主持的学生。

受惠学生：200 多人次。

"未来学校成长计划台江示范区"启动，受惠学生 3 万人。

作为"苗岭民间助学"QQ 群的第 100 位入群者，张秀云教授做的是智力、知识助学项目。在短短的一个月时间内，两次为处于台江县城的台江民中、台江职中、台江一中、台江二中广播室的学生，还有台江民中有志报考播音主持专业的学生培训。她从声、形、体、气、志五个方面培养训练学生。学生在她的帮助下，初步掌握了发声的基本方法。

为长期助学台江，张教授在台江民族中学挂牌成立"张秀云教授工作室"，应台江民中、台江一中、台江二中之聘，担任三校的名誉校长。

不仅如此，张教授还热心牵线教育部在线教育研究中心、爱学堂未来学校教育研究院，筹划成立"未来学校成长计划台江示范区"。11 月 17 日上午，签约、揭牌仪式在台江县教育局成功举行。出席签约、授牌仪式的除了张秀云教授外，北京方面，还有国家教育部在线研究中心外联部主任陈伟，教育部在线教育研究中心基教部执行主任、爱学堂教育总裁汪建宏，爱学堂未来学校教育研究院常务副院长刘平，爱学堂创课事业部总经理刘斌。

"未来学校成长计划台江示范区"的成功启动，将使台江县中小学校获得了三年免费使用爱学堂平台资源的使用权，覆盖师生 3 万多人，无偿捐赠在线教育资源价值 3000 多万元。全体师生通过爱学堂，将建立起"师生皆学，课堂能学，课外可学"的学习型学校，加快台江教育信息化建设的步伐。

此外，张教授还推荐台江成为"中华传统美德课题研究"成员单位。预期 2016 年 3 月，将举行该课题在台江落户研究的开题仪式，规划 2017 年全国总课题组年会在台江举行。

"张秀云风"刮向施秉县

得悉张教授在台江的火热活动，毗邻台江的施秉县热诚发出邀请。

11 月 20 日一早，施秉县教育局师训中心应瑞娟主任即驱车来到台江，迎接张教授。台江教育局龙峰局长、刘龙书记及师训中心杨再英主任亲去送行。在赴施秉县的路上，张教授发出"再见台江""难忘台江领导及各位朋友"的微信并路途拍摄的美景图片。

在施秉的 30 多个小时，似乎是"铁打"的、不知疲倦的张教授做了 2 场师德报告讲座（受惠 800 多人），1 场家庭教育讲座（受惠 200 多人），1 场感恩励志教育演讲（受惠学生 2000 多人，家长 600 多人）。

砥砺切磋共课堂：
"苗岭民间助学"第三次智力送教助学活动圆满结束

　　2015年11月24-26日，应"苗岭民间助学"（MNEA，QQ群号为451473274）的热诚邀请，杭州四中特级教师莫银火老师率浙江省网络名师"莫银火工作室"核心成员12人送教助学凯里一中、凯里一职、台江民中，开设10堂公开课、4个讲座，圆满完成"苗岭民间助学"第三次智力送教助学活动。

　　情定春天，果结初冬

　　浙江省网络名师工作室项目，启动于2014年年底。2015年年初，浙江省教育厅办公室确定了150位名师为浙江省名师网络工作室负责人，其中高中语文9人，浙江省特级教师、杭州第四中学莫银火老师占得一席。

　　莫银火老师，曾先后获浙江省教坛新秀、湖州市首届教学能手等称号，破格晋升中学一级教师和中学高级教师，2005年被评为浙江省第九批特级教师。2009-2014年成功主持杭州市"名师工程"高中语文杭州四中基地工作，获得最佳基地主持人称号。他曾两次走进黔东南，并带教凯里一中语文教坛新秀沈智老师。

　　2015年的春天，凭着对黔东南教育的热情，莫老师在筹划工作室时，就吸收凯里一中、台江民中的近30名语文教师加入，计划着下半年黔东南送教助学活动，并为此做充分的准备，以期更好地发挥名师工作室的辐射引领作用，建立和加强浙黔两地语文教师的联系。

　　2015年的初冬，首次寒潮逼近黔东南的时刻，在黔浙各方、各校的大力协助下，"莫银火名师工作室"首次线下研修暨送教助学黔东南活动，如期举行。

　　凯里一职田校长说：发达地区的理念、做法，值得我们好好学习

　　2015年11月24日，"莫银火名师工作室"送教助学黔东南活动，在凯里市第一中等职业学校拉开序幕。

　　这天上午，是两堂观摩课。第一堂课，由工作室核心成员、杭州市临平职高朱红群老师开设，课题为《微型组诗》的教学。第二堂课，由凯里一职袁锦琪老师开设，课题《新闻稿的写作》。2014秋季汽训班的学生，工作室核心成员，与凯里一职、麻江职高的领导和语文教师听了这两堂精彩的观摩课。之后，便是热烈的评课活动，两地听课教师就两堂课的课题选择、课堂结构、师生互动等方面真诚交流。

　　下午，工作室核心成员、杭州市余杭教育局教研室教研员杜国平老师，做了为时两小时的《职教现状与教师专业发展》讲座。讲座从马云的阿里巴巴、贵州电商崛起谈起,展示了职业教育在中国的发展前景,介绍了职高人才培养的杭州经验——"四维模式"(专业定位、培养特色、双创管理、教育评价),引发聆听讲座的凯里一职全体教师的极大兴趣。

讲座结束,凯里一职田应仟校长即席发言,感谢莫银火名师工作室的全体成员,期望凯里一职的全体教师树立培育互联网+全新人才的理念,真情告白:发达地区的理念、做法,值得我们好好学习!

这一天的活动,由核心成员、萧山十一中的屠立勇老师主持。

凯里一中顾丹副校长说:这是温暖的相遇,真诚的友谊

2015年11月25日,两地语文教师的才情,在凯里一中的开怀校区精彩演绎。

上午是四堂观摩课,凯里一中沈智老师,以其热情、青春的面貌,展示了《议论文中的"结构"》课堂教学。紧随其后,凯里一中张安明老师的《审题与立意》,以其幽默而不乏理性的教学语言,指导学生获知审题、立意的方法。

东道主亮相之后,工作室核心成员相继登台,温州二中程永超老师的《议论文中的事实和观点》、萧山五中王虹老师的《记叙文的描写》,都巧借黔东南素材,迅速拉近师生彼此的距离,进入或理性思辨或感性沉醉的教学情境。

下午的评课活动,凯里一中语文教研组长王佳利老师,核心成员林荣凑老师(杭州市余杭高级中学,支教台江民中)、方孝民老师(浙江省开化中学)、何华老师(杭师大附中)就四堂课的教学定位、教师风格、思考特质等作评点,依然热烈,依然真诚。

评课之后,是核心成员、温州二中程永超老师的《常识:作文和写作》的讲座。讲座分三个方面:作文教学的问题——混乱;这些问题的根源——定位;解决问题的探索——实践。程老师为浙江省教坛新秀,曾在全国期刊发表上百篇教学论文。讲座中,他仔细辨订了"写作""作文""考场作文"之间的联系与区别,显示了学者的严谨、诗人的奇想。

凯里一中语文教师顾丹副校长,全程参与这一天的听评课、讲座活动,她说:这是一次温暖的相遇,其中浸润着真诚的友谊!有感于此,莫银火老师借汪国真《感谢》中的"我原想捧起一簇浪花,你却给了我整个海洋"作为答谢。

这一天的活动,由核心成员、洞头中学的罗进勇老师主持。

台江民中、天柱二中、雷山民中:浙黔常来往,共促教育新发展

"温暖的相遇,真诚的友谊",这何尝不是本次送教助学活动的最好概括。

2015年11月26日,工作室核心成员移师台江民族中学。依然是高强度的活动,上午四堂观摩课,下午是领导见面、评课和学术讲座。参加这一天活动的,除了台江民中的老师(全体语文老师,英语、地理等其他学科的部分教师),还有杨祖德副校长和杨思钦主任带队的天柱二中语文教师、罗永赛副校长带队的雷山民中语文教师,总计近百人。

台江民中活动的主题是"文本解读及教学实施"。开设观摩课的老师,依次是台江民中杨玲老师、衢州一中徐雪斌老师、杭州师大何华老师和天柱二中杨克金老师,分别执教人教社必修二的《归园田居》《兰亭集序》《故都的秋》和《囚绿记》。下午的评课活动全面而深入,用时一个多小时,天柱二中、雷山民中、台江民中、工作室核心组各派两位代表评课。

之后是特级教师莫银火老师的《文本解读及教学实施》讲座。莫老师旁征博引、深入浅出,以大量的例证,就文本解读这一语文教师基本功的问题,从"读懂文本是真教师""读深文本是学者教师""读出文本就是名教师"三个层面,阐述文本解读的重要性、方法论。讲座直到18:00,夜色降临,但听着意犹未尽。

评课、讲座之前,台江教育局教研室罗康藻主任、雷山民中罗永赛副校长、天柱二中杨祖德副校长、台江民中刘泽掌副校长、工作室负责人莫银火老师分别讲话,互相致谢情意浓浓,共达祝愿常往常来,以期两地教育均衡发展,表达浙江、贵州教师的共同心声。

这一天的活动,由核心成员、余杭高级中学支教台江民中的林荣凑老师主持。

爱在初冬黔东南,凯里杭州比翼飞

"莫银火名师工作室"核心组成员一行12人,其中10人是首次踏进贵州,但一律携着挚爱。因着这份挚爱,莫银火老师还应台江民中刘宗华校长之邀为该校全体教师做了《证我先无我,度人先度己》的讲座,借禅学思想道教师人生,让民中教师大开眼界,大受启发。

三天主题活动的前后,核心组成员忙里偷闲,走访了朗德苗寨、西江苗寨、施洞镇河湾水寨博物馆、镇远古城。依山而建的苗乡村寨、浓郁丰富的民族风情、热情好客的苗侗同行、山雄水美的镇远古城,给浙江语文教坛的骨干教师留下美好而深刻的印象。依依不舍的,不仅仅是短暂相处的核心组成员、参与接待的黔东南州温州商会,还有精彩相遇的苗乡同行与学生,更有原生态黔东南的山山水水、村村落落。

在归途的高铁上,"工作室核心群"内发照片的,留感想的,闹腾异常。因着开化中学方孝民老师的一首《西江秋月》,更引来诸多教坛青年才俊的竞相赋诗。且录若干于下,以见证这个初冬爱在黔东南的集聚——

西江月映楼,苗寨瓦惊秋。

非为君来故,千年赋此愁。

    ——开化中学　方孝民

西江水中月,苗寨瓦上秋。

君来君又去,缘生缘还休。

月落暮色外,雨碎瓦上楼。

环佩摇曳去,一醉解千愁。

——杭州四中　刘群杰(编者注:作者为工作室首席助理,因事未赴黔东南)

砥砺切磋共课堂,喜随莫特聚苗乡。

无端镇远添思绪,一路潇湘一路杭。

  ——开化中学　方孝民(编者注:此诗为杜国平、朱红群老师提前赶赴湖

南株州参加全国职教赛课而作)

莫道黔浙几多情,银饰苗乡赤子心。

火种薪传凯里处,名师布道台江清。

师心不悔语文路,工书须做苦吟人。

作事方觉学术苦,室内悟言哪能行。

    ——温州二中　程永超

逝者如斯莫太息,苗乡群话凭心齐

网罗超论辩文气,虹吸莺语醉诗题。

吟啸徐行东坡定,推敲万步才华抵。

勇立潮头他日再,台凯一行媵髓里。

    ——洞头中学　罗进勇

东南阙里著华章,莫特相邀竹义长。

举重若轻真底蕴,情期黔浙托流觞。

    ——开化中学　方孝民

在 11 月 26 日台江民中活动的最后,主持人林荣凑老师用五个"精彩"(精彩

课堂、精彩评点、精彩讲座、精彩相遇、精彩贵州行)、三个"感谢"(感谢浙黔方、感谢习大大、感谢上苍)概括"莫银火名师工作室"的黔东南之行,以"浙江贵州一线相牵,凯里杭州比翼齐飞"的对联和"缘分"的横批作为总结,宣告由"苗岭民间助学"牵线搭桥组织的第三次智力送教助学活动圆满结束。

踏歌一路行:余杭首批支教台江的老师,
将结束为期一年半的工作,他们的感受如何呢?

根据国务院、浙江省委省政府的安排,杭州市并下属各区县对口援助贵州黔东南苗族侗族自治州 16 个县(市)。在教育援助方面,杭州市余杭区教育局是最早派出教师远赴贵州省台江县支教的。2014 年 8 月 24 日,首批四名高中教师在台江县民族中学开始为期一年半的支教工作。2016 年 1 月中旬,他们将结束支教,返回原单位。此刻,他们的感受如何呢? 且听——

李亮老师(女,余杭第二高级中学,物理)说:一路走来,亦付出亦收获!

我们四人,从杭州来到这个大山环绕的小县城,没有了大城市的生活便利,还经常遭遇停水停电,但是支教的老师却没有一个人觉得这是一个"苦差事"。相反的,苗疆人民的热情好客,这里学生的质朴纯真带给我们很多的感动,享受了诸多的收获。

【到达】2014 年 8 月 24 日,杭州正是晴热的夏天,我们四名支教老师和余杭区教育局周建忠副局长以及组织人事科俞波一行 6 人,登上了前往贵阳的航班。一个多小时的航程后,飞机在贵阳降落。刚一出机场,就看到了来接我们的贵州省黔东南州台江县教育局龙峰局长及新同事们。在他们的陪伴之下,我们踏上了驶往台江县的汽车。一路上龙局长热情地介绍着贵州的风土人情。翻山越岭,车子开了三个小时左右,终于到了黔东南州府凯里。在凯里用了晚餐、稍作休整后,当晚驱车到达了台江。

和印象中的支教生活不同,这里的物质条件并没有那么艰苦。依山傍水的教学楼挺拔气派,运动场宽阔热闹,学生在校园里能享受到不少现代化的教学设备。但是,相对于物质条件来说,这里学生的教育基础却还是比较薄弱的。我们支教的班级是高一的重点班,但是整个班的成绩比我们原单位的普通班还有一定差距。经过了解,我们发现,学生成绩的这种差距,和这里的历史传统、文化观念等不无关系。我们决定根据学生的知识程度制定教学计划,让他们尽快提高成绩。

【家访】刚刚开始教学工作,学生对我们有些疏离和警惕。我们与学生交流,学生也总是躲避我们。为了迅速拉近和学生们的距离,尽快融入他们的生活,我们四位老师决定对学生们进行家访。自 2014 年 9 月 21 日(周日)开始,此后大多数的休息日,我们用于家访。

和大城市不同,台江县在苗岭山脉雷公山北麓。学生家庭散落在大山深处的各个角落,交通不便,很多村落甚至都没有像样的路,有时一整天时间只能走访到一家。每一次家访回来,我们都是浑身疲惫。但是,也是通过这样的家访,让我们走近了学生的生活,也走进了学生的心。这让我们觉得再辛苦也是值得的。

在支教一年半里,我们四人走遍了台江的五乡两镇。渐渐的,和学生成为朋友,很多学生愿意主动和我们交流。每逢假期,他们会主动邀我们到家里做客。更重要的是,学生的成绩也有很大提高,我们所在带的班级,学习成绩在整个学校名列前茅,这让我们非常感动。

【助学】一次次的家访,我们发现很多学生都面临家庭经济困难的问题,"后顾之忧"对他们学习带来了很大影响。因此,开始的时候,四名支教老师几乎是一路家访,一路资助。但是,面对台江民族中学诸多家境困难的学生,四个人的力量终究是有限的。于是,我们在自己的朋友圈里介绍这里的情况。让我们感动的是,消息一发出,派出单位的很多热心同事立即响应,主动提出要资助这边的学生。

于是,一个从杭州到台江的爱心通道就这样开通了。在这些热心人的号召下,关注台江学生的人越来越多,很多亲朋好友加入了我们的"苗岭民间助学"QQ 群(451473274)。至今,该群已有成员 117 人,成员分布于全国八省二市(其中杭州地区最多);资助金额 32.03 万元,物质捐赠 12 宗(估计 3 万多元),成功组织了三次智力送教助学。

魏则然老师(杭州市瓶窑中学,数学)说:尽心教学,快乐融入!

在来台江支教工作之前,我就经常和朋友们谈论支教工作,希望有一天自己也有机会做支教工作,没有想到,梦想这么快就实现了。

【尽心教学】刚到不久,州县两级的教研员都来听我的数学课,学校领导和全体数学组老师也来了,教室里坐得满满的。授课过程中,一位女同学在黑板前板演,在计算到 7/9 - 7 的时候就停在那里了,我以为她是因为紧张。在下面走了一圈,发现居然还有很多同学都卡在这里。就这一个插曲,打乱了我的整个课堂教学设计,我汗流满面。这当头一棒,我领教了这里学生的基础,开始思考今后该如何教学了。

尽管学生的学习基础很薄弱,但我们还是希望通过自己的努力,提高学生的学习兴趣,夯实他们的学习基础。有一回和学生聊天,一位女生怯怯地说,她和一些同学初中的数学基础很不好，希望得到老师的帮助，问我能不能利用午休时间到教室里给辅导，我答应了。此后，每天中午我早早地就来到教室，交替着进入所任课的两个班级，给学生补习初中数学的相关内容。一个月以后，学生们学习的基础得到了很大的加强，这些孩子终于可以跟上正常的课堂教学了。两个月后的期中考试，我们任课的两个班，学生考试成绩都有明显的上升，这使得学生和老师都更有信心了。

从数学学科来看，每一次测验，我都是当天晚上批好试卷，做好成绩统计、试卷分析和成绩分析，第二天一早就把试卷发给学生，做课堂讲评和纠偏，学生存在的问题都能够得到及时的更正。这样的工作很辛苦，经常要工作到后半夜，但看到学生一天天在进步，付出再多也高兴。在三个学期的期中、期末考试中，两个班的学生都取得了优异的成绩。

【快乐融入】尽心的教学，不仅鼓励了学生，也带动了民中的同事。我们深知，一花独放不是春。因而，在做好本职工作的同事，我们还通过讲座、教研组活动等形式，与同事一起探讨教学。在同事们共同努力下，很多学科的考试成绩也都取得了明显的进步。

支教期间，数学组的教研活动、聚会、红白喜事很多。作为台江民中数学组的一员，我都参加了。值得庆幸的是，我还多次参加年轻教师的结婚接亲。

有一次，去替数学组一老师接亲。我和同去的同事，脸上都被新娘子寨子里的人涂抹上了花花绿绿的颜色，回来后怎么洗都洗不净，带着花脸就去上课了。我以为学生会笑话我，但没有想到学生们根本就没有笑，他们都知道我去参加接亲了，他们还教我怎样应付这样的事情，怎样洗掉脸上的颜色。这儿的师生，都把我当成自己人，而我像一个苗族勇士一样。像这样的事情参加多了，同事之间的感情深了，学生的信任感更强了。

我们付出着，也收获着。台江山清水秀，苗族人民真诚热情，我已经深深地爱上了这片美丽的土地，如果有机会，我还会来这里工作，再续前缘。

温雅老师（杭州市塘栖中学，英语）：我眼中的台江民中学生

得知自己要来台江支教之前，我对贵州省黔东南州的这个小县一无所知。"百度"一番之后，才对其基本信息有所了解。但心中仍有疑虑：在什么学校任教？教高一高二还是高三？学生学习成绩、学习习惯、行为习惯怎样？苗族学生好相处吗？一年半了，通过各种途径与学生的接触，心中的疑惑解开了。

【初识民中学生】一到台江，接待我们的学校领导，就告诉我们四人一同任教高一两个重点班。9月1日，正式上课的第一天，我们四人早早前往学校，直奔教室。

记得当时到教室是6点40分左右。很惊讶,班上50人基本到齐,只有零星几个空位,并且同学们都在看书或朗读课文,没有聊天讲闲话的。第二组第一排的一位女生,主动向我们打招呼:"老师,你们好,你们是余杭来的吧。我们的学习基础不是很好,以后要你们费心了。"通过和该女生的简短交流,我能够感受到学生们对我们四人的期盼,也对学生们的热情纯朴大方留下了深刻印象。

开学初期,由于校服还未发放,学生们穿的都是自己的衣服,显得很朴实。但有一点和他们学生身份不符的是,许多男生女生戴着银饰,戴在耳朵、脖子、手、脚上。与学生和当地老师的交流得知,银饰代表着苗族文化,有些饰品家里传了几代。

【学习上的学生】一段时间后,发现台江的学生有着自己的优点——课堂参与积极性较高。一个问题的提出会有多个学生主动回答;要求到黑板来做题会有学生争先恐后上来;早读在课代表的带领下每个人都会发出洪亮的声音。但也发现较多学生学习基础差异大、学习习惯不好、自信心不够。

记得第一学期的期中考试,最后一场考完没多久,我接到一住校女生打来的电话,说同寝一学生一直在哭,问她发生了什么事也不回答,并收拾好自己的行李往校门口走去,怎么拦也拦不住。之后,我赶紧跑下办公楼半路上截住了她。我安抚好她的情绪后,她终于开口说话了,原来她认为这次期中考试考得都很糟糕,没有一门是好的,所以不想读书了。我问:"不读书的话打算干什么?""打工。"她说。"上哪打工?""广东,那里有我同学。其实我中考后就不想读了,是她们把我劝回来继续读高中的。"经过一番思想工作后,该生终于改变主意,带着行李返回到寝室,至今还在台江民中学习着。

【活动中的学生】台江民中的学生爱运动。篮球赛场上,我第一次看到女生也能组队打篮球,赛场上那气势和拼劲一点都不输给男生。第一学期,学校组织了"科技文化体育艺术节"。开幕式中有木鼓舞比赛,学生们早几周就开始准备了。每天下午放学后,大家都会在操场集中排练。练习过程中有学生说:"老师,动作很简单的,你也来试试,我们教你。"看似简单的动作,可我(那时正做班主任)跳起来时不时会引得学生捧腹大笑。排练的过程是艰苦的,队形怎么站,动作如何整齐,谁来击鼓等等一些问题,有时会引发大家的一些争执,但为了班级利益,大家都能很好地解决问题。最后我们班获得高一年级组二等奖的好成绩,大家都高兴得欢呼雀跃。

林荣凑老师(余杭高级中学,语文):我与台江教育人

作为第一批支教台江团队的领队,有幸比其他三位结识更多的台江教育人,我愿意将他们介绍给"爱链杭黔"的读者朋友。

【忙碌而执着的领航人】或曰，教师是学生从此岸到彼岸的摆渡人。如此，教育局领导该是教育航船的领航人。龙峰，台江教育和科技局局长，黔东南州黄平人。与我同龄，都是六三兔。大学一毕业，就到了台江县乡下的革东中学。任教初中物理，一炮打响，获得400元奖金。这个数字，在80年代中期，是近10个月工资的总和。

四年前，他从台江民中校长调任台江教育和科技局局长。执着依旧，忙碌非常。台江乃小县，但麻雀虽小五脏全，教育和科技，一大摊的事儿，他是"头儿"总不会不忙。有一回，余杭教育局沈洪相局长来访，接触才一天，行事老到的沈局对龙局说："真佩服你，这么多的事情要做！"临行，沈局又说："老哥，我有太多要向你学习的。"

刘龙书记，与龙局一样是苗族，年庚也属六三兔，一样大学毕业，就当成了优秀教师。后来，去县委办公室当过主任，在民政局做过局长。知天命之年，又回教育局做党工委书记。离开一线十多年，但他特别钟情于教学，他是教语文的。2014年11月，他与教研员张宽怀老师合作，搞同课异构，在台江民中的报告厅摆擂台。高考前，给民中学生开作文讲座，给学生讲考场作文之道，也给学生以心理上的鼓励。虽是清凉的五月，他在讲台上大汗淋漓。

台江教育在后发赶超，因为教育局有龙局、刘书记，因为还有一大批如其两人的工作人员。篇幅所限，杨局、王局和我认识的诸位，就只能让读者去发挥想象啦。

【热情而淳朴的同事】一年半来，我们得到了杭州领导、同事、亲友的亲切关怀，在此深表感谢；得到了台江县委县政府、台江教育科技局和台江民中学校领导无微不至的照顾。为了给我们租房，学校李封祥副校长、总务处余志军主任和张红群老师没少操心。每逢我们家属来台江，刘宗华校长总是设家宴，热情地招待。某一个周日，刘泽掌副校长，邀我们去他在邻县的老家，感受剑河苗族的风情。逢年(苗年)过节，领导和同事少不得为我们特别安排。这不，在这里过的两个苗年(每年农历十月)，我们都是在校务办公室欧阳光俊主任的老家过的。

当然，给予我们照顾的还有民中诸多普通老师。说到民中同事，我更愿说"他们是民中发展的脊梁"。刚到不久的8月29日，晚餐与高三教师在食堂聚的。临最后，去三个聊得正欢的年轻人那一桌"敬酒"。我告诉他们我杯子里是水，他们也没有让我非得喝酒，我们自然就聊开了天。聊到教育，我问："这里的教育底子那么差，你们会怎样对待学生？"他们三人异口同声地说："我们自己也这么过来的。"他们三人，两位最远去过重庆。他们说的口吻很普通，声音也不响亮，但其中的教育情怀、仁爱本心却把我震倒了！后来，我知道，他们中的一人，叫龙乾。

支教期间，我在台江民中开设了近十个校本研修讲座。每回讲座后，不过一两天，他总是来我办公室："林校，那课件能否给我学习学习？"那话语略带羞涩，生怕对方拒绝。其实，他是贵州师大英语系的高才生，勤奋钻研教学颇有所成，他还是黔东南州中小学教师培训及教育干部培训的导师。但他依然这么谦逊，要我的课件，要我推荐书籍，他是张胜洪老师。

一位年过不惑的语文教师，成为一校的电脑应用软件专家，教务处等部门有难题总找着他；不是教研组长、备课组长，却乐于操办非应试的班际辩论赛。他是田文仕老师。

一位工作十年左右的英语教师，学校没有安排他做通讯员，但他自愿做了。我问他："为啥？"他道："只为多宣传台江民中。"当我邀他作为"苗岭民间助学"的义务通讯员，他连声道谢。自"苗岭"成立以来，他追踪报道"苗岭"行动，乐此不疲。他是邰通华老师。

一位奔六的政治教师，在我组织台江民中"校本研修导师"队伍时，他积极参与，勇敢地站出来，做《台江民中"高考瓶颈"的哲学反思》的讲座，直面现实，铿锵作声；指点未来，激情满怀。"淡泊名利，乐于清贫是我们的宿命；静下心来教书、潜下心来育人，是我们的职责。身为老师，除此之外，夫复何求。"他说他做，他是帅永生老师。

【富有远见的县委书记】"出一个大学生，能改变一个人命运，带动一个家庭，影响一个寨子。"2014年8月24日，在余杭教育局的行前会议，带队的周建忠副局长曾介绍，这是台江县委书记说的。到达台江第二天，这位县委书记就出现在我们面前。

这是一位干练的女性，来自江苏射阳，部队卫生员出身，却有着丰富的行政经历、辉煌的人生业绩。中组部直派挂帅台江，四年的台江行政，大手笔频现。对最难表现短期政绩的教育，她有自己的见解，更有自己的行动。每年选择三五十名学生，赴江苏射阳挂读；我们四人的工作生活，她常常过问；余杭教育考察团来访，她再忙也全程陪同。

县委书记，理当不属于"教育人"。然而她，戚咏梅，一位富有教育远见的县委书记，是我眼中的台江教育人！

【附注】目前，杭州市余杭区支教贵州台江县有多种方式，派出支教老师仅是其中之一。每批支教一年半，每两批支教老师带完一届学生。2015年9月6日，余杭派出的第二批支教老师4人抵达台江民中。2016年2月下旬，第三批支教者将赴台江民中，接替首批支教者。

寒冬送暖活动侧记：这个冬天，他们身暖心暖吗？

应召到贵州台江支教，这本是平常的事儿。"支教"，顾名思义，作为一介教师，做的仅仅是派出机构给我们的任务——"教"而已。

如果不发起成立"苗岭"，我们便不会与"台江县红十字会"有交集，不会与"黔东南州扶贫开发办公室"打交道，自然也不会与诸多的爱心人士有交往。当然，也就不会因为有"苗岭"的行动，而让我们的心儿更加柔软。

这里，要向您说一说杭州爱心人士"寒冬送暖"活动的事儿。

1.某一天，黔东南州扶贫办来电

先是杭州挂职黔东南的姜秘来电话，说"等会儿，有一位杭州来的挂职干部要联系您"。不过三分钟，电话来了："我叫陈晔。"快人快语，"杭州爱心人士，捐赠一大批过冬衣物，适合初中学生的，台江方面是否需要？"自然是需要的，因为做"苗岭"，我多少知道些台江学生的疾苦。"要多少？给个数字！"素未谋面的对方告诉我。

给个数字，这为难了我。即刻想到的，是台江红会杨千慧副会长。可是，电话无法接通，多半下乡去了，信号不好。便联系了台江教育局熊强老师，从他那么找到了台江乡下初中校长的电话，由同来支教的李亮老师逐一联系，得知各校困难学生的人数。

将统计结果报出，我是担心的，700多名困难学生，能解决得过来吗？对方告诉我，应该没有问题的。电话中，我们约好了见面提货的时间、地点。

在凯里营盘路民族宾馆，我见到了陈晔——黔东南州扶贫开发办公室党组成员、主任助理。热情，干练，是他留给我的最初印象。

2.取货时，被爱心人士感动了

第一次去货，我们走了三个仓库。黔东南首府凯里市，营盘坡宾馆的大堂侧房，各种颜色的大包、小包，堆了满满的一个房间。细一瞧，都是快递，收件人一律是"陈晔"。

做"苗岭"以来，我们曾接收过11宗捐赠物，知道快递的价格不菲，深知每一个大小寄件里面，装的不仅是捐赠物，还有沉甸甸的爱心。这一房间的包裹，该有多少人参与啊，一边往车上装物，一边感叹着。那一刻，我们被杭州爱心人士的"寒冬送暖"感动了。

转了三个仓库，我们将台江盐业公司的3吨厢式货车装了个满满。带着兴奋,开出凯里市,我与杨千慧副会长便商定,直送台江县台盘中学、革一中学,应该让受助学校的师生尽早领受这份爱心!

过了不几天,陈晔助理又来了电话,带着点催促:"尽快来取,要不仓库放不下了。"怎么会那么多?莫非整个大杭州组织了捐赠冬衣的活动?有疑团,但无须多问,组织捐赠衣物,曾是一个为难的话题。曾听说,某一次救灾捐赠的衣物,某县民政局抽检,因为卫生不合格而毁之一炬。这一回,"黔东南州扶贫开发办公室"组织的捐赠物,我们是信任了的。

这第二回,时间紧急,杨千慧副会长联系了多家爱心志愿单位,都因车儿外出无以着落。好不容易联系了台江水利局的5吨厢式货车,7米长,我的第一感觉是有些浪费,但将就着"大车小用"吧。事后发现,我们只去了营盘坡宾馆,就将这货车装了个满满当当。

这一回所装的,除两件大包装,其他一律是蛇皮袋包装的。忙碌装运的间隙,陈晔助理告诉杨会长,这次是物流过来的,光物流费就不是小数目。搬运上车,我们一个个都出汗了。这是冬天,这一天凯里气温是4~8度。

两次取货,两次都被捐赠这大批冬衣的、未见面的杭州爱心人士感动了。隐约中,我似乎看到各家整理衣物、细心打包的温馨,看到各个社区中心接收时的熙攘,看到快递、物流公司装卸捐赠物时的忙碌。

3. 派发时,受助学校师生的兴奋

走贵州的高速公路,是一种享受,享受叹为观止的桥隧技术、车窗外无穷变换的风景。走乡间的普通公路,则是一种折磨。第一次派送台盘乡、革一乡,颠簸是必然的,320国道正在拓宽。第二次先送排羊乡,则上坡下坡,弯道连连;再去南宫乡,不时有泥石流占着半道,又兼夜间行车,高山大雾,能见度不足二十米,走了两个多小时。幸而第二次,台江红会的小张志愿者持的是A照,我还得以在高大的副驾位置上,颠簸着给"苗岭"的QQ群、微信朋友圈发信息,享受来自远方的"点赞"!

辛苦是自然的,驾驶员辛苦,我们搬运跟车也不轻松。然而,当我们车到受助学校,面见师生兴奋、喜悦的表情,激动、忙碌的动作,便一解行车的劳顿。

两次接转,送了四所学校。一到台盘初中,潘校长就招呼了五六位老师,帮着卸货,开箱验货,然后将部分捐赠品整齐摆放于连排的桌子上。待学生下课,又唤来了受助学生,让学生挑选自个儿中意的衣物。学生的脸上洋溢欣喜,我们领受幸福。

到革一初中时,正逢学生放学。徐校长一声招呼,哗啦啦就涌上了十来人,争着拎大包小包。我问:"拎得动吗?"孩子兴奋着:"拎得动!"不几分钟,车厢内的包裹,便全腾到了篮球场的空地上。开包,挑选,试穿,快乐如同节日。

相对来说,排羊九年制学校的孩子显得拘谨。让大些的孩子帮着卸货,他们倒是很乐意的,动作也麻利。但让他们开包挑选,他们都有些胆怯。不过,也就一会儿的事。我们领着他们挑选、试穿,他们便热闹开了。特别是发现一件特小的衣服时,都好奇地笑了。

到南宫初中时,学生已在晚自习。幸而,"苗岭"的会长、副会长、同来支教的李亮和熊春晖老师,还有接待的董副校长等一应人众在场。我们可以想象,第二或第三天让学生挑选的场景,一定也是生动的。

4.尽心传递爱心,很多人为此接力

且不说杭州爱心人士,也不说黔东南州的扶贫办,且说台江方面的努力。

这一次接收捐赠物,陈晔主任助理最先通知了我。其实,我是有些为难的。作为"苗岭民间助学"的发起人、首任秘书长,经常接到爱心人士的询问——"是否接收衣物捐赠",零星地接转过几宗,大批量的真不敢做。这,一是因为支教的工作也颇繁重;二是派发要涉及很多细节,如运输、下发等;三是衣物的卫生情况不能马虎。

尽管知道台江红会人少事多,但是还是向杨千慧副会长开了口。两次取货、派发,都是杨会长千难万难调配车子、司机,每一次她都是随车前往,忙上忙下。自从今年7月认识了她,"苗岭"与"台江红会"的协作不少,也让我见识了杨会长沉甸甸的爱心、踏踏实实的行动。她永是忙忙碌碌的,为的是台江百姓的福祉。

如何做好交接,杨会长又提出很多的建议。这不,我们就为此开发了《爱心人士捐赠物品派发签领单》。对于大批量的捐赠物派发,我们也摸索出基本的程序:一是领物;二是联系受助学校;三是派发捐赠品到受助学校;四是委托受助学校的老师组织学生挑选、签领,填写《签领单》等;五是回收《签领单》等材料,通过一定的渠道向捐赠者汇报。

"苗岭民间助学"注册成立于2015年5月21日。在这个冬天,未满周岁的"苗岭民间助学",与杭州、凯里接力,尽心传递爱心。在此,谨向捐赠冬衣的杭州爱心人士,转达台江受助学校师生的谢意——"谢谢你们的千里送暖,这个寒冬,台江寒门学子的身暖、心暖"!

周日家访:这个世界有太多让我们感动的东西!

这个冬天,黔东南的阴冷胜于去年。之前,我们三家约定周日家访。12月27日,2015年最后一个周日,恰是难得的一个晴天。老天眷顾,这一趟,让我们收获不菲。

读者诸君可能疑惑,"三家"者,何谓也? 台江县红十字会、余杭支教老师发起成立的"台江县苗岭民间助学会"、黔东南州温州商会新近发起成立的"黔东南州之江爱心帮扶会"。家访哪些地方? 台江县番省排朗村、革一新寨五组、施洞小河村、老屯岑帮村、南省唐寨村和桃源村。了解台江的人知道,这一天家访,在台江县北半部分,画了一个大圈。

1. 第一站:番省排朗村

台江县城在翁你河狭窄的河谷里。过县城老大桥,跨过十来米宽的翁你河,上坡,翻越县城西南的高坡,然后一路下坡,便是番省。番省原是台江的一个乡,乡镇拆并后,成为一个大行政村,排朗是其下属的一个寨子。

要不是被家访的潘分聪同学带路,我们要找很久。车无法到她家门口,我们一行10人(台江红会杨千慧副会长、"苗岭"并余杭支教老师8人、"之江"林宏孝秘书长)停了车,爬一段陡峭的之字形坡。

迎接我们的是潘分聪的父母和弟弟,他们两天前被告知爱心人士来家访,今天一早从县城匆匆赶回。这一家6口,父母农忙时节在家干农活,农闲去县城打些零工;母亲去年曾得病,用了很多医疗费;四个孩子读书,最大的大学,最小的小学。这负担还真不轻。

母亲不会说普通话,但一直拉着我们的手,说着我们并不懂的话。父亲个儿特小,一迭连声地说着"感谢"。家不常住人,空荡荡的,四面漏风。而眼前的姐弟俩,还有他们的父母,那般的纯朴、真诚,顿时让这屋子充满温馨。

2. 第二站:革一乡新寨五组

一直以为番省是前无去路的,多亏"苗岭"副秘书长秦洪涛老师和他的爱人潘老师指点。离开排朗村后,我们便无须走回头路,直奔革一乡而去。山道弯曲,但水泥路面还不错。一路的风景也好,还经过一水库,不知道什么名儿。要是离开大城市近些,开发农家乐休闲,该多好啊。我们这一车的人都在感叹。

不一会儿,车上了320国道。阳芳大寨、台盘乡、革一乡,在一年半的支教日子里,我们曾在几次家访中来去,路是熟悉的。过了台盘乡,开在前头的秦老师却

207

迷路了,最后还是我给带上去革一的路。不过,由于被家访的张姓同学周六提前回家了,且留在资助档案里的信息也不详细,让我们一路好找。最后,还是朴实的乡民放下农活,亲自带路,我们才与在公路上接我们的张姓同学会面了。

张姓同学是个事实孤儿,现在与奶奶、叔叔、婶婶一家生活。叔家有两孩子读书,生活状况也不好。为此,叔叔一人外出打工,婶婶一人照顾一家老小,生活颇为不易。当杨千慧会长进一步了解家境时,婶子不停地抹泪。在场的我们,也为善良的婶子感动了。

婶子对侄女视如己出,张姓同学一直就叫婶子为"妈":"孩子很可怜,我们不疼她,怎么行呢?"张姓同学原本答应与我们一起返回县城的,都到公路边了,她又折回了。她与婶婶家已成为一体,我们都为她拥有一个好婶婶而高兴。

3.第三站:施洞镇小河村

小河村离清水江不远,因清水江的一条无名小支流而得名。依山傍水,真是个好所在。可惜这不是陶渊明笔下的桃花源,所见黄发垂髫不多,青壮年更无见,都外出谋生去了。

我们家访的学生,也姓张,与前一位情况相似,也是孤儿。爷爷、奶奶、爸爸、妈妈依次病亡,家中兄妹五个,父母去世后分别各个亲戚抚养,交往不多。也幸亏叔婶一家好,张姓孩子才有了这挡风避雨的处所。

我拍到一个细节。张姓同学带我们走近她叔婶家,在家门口玩耍的堂妹兴奋地赶过来,牵着张姓同学往家里走,似乎有什么好东西留给姐姐。我们都被小孩的天真感动了。其实,这种家庭的温馨,对个失去父母的孩子来说,是健康成长的无价之宝。

4.第四站:老屯乡岑帮村

支教的一年半中,记不得多少次来回施洞与县城了。每次,都觉得这寨子的地理位置真好,却不知道这寨子叫岑帮。整一寨子,覆盖在一个山嘴平旷的台地上。寨子的西侧,是从县城流下的、细长的翁你河。寨子的东侧,是施洞到县城的公路,在一排高大的护寨枫树之间,画了一个优美的弧度。

潘宁英同学家,离公路不远。她从书包里掏出家门钥匙,开了门,把我们让进她的家。趁着农闲,父母下广西砍甘蔗去了。姐弟三人在高中、初中读书,周末是很少回家的。弟弟在初中,回来自己弄点吃的,洗了衣服晾晒好,已经返校了。

"之江"的发起人林宏孝秘书长,将他带了棉被、食用油放进屋内,我们便离开了。看孩子锁门的那一刻,我的眼睛有些酸涩。哪个孩子不希望周末回家有个热腾腾的晚餐在等着,共享天伦之乐啊。

5. 第五站:南省唐寨村

这一天,最让我们动容的场景,出现在唐寨村。

作为此次家访的策划者,对家访的邰姓小朋友,最大的印象莫过于南省小学提供的照片:一个小女孩,着紫色衣服,一头蓬松的短发,在教室课桌上,双眼无神地看着黑板。看到照片的第一刻,我就想到了唤起全国希望工程热情的大眼睛女孩照片。

她也是一个孤儿,父亲病故后,母亲改嫁(这种情况在台江乃至黔东南特别普遍),与其妹妹均由年迈的爷爷奶奶抚养。南省小学杨鹏校长领着我们一行,走到她用以寄身的爷爷奶奶家时,我一眼就认出了她。

只是,她显得羞涩,一直躲着奶奶的背后。好不容易让她站到前面,却让我们所有的人大吃一惊,这个阴冷冬天难得的晴天,气温并不高,但她脚穿凉拖鞋。于是,在我的镜头里,就出现了吕正清老师的抹泪,就出现了林宏孝秘书长、吕正清老师、魏则然老师、熊春晖老师等的现场捐款。

杨千慧副会长、杨鹏校长一清点,整整一千元!

6. 第六站:台拱桃源村

离开唐寨村,我们急急赶往桃源村。夕阳在山,一天驱车家访,紧赶慢赶,这才是第六家。台江县地处云贵高原东部苗岭主峰雷公山北麓、清水江中游南岸,境内高山连绵、河谷纵横。这一天,所走的北部,交通条件算是台江最好的区域了。

桃源村,就在县城的西郊。我们要家访的,是台江一中李姓同学家。他家 7 口,爷爷奶奶、父母、双胞胎弟弟,父亲 2013 年得肾衰竭,每周两次血透,家庭重担全在母亲身上。大病致贫,这是无奈的事。这天一早,他母亲就来电话,问我们何时到达。急于见到爱心人士的心情,是急切的。

一番慰问后,我们告辞出来。但李姓同学的母亲,执意要留我们吃饭。其情之真,让我们一行好是温暖,但是我们岂能因此打扰他们一家。推辞之际,我说:"我们会尽快联系各地的爱心人士,选择资助人帮扶你们。"是的,我们三家,做的就是牵线搭桥的事。

这一天,"三家"参与家访的共 10 人。除台江县红十字会杨千慧副会长和"之江爱心帮扶会"秘书长、黔东南州温州商会副会长林宏孝先生外,"苗岭民间助学"方面,有副会长兼首任秘书长林荣凑老师、副秘书长秦洪涛老师及爱人、"苗岭"成员魏则然老师、温雅老师、熊春晖老师、吕正清老师和苏莉萍老师。林宏孝先生还给被家访的六家各送了崭新的棉被、床罩、被套和食用油,寒冬送温暖,其爱心、善心十分可贵,显示了新时代企业家感恩社会、回报社会的美好情怀。

【索引】

135 则记事,分六个专题,兹分专题呈现,便于读者浏览。

210

四、苗岭助学：喜出望外

五、屐痕处处：此行无憾

六、人在旅途：温暖幸福

后　记

贵州如何？或曰：山高路险。

山高路险，用来描绘贵州是恰当的。奈何没有去过贵州的朋友，总要追问：怎么个"山高路险"？于是，少不得一番絮絮叨叨的解说，只是听者越发迷糊。被问者窘迫，乃急中生智："车在山上走，云在下面飘。"听者豁然怡然！——这，是听台江民族中学同事说的。

某天，随台江民中高三生物、化学老师，去同属黔东南州的天柱县教研活动，车在高山淡雾中穿行。向熠琴老师冷不丁对我说："这首歌写得真好！"我讶异，她道："《云上贵州》，写的就是这窗外的景色。"车上正播着，听不太亲切，即刻登录网络。

> 传说的一片云哟／飘进我家乡哟／云在山上哦／家在云上哦
>
> 美丽的一朵云哟／飘进我心房咯／心在云上哦／家在心上……

看着歌词，享受着美妙的旋律。未及欣赏完整，我找到了台江支教记事的标题——"云上的日子"！

那时，我的台江支教记事已经记了 26 万字，其格局是到达台江次日定了的，有 2014 年 8 月 25 日晨 5:12，在台江县城和天大酒店的记录为证：

> 在赴贵州之前，就打定主意，用朴实的文笔，记录支教的事儿，取名为"支教一年半"。然而，踏进"天下苗族第一县"台江，顿时感觉这样的标题，是不足表达苗乡的。但是用一个怎样的标题呢？一时无得，但我相信，台江会给我灵感的。姑且择事而记，每则用小标题记其事件主题，每则之后用括号注明写作的地点、日期、时间。且行且歌，且歌且记吧。

天柱回台江后，"云上的日子"便拂之不去。支教结束归来，先是跨年忙碌"苗岭民间助学"的档案与账目，继而便是 32 万余字的择选、编辑。其间对 220 则记事的去留或将犹豫再四，但书名"云上的日子"是毅然决然了的。"云上的日子",不独是环境上的,更是心境上的——我爱定了的。

2016 年 2 月 15 日(正月初八)

陪伴是最长情的告白,这话儿近年很流行。请允许我袭用,以此感谢以不同方式、或长或短"陪伴"我走过一年半的所有人。

在忙碌的支教工作之余,勉力用拙笔记录行事,旨在素朴而真实地呈现那许许多多的"陪伴",感恩之念念念不绝。这次为出版的择选与编辑,又是一番诚挚的重温。六个专题的 135 则记事,其中浸润着无限的爱恋——对台江那一方的热土、热土上生活着的人们,对同在黔东南奉献着的浙籍朋友(特别是同在台江支教的同事),对浙江方面一直牵挂着我们支教人的亲友、同学、同事和领导,对因着"苗岭民间助学"而"认识"的所有爱心人士……这一刻,让我不由得对上苍赐予我的这一切,深致无限的谢意!

老实说,难以想象,如果没有这一切的"陪伴",我将如何踏实走过这一年半。人在旅途,回顾这一段行程,满心是温暖与幸福。所以执着于出版《云上的日子》,最大的出发点便是以此感谢所有的"陪伴"。

自然,亦有些许的奢望,即借《云上的日子》让更多的读者了解我们的行动,了解中国中西部的教育、经济、文化基础。坚决打赢脱贫攻坚战,确保到 2020 年所有贫困地区和贫困人口一道迈入全面小康社会,这是国家的大政方针。此书的出版,若有助于热血者加入我国中西部建设、国家均衡发展的行列,乃国家之幸、中西部百姓之幸!

最后,要感谢离开台江前不久认识的张奎先生。他是台江电视台的台长,敬业专业,古道热肠,乃性情中人,彼此皆以为相识恨晚,得其慷慨应允,本书用了他的照片和文字。还要感谢为拙著作序的两位局长——余杭教育局沈洪相局长、台江教育和科技局龙峰局长,两位均是颇有宏愿、又有建树的教育领航人。我冒昧索序,不免惶恐;得两位墨宝,欣喜莫名。

人在旅途,我永是怀揣感恩前行。此行台江,尤当感念一生。

是为编辑后的补记。

林荣凑
2016 年 5 月 8 日,浙江余杭临平山麓